HI
SHO
朝日選書
1041

紫式部の実像

稀代の文才を育てた王朝サロンを明かす

伊井春樹

朝日新聞出版

目次

六章　為時の任務と宣孝との結婚　105

七章　女房の生活　141

図　版　谷口正孝
ＤＴＰ　渋谷瞳子
装　幀　熊谷博人

紫式部の実像
稀代の文才を育てた王朝サロンを明かす

伊井春樹

はじめに

紫式部とは、どのような人物だったのだろうか。どのような環境に生まれ育ち、いかにして漢籍、和歌、物語文学のほか、さまざまな有職故実《ゆうそくこじつ》に堪能な女性として成長したのだろうか。父藤《ふじ》原為時《わらのためとき》の越前守《えちぜんのかみ》赴任に伴い、雪国の武生《たけふ》に下るという地方生活を体験し、都に戻っては、結婚、出産、夫藤原宣孝《のぶたか》との死別という運命に遭遇し、ほどなく中宮彰子《しょうし》に女房として仕える身となる。そのいきさつをはじめ、紫式部の生まれた年や名前などもまったく不明といわざるをえない。

名前については、『栄花物語』では「藤式部《とうのしきぶ》」と呼ばれ、父為時が式部丞《しきぶのじょう》であったことから、当初の女房名は「藤原の式部」と呼ばれていたのであろう。それが「紫式部」となったのは、『源氏物語』の紫上《むらさきのうえ》（若紫《わかむらさき》）によったとか、藤の花の紫色によるなどと、古くからさまざまな理由が論じられてきた。一般に女房名には、父や夫の官職が用いられることが多かった。清少納言の父は清原元輔《きよはらのもとすけ》、「少納言」は家格身分によるとされ、「清原の少納言」に由来する。和泉式部は、結婚した橘道貞《たちばなのみちさだ》が和泉守として赴任したことと、父の大江雅致《おおえのまさむね》が式部丞であったことによるのではないかとされる。

紫式部の年齢は、『紫式部日記』に「年もはたよきほどになりもてまかる。いたうこれより老いほれて、はた目暗うて経よまず、心もいとどたゆさまさりはべらむものを」と述懐することばが一つの手がかりとされる。自分が尼になって修行を怠るとは考えられない。だが今は、「出家する頃あいの年にはなってきた。これ以上待っていると、目も霞んで暗くなり、お経も読めなくなり、怠惰な心が生じかねない」と危惧しながら、決心がつきかねてためらっているとするのであろう。安藤為章《あんどうためあきら》の『紫《し》家《か》七論《しちろん》』（元禄一六年〈一七〇三〉成立）では、「いたく老嫗《ろうおう》とも見えず、またみづからさだ過ぎたるよし書きたれば、若く盛りなる女とも見えず」とする。これらから判断し、三〇歳は過ぎており、四〇歳前であっただろう、とするのが大方の見方の一致するところである。

斬新な解釈を示したのは今井《いまい》源衛《げんえ》『人物叢書　紫式部』（新装版、一九八五年、吉川弘文館）で、目の暗さは老眼を意味し、医学的には四五歳前後に出現するとし、「老いほれ」のことばもあるため、この一節が書かれたと考えられる寛弘七年（一〇一〇）には四一歳だったとする。異論はあるにしても、生年は数年、前後にずれるにすぎないので、私としては、紫式部の年齢のめどが必要なため、本書ではこれを用いて論を展開することにした。

亡くなった年についても説は多く、藤原実資《さねすけ》の日記『小右記《しょうゆうき》』の記録から、今井氏は長和三年（一〇一四）の四五歳没とする。これを支持する立場も多く（没年齢は異なる）、さらに万寿年間（一〇二四〜二八）まで生きていたとするなど、確実な資料がないだけに諸説入り乱れる。私は本文で述べるように、実資との関係から寛仁四年（一〇二〇）没、紫式部は五一歳だったと考える。その後も生存していた可能性はあるにしても、今のところ判断材料がない。

中宮彰子が一条天皇の皇子敦成《あつひら》親王を出産してほどなく、藤原道長は心に余裕も生じたのか、一七歳となった息子頼通《よりみち》の結婚について紫式部に相談する。相手は、村上天皇第七皇子の具平《ともひら》親王の姫君隆姫《たかひめ》、一四歳である。道長は「そなたの心よせある人とおぼして」（『紫式部日記』）と、紫式部が具平親王と特別な関係にあるのを前提にして依頼したのである。

道長のような権力者となれば、頼通の結婚話など、容易に進められると思いたいのだが、現実にはそうはいかなかったようだ。『栄花物語』では、具平親王のほうから道長に隆姫との結婚を申し入れたとするが、実態としては紫式部をはじめとする人々との下交渉があったのであろう。

これ一つによっても、道長は紫式部を、彰子中宮の一介の女房としてではなく、背景に具平親王の後ろ盾がある女性として遇していたと知られる。道長としては、皇族と血縁関係を結びたかったのであろう。そのためには、紫式部の助力も必要であった。彼女は道長の意向を受けて具平親王と相談したはずで、その功によるのかどうかわからないが、たしかに二人はその年か翌年には結婚することになる。具平親王は、当代の有職故実家として知られ、和歌、漢詩に限らず、香道、音楽、医学、仏道などの諸道にも通じた博学の士として世に尊崇されていた。

私は、紫式部と具平親王との関係が気になって調べ、その生涯をたどることにしたのが、本書を書くきっかけとなった。二人は血縁関係にあるだけではなく、父為時は長く具平親王の家司《けいし》として仕え、おじの為頼《ためより》は、具平親王や藤原公任《きんとう》らとも強い友情関係で結ばれていた。すると、具平親王や公任は、若いころの紫式部を知っていたはずで、深いかかわりが想像されてくる。紫式部は父に伴われて具平親王邸に出入りし、漢籍とは異なる多様な知識を吸収し、物語にも目覚めたのではないか。

具平親王は六条の宮と称され、その邸宅は「桃花閣《とうかかく》」とも「千種殿《ちぐさどの》」とも呼ばれ、庭には季節ごとの草花が植えられていた。文人たちが集まっての詩歌の会も催されており、紫式部は身近に見聞きもしていたことであろう。このようにたどると、光源氏の六条院のモデルになったのではないかと思われ、紫上の春の御殿や秋好《あきこのむ》中宮の秋の御殿も連想されてくる。新しい視点として、注目される。

為時と為頼の兄弟は、祖父堤中納言《つつみちゅうなごん》藤原兼輔《かねすけ》以来の平安京東北部の広い敷地に、それぞれ家族とともに住んでいたとされる。紫式部は歌人の為頼からは歌を学んでいたであろうし、越前に下るにあたっては送別の歌も贈られた。為頼は長徳四年（九九八）に亡くなっており、具平親王や公任はその死を悲しむ歌を詠む。この年、紫式部が父を残して帰京したのは、宣孝との結婚のためとされるが、むしろ父の名代《みょうだい》で為頼の家族へ哀悼《あいとう》の意を表するためではなかっただろうか。

紫式部は具平親王邸に出入りし、のちに頼通と結婚する隆姫の家庭教師のような役割も果たし、身分の違いがあるとはいえ、具平親王にとって妹のような存在であったのかもしれない。具平親王から宮中文化の教えを受け、歌を詠み、物語も書き、一人娘の賢子《けんし》を抱えて過ごす紫式部に、親王は中宮彰子への宮仕えを勧めたと考えたい。具平親王はいわば紫式部の後見役だっただけに、道長としてはそれなりの待遇で迎えたはずである。道長が、紫式部に頼通の結婚話の相談をした背景には、このようなさまざまな人とのつながりが展開していたのであろう。その人物関係を解きほぐしながら、私としては新しい命を吹き込むようにして、紫式部の実像を追い求めることにした。

一章

セレブ二人の間を取りもつ

和暦	西暦	天皇	関白	紫式部の年齢（推定）	藤原道長の年齢	具平親王の年齢	できごと
長保二年	一〇〇〇	一条天皇	―	三一歳	三五歳	三七歳	一二月一六日、皇后定子崩御（二五歳）。
寛弘五年	一〇〇八		―	三九歳	四三歳	四五歳	七月一六日、中宮彰子（二一歳）、道長邸に退出。 九月一一日、敦成親王誕生。三日、五日、七日、九日の産養。 （このころ、道長、紫式部に具平親王の姫君〈隆姫、一四歳〉と頼通〈一七歳〉の結婚の相談をする） 一〇月一六日、一条天皇（二九歳）、道長邸に行幸。 一〇月、頼通、隆姫と結婚（あるいは翌寛弘六年か）。 一一月一日、道長邸で敦成親王の「五十日の祝い」、藤原公任など大勢の公卿たちが参加。 一一月一七日、中宮彰子、敦成親王とともに内裏に還啓。

一　紫式部、結婚の仲立ちをする

中宮彰子が、出産を前に、宮中から父道長の土御門殿《つちみかどどの》に帰って来たのは、寛弘五年（一〇〇八）七月一六日、無事に若宮が誕生したのは九月一一日の昼であった。道長邸では、連日安産の祈願の騒動が続き、生まれたのが男皇子《みこ》だっただけに、初孫の誕生となる道長にとって、喜びは並一通りではない。その後に続く祝いの日々、中宮は一〇月一〇日過ぎに産褥《さんじょく》を離れ、一〇月一六日には一条天皇の行幸を迎えるという栄誉にも浴する。誕生後のさまざまな行事が一段落し、精神的にも時間的にも余裕が生じたのか、道長は紫式部に長男頼通《よりみち》の結婚話を相談する。『紫式部日記』には、前後の脈絡もなく、道長が紫式部に、「具平《ともひら》親王の姫君と頼通を結婚させたいのだが、あなたは親王と親しい関係にあるので」と話しかけてくる場面がある（以下、〔　〕内は引用者注。

読みやすさを考慮して、引用中の旧字を新字とし、ひらがなを漢字にあらためるなどした）。

中務《なかつかさ》の宮〔具平親王〕わたりの御ことを、御心に入れて、そなたの心よせある人とおぼして、語らはせたまふも、まことに心の内は思ひゐたること多かり。

中務の宮とは、村上天皇第七皇子の具平親王で、当時、四五歳であった。道長は頼通の結婚相手として具平親王の姫君を考えているようで、「御心に入れて」とあるように、このところ思慮をめぐらしていたようだ。出産騒ぎもあり、落ち着いて考えられなかったが、一段落したところで紫式部に相談をもちかけたのである。「そなたの心よせある人」と、紫式部と具平親王はゆかりが深いと道長は判断していた。

中宮彰子が若宮を伴って内裏《だいり》へ還啓《かんけい》するのは一一月一七日と決まり、彰子とともに紫式部も道長邸から離れるだけに、早く話を進めておかないと手遅れになってしまいかねないという危惧の念もあったのであろう。一方、紫式部にとっては、ことは重大、厄介な問題を抱え込むことになってしまった。具平親王は姫君を天皇に入内《じゅだい》させたいとの意向があり、紫式部はそのことを知っていた。それなのに頼通と結婚させるようにと説得しなければならない。あるいは、道長はそれを知った上で、紫式部であれば、具平親王の考えを改めさせることができると考えたのかもしれない。

紫式部は当時、道長から強く求められている『源氏物語』書写のことで悩んでいたこともあり、めでたい話とはいえ、喜びで心のはずむような思いにはなれなかった。それでも道長からの直接の頼みだけに断るわけにはいかず、すぐさま具平親王と連絡をとり、その意向を伝えたはずである。

頼通は、母は道長正妻倫子《りんし》、正暦三年（九九二）生まれ、長保五年（一〇〇三）二月に元服し、寛弘五年には一七歳であった。相手の具平親王女《むすめ》隆姫《たかひめ》は一四歳、道長は皇族との結びつきを求め、なんとしても結婚を実現したい思いであった。縁組を具体的に進めるには個人的にもかかわりの深い紫式部に頼むのが最も有効だと考えたのであろう。御産のあわただしさの中でも、道長はあれこれと思いをめぐらし、長男の最初の結婚という重大な相談相手に、紫式部が選ばれたのである。

具平親王は、才識にたけた人物として広く知られ、世にも評判の高い人物であった。

中務宮の御心用ゐなど、世の常になべてにおはしまさず、いみじう御才賢《ざえかしこ》うおはするあまりに、陰陽道《おんみやうだう》も医師《くすし》の方も、よろづにあさましきまで足《た》らはせたまへり、作文《さくもん》、和歌などの方、世にすぐれめでたうおはします、心にくく恥づかしきことかぎりなくおはします。（『栄花物語』巻八「初花」）

陰陽道から医学、漢詩文、和歌と、あふれるような才芸の持ち主であった。道長は具平親王とは早くから和歌の贈答もするなど、その人柄を熟知していた。『御堂関白記《みどうかんぱくき》』の寛弘二年（一〇〇五）一〇月一八日条に「中務宮、経を奉り外題を書き給ふ」などと、書家の藤原行成《ゆきなり》とともに、その筆跡を珍重していた。道長としては、うまくいけば頼通は皇族と縁者になれるとの思いもあった。権力者の道長であっても、機微に触れる皇族との婚姻だけに、具平親王と関係の深い紫式部に頼むほかなかった。この背景からすると、具平親王は、なかば紫式部の後見人のような立場にあったのかもしれない。

二　男は妻がら

頼通と具平親王女隆姫との結婚話は、『紫式部日記』によると道長が積極的に具平親王の姫君と頼通との婚姻を望み、その斡旋《あっせん》を紫式部に求めたとあったが、道長を賛美する立場の『栄花物語』では、まったく逆の話の展開となる。

その宮〔具平親王〕、この左衛門督殿《さゑもんのかみどの》〔頼通〕を心ざしきこえさせたまへば、大殿〔道長〕

聞こしめして、「いとかたじけなきことなり」と、かしこまりきこえさせたまひて、「男は妻《め》がらなり。いとやむごとなきあたりに参りぬべきなめり」と聞こえたまふほどに、うちうちにおぼし設《まう》けたりければ、今日《けふ》、明日《あす》になりぬ。さるは内などにおぼし心ざしたまへる御事なれど、御宿世《すくせ》にや、おぼしたちて婿取りたてまつらせたまふ。御ありさまいと今《いま》めかし。女房二十人、童女《わらは》、下仕《しもづかへ》四人づつ、よろづいといみじう奥深《おくぶか》く心にくき御ありさまなり。

（巻八「初花」）

具平親王は、姫君を宮中に入れたいとの思いがありはしたが、一条天皇のもとには、八年前に皇后定子《ていし》が亡くなったとはいえ、道長女《むすめ》の中宮彰子が不動の位置を占めており、しかも男皇子の誕生となったからには、とても対抗できるはずがない、それよりも将来のことを考えると、道長一族と縁者になっておくほうがはるかに身は安泰、との思いがあったのであろう、翌寛弘六年三月には左衛門督《さえもんのかみ》に昇進する頼通は将来性もあると考え、婿君にと申し入れたというのである。道長はこの申し出を「いとかたじけなきことなり」と恐懼《きょうく》し、「男は妻がらなり」と、「男が自立した存在として政治的にも活躍できるようになるのは、結婚する相手の女性次第なのだ」と、意を得たとばかりの大喜びであった。しかも、願ってもない皇族との縁組だけに、話が頓挫しないうちにと、道長はそれなりの準備を周到に進めていた。たちまちのうちに結婚話は進み、二〇人以上もの女房たちを手配するという段取りになる。

記録には見えないが、中宮彰子の内裏還啓前に挙式の運びとなったのであろうか。
具平親王は、頼通を隆姫の婿君として迎える話が決まってしまうと、当初は入内を考えていたとはいえ、これも運命なのだとすっかり方針を変えてしまう。『栄花物語』に「今日、明日になりぬ」とあるので、縁談が持ち上がってすぐに頼通は具平親王家の婿君として通うようになったと想像されてくる。

道長が強調するのは、「男は妻がらなり」のことばで、相手の女性次第で、男の運命は大きく変わってくるものだとする。こののちに、敦成《あつひら》親王誕生の「五十日《いか》の祝い」が盛大に催されるが、少し酒の勢いもあってか、「中宮のてて〔父親〕として、自分はなかなかの者だし、私の娘として中宮もすばらしい。母（倫子）は、幸せなことだと思って笑っているようだ。よい婿君を持ったものだと思っていらっしゃるようだ」と自慢する。

「宮の御ててにてまろわろからず、まろがむすめにて宮わろくおはしまさず。母もまた幸ひありと思ひて、笑ひ給ふめり。よい男は持たりかし、と思ひたんめり」と、たはぶれきこえ給ふも、こよなき御酔《ゑ》ひのまぎれなりと見ゆ。（『紫式部日記』）

道長は酒によって顔を少し赤くさせ、にこにこしながらうぬぼれ話をする。倫子の婿である自分への称賛でもあった。それとともに、倫子を妻に迎えたことが、今の幸運な身になったのだとも言いたいのであろう。

倫子は左大臣 源 雅信女《みなもとのまさのぶむすめ》、将来の中宮候補にと育てられていた姫君で、永延元年（九八七）、二二歳だった道長は強引に結婚を申し込む。父親は、「愚かなこと、青二才の若造にやれるものか」と断るのだが、母親は道長の将来を見込み、婿君に迎えたといういきさつであった。雅信ならずとも、当時の道長の立場から、これほどまでに権力を握る人物になろうとは、誰も予測がつかなかったはずである。道長は昔の自分の姿を思いだし、具平親王女の隆姫なら、頼通にふさわしいと積極的になったのだろう。

『栄花物語』は具平親王から道長に隆姫との結婚を願い入れたとする。道長の栄華を描くという作品の性格から、そのような描写になったのだろうが、実情は、さまざま考えた末に、ここは紫式部に相談するしかないと、斡旋を依頼したのであろう。それほど重要な決定をするにあたって紫式部を頼りにするというのは、いかに彼女が具平親王と親密な関係にあったかを思わずにはいられない。

三　頼通と隆姫の結婚

道長から真剣な相談を受けた紫式部は、その後どのような行動をとったのか。頼通・隆姫の結婚のなりゆきについて明らかではない。先にみた『栄花物語』では「今日、明日になりぬ」とあるので、数日後には婿入り話は成立して頼通は通うようになったのか、紫式部もその後について何も記していない。ただ、隆姫と頼通とのかかわりを示すと思われる贈答歌が、父道長の家集『御堂関白集《みどうかんぱくしゅう》』に収載される。頼通は、北の方になった隆姫に、長い菖蒲の根に文を結び付け、初めて歌を詠む。あなたのことを思う心は、この菖蒲の根どころではなく、もっと長く深いと誠意を示す。

左衛門督殿の、北の方に、はじめてつかはす

おり立ちてけふはひくにもかからねば菖蒲《あやめ》の根さへなべてなるかな

御かへりごと

菖蒲草ひけるをみれば人しれずふかき袂《たもと》もあらはれにけり

一般的な恋の手順としては、男から女に消息《しょうそく》（手紙）を遣わし、その繰り返しの後に通うことになる。頼通の歌の詞書《ことばがき》には「北の方に、はじめてつかはす」とあり、「菖蒲を根ごと引き抜こうと、自ら沢や沼に降り立つように、今日はお心を私に向けていただきたいとお心を引くのですが、菖蒲の根はありふれた長さであっても、私のあなたへの思いは、そのようなものではなく、深く長いのですよ」と、自分のありったけのまごころを示す。歌には、季節にふさわしい菖蒲の根が添えられていたのであろう。「いくら長い菖蒲の根だといっても、引くと抜けるものだが、自分の情愛の心は、そのようなものではなく、さらに深く長い」と、まずは常套的な歌から始まる。

男から届いた文に、いきなり本人の姫君が返事をするのではなく、無視するか、侍女などが代筆する場合が多い。『源氏物語』末摘花《すえつむはな》巻では、いくら手紙を書いても返事がないため、荒れた屋敷に住みながら、皇族の姫としての気位が高いのかと、源氏はいささか焦るような思いがするが、末摘花はすぐに返しの歌を詠むとか、返事ができるような性質ではない人物として描かれる。高貴な姫君になると、人と顔を合わせ、話をするようなこともないだけに、男としては書いた歌なり筆跡から、女性の教養や姿を推察するしかなかった。仕える女房の筆なのか、直筆なのかも見極める必要がある。

頼通の歌に対して、「北の方」になる隆姫からの返しは、「お引きになった菖蒲の根を見ますと、それとなく姫君を深く思っていらっしゃるご様子がよくわかります。根ならぬ泣く音《ね》の血の涙で、袂も赤く染まっていることです」と、もろ手を挙げての賛意を示す。歌の内容からすると、隆姫の歌ではなく、侍女からの返しのようだ。恋の駆け引きから始まるのではなく、この場合はすでに結婚が前提であったことによるのであろう。

中宮彰子の御産のあった寛弘五年当時の左衛門督は藤原公任《きんとう》、頼通は東宮権大夫《とうぐうごんのたいふ》の任にあり、左衛門督になったのは翌年の三月四日であった。官職から想定すると寛弘六年三月以降、五月の菖蒲のころに詠まれたことになる。道長は紫式部以外にもさまざまなルートを用いて隆姫との結婚話を進めたものの、具平親王はすぐに承諾せず、翌年になったというのであろうか。頼通の歌が父の歌集に紛れ込んでいるように、厳密に年代を想定する必要はないのかもしれない。『栄花物語』は、頼通と隆姫との結婚のいきさつを、次のように語る。

かかるほどに、殿〔道長〕の左衛門督〔頼通〕を、さべき人々いみじうけしきだちきこえ給ふところどころあれども、まだともかうもおぼしめし定めぬほどに、六条の中務の宮〔具平親王〕と聞こえさするは、故村上の先帝の御七の宮におはします。麗景殿《れいけいでん》の女御〔荘子《そうし》〕の御腹《はら》の宮なり、北の方はやがて村上の四の宮為平《ためひら》の式部卿《しきぶのきやう》の宮の御中姫君《なかひめぎみ》なり、母上は故源帥《そち》の大臣《おとど》〔高明《たかあきら》〕の御女《むすめ》の腹なり、かかる御仲より出で給へる女宮三所《みところ》、男宮二所《ふたところ》ぞおはします、その姫宮〔隆姫〕、えならずかしづききこえさせ給ふ。（巻八「初花」）

『栄花物語』によれば、立派に成長した道長息子の頼通に対して、婿君に迎えたいと申し出る者が数多くいたようで、具平親王もその一人だという。具平親王周辺はやや複雑な人物関係なので、略系図を示しておく［図1］。具平親王は、村上天皇の第七皇子、母は麗景殿女御荘子、北の方は村上天皇の第四皇子為平親王の次女中姫君である。しかも為平親王の北の方の父は、醍醐天皇第一〇皇子源高明という出自で、血筋としては申し分がない。具平親王には姫君三人、男君二人がいて、長女の隆姫はことのほか寵愛されているという。

道長が、頼通の相手を決めかねていたところに登場したのが、具平親王女《むすめ》の隆姫だった。『栄花物語』の記述は、頼通が左衛門督のころに婿になったと解釈したにすぎないのであろう。

頼通は、隆姫の評判を聞き、すぐに恋文を送り、当初は侍女との往信を続けた。それは寛弘五

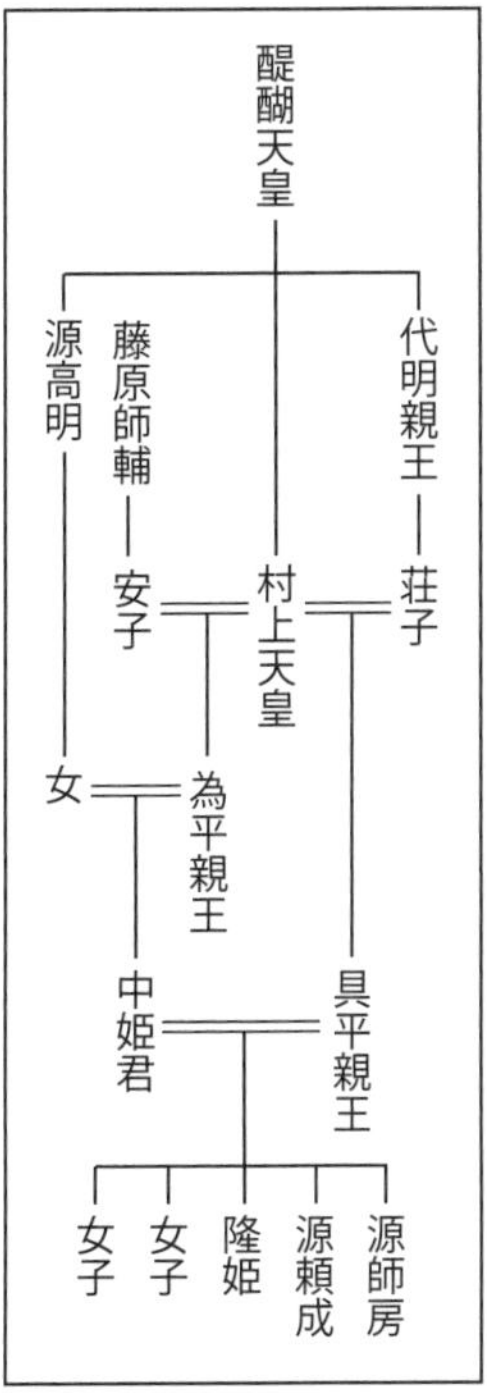

図1　具平親王家系図

年のことであり、四月一三日に懐妊五カ月目の中宮彰子が一条院内裏から道長邸に帰ってきた折でもあった。具平親王は頼通の文をみて、隆姫の入内も考えていただけに、しばらくためらいもあったはずだが、承諾することにした。道長も大いに喜びながら、ただいまの時期は中宮の無事な出産をみるまでは、とても頼通の結婚を進めるわけにはいかない。ほどなく道長邸では安産祈願の「法華三十講」が始まり、五月五日は五巻の日という盛大な儀式が続く。道長は、紫式部にも相談したはずだが、彼女とて具平親王とゆっくり話をして進めるような心の余裕もない。

道長は、将来の政権掌握に必要な親王の誕生を熱望し、誠意を尽くした祈願の日々を過ごしているだけに、頼通の結婚の準備に気を配りはしても、具体的な日程を、現在の段階で進めるわけにはいかない。若宮の誕生に続く行事の後に、長く待たせていた頼通の結婚を果たすことにした。それが一〇月のことであり、紫式部に相談した直後に結婚を取り決めたわけではなかったといった流れも考えられる。すると、『紫式部日記』にあるように道長が相談したのは、四月末だったということになるのだが、このあたりの経緯は明らかではない。

なお、頼通と隆姫の間に子は生まれず、のちに具平親王の子源師房《もろふさ》を猶子《ゆうし》とし、藤原氏の政権を長く支えていく。

二章

具平親王文化サロンと父たち

和暦	西暦	天皇	関白	紫式部の年齢(推定)	具平親王の年齢	できごと
貞元二年	九七七	円融	藤原兼通／藤原頼忠	八歳	一四歳	八月「三条左大臣藤原頼忠前栽歌合」為頼出詠、ほか大中臣能宣、源順、清原元輔らが詠歌。
長徳元年	九九五	一条	藤原道隆／藤原道兼	二六歳	三二歳	藤原道長（三〇歳）に内覧の宣旨。この年、四月より疫病が猛威を振るう。四月、関白藤原道隆（四三歳）、大納言藤原済時（五五歳）、五月、左大臣源重信（七四歳）、関白藤原道兼（三五歳）、中納言源保光（七二歳）ら死去。
同二年	九九六		（左大臣藤原道長）	二七歳	三三歳	藤原伊周・隆家の従者が花山法皇を射る。伊周・隆家、配流。為頼、太皇太后宮大進に任ぜられる。為時（五〇歳か）、越前守として赴任。紫式部、同道する。
同四年	九九八		―	二九歳	三五歳	春、具平親王、藤原公任（三三歳）、藤原為頼ら、岩倉へ花見に赴く。八月二六日、源宣方没（年齢未詳）。為頼没（年齢未詳、為時の兄なので五五、六歳か）。紫式部、越前から帰京する。
長保元年	九九九		―	三〇歳	三六歳	具平親王は為頼が前年に亡くなったのを偲び、公任と贈答歌。藤原彰子（一二歳）入内。
寛弘六年	一〇〇九		―	四〇歳	四六歳	七月二八日、具平親王没。

一　文人サロンだった具平親王邸

具平親王は各書に博学多識な才人であったと引かれる。しかし、政治的な関心はあまり示さなかったとされる。敵対することのない存在として道長に尊重されていたのであろう。頼通と隆姫の結婚が、紫式部に相談した翌年の寛弘六年（一〇〇九）とすると、頼通が具平親王の婿となってほどなく七月二八日に「今日丑《うし》の刻二品行《ぎやう》中務卿具平親王（村上皇子）薨《みまか》る、年四十六」（『日本紀略』）とあり（「行」は、位に比して官の低い場合をいう）、はかない命であった。なお具平親王の三人の娘のうち、隆姫は頼通室、中の姫君は皇后定子と一条天皇との間に生まれた敦康《あつやす》親王室、三女は道長五男の藤原教通《ふじわらののりみち》室となっている。隆姫の評判のよさから、道長は三女も教通と結婚させるようにしたのであろう。

具平親王の豊かな才芸のほどは、しばしば記録されるところで、『今鏡』（昔語）に、

村上の中務宮具平は、文作らせ給ふ道すぐれておはしましければ、斉名《ただな》・以言《もちとき》などいふ博士《はかせ》常に参りて、文作らせ給ふ御友になむありける。大内記《だいないき》保胤《やすたね》とて、中にすぐれたる博士、御師にて、文は習はせ給ひける。

とあるように、紀斉名や大江《おおえの》以言に学び、学識豊かな文人として知られた慶滋《よししげ》保胤の門で学んだとされる。

さらに『今鏡』は、具平親王が漢詩文を学んだ保胤について、造詣《ぞうけい》の深い学者であるとともに、隠逸的な存在であったと記す。

大内記の聖《ひじり》保胤は、やむごとなき博士にて、文作る道、類少なくて、世に仕へけれど、心はひとへに仏の道に深く染《そ》みて、〔中略〕池亭《ちてい》の記とて書かれたる書《ふみ》はべなるにも、「身は朝《てう》にありて、心は隠《いん》にあり」とぞはべなる。中務宮具平の、もの習ひ給ひけるにも、文少し教えたてまつりては、目を閉ぢて仏を念じたてまつりてぞ、怠らず勤め給ひける。

保胤は仏道に深く向かい、六条坊門に邸宅を構え、池に臨んだ一角に阿弥陀堂の池亭を建て、

念仏三昧《ねんぶつざんまい》の生活は、世相の批判的な描写とともに、みずからの『池亭記』に詳しく記す。具平親王は、その学問とともに、思想的な影響も大きく受けたとされる。

具平親王邸の千種殿《ちぐさどの》は、鎌倉時代の百科事典ともされる『拾芥抄《しゅうがいしょう》』によると、「六条の坊門の南西洞院の東、中務卿具平親王家、保昌之を伝領す」とする。保胤の池亭をも含む広大な敷地だったようで、ほかに「六条の宮」とも「桃花閣」とも呼ばれ、保胤などの文人がしばしば集まって詩会も催された。「千種」と称されるように、庭には季節ごとの花も咲き、文人たちはそれを眺めて詩を詠じていた。このようにたどってくると、『源氏物語』の四季の庭からなる六条院を連想させる。紫式部と具平親王との関係の深さからすると、まさにモデルとして利用したのであろう。

藤原公任などとともに、一条朝の四納言に数えられる藤原行成《ゆきなり》は、小野道風《おののみちかぜ》・藤原佐理《すけまさ》とともに三蹟《さんせき》の一人とされた能書家で、道長のもとにも出入りし、日記の『権記《ごんき》』によると、中務卿の六条の宮にもしばしば訪れていた。具平親王の六条院で詠まれた漢詩は、『本朝麗藻《ほんちょうれいそう》』に多くが収載されるように、いわば文人たちのサロンの場でもあった。

二　おじ為頼と具平親王の交流

紫式部の父藤原為時の兄為頼は、具平親王と公私ともに親密な仲だったようだ。和歌における交流の様子が多くの資料に残される。母は為時と同じ右大臣定方女《むすめ》で、丹波守《たんばのかみ》、摂津守《せっつのかみ》などを歴任し、長徳二年（九九六）には太皇太后宮大進《たいこうたいごうぐうたいしん》となっている。太皇太后宮とは冷泉《れいぜい》天皇の皇后だった昌子《しょうし》内親王、大進は中宮職の三等官を意味する。早くから貴顕のもとにも出入りし、歌人としての評判も高かったようだ。なお長徳二年は、弟の為時が越前守として赴任した年でもある。

廉義《れんぎ》公《こう》家にて、「草むらの夜の虫」といふ題をよみはべりける　藤原為頼
おぼつかないづこなるらん虫の音《ね》をたづねば草の露や乱れん（『拾遺和歌集』巻三、秋）

廉義公は従一位太政大臣藤原頼忠《よりただ》の諡《し》号《ごう》（おくり名）で、為頼の歌は貞元二年（九七七）八月一六日に頼忠邸で催された「三条左大臣藤原頼忠前栽歌合《せんざいうたあわせ》」の一首である。為頼は三首提出しており、参列者はほかに歌人として知られる大中臣能宣《おおなかとみのよしのぶ》、源　順《みなもとのしたごう》、平　兼盛《たいらのかねもり》、源重之《しげゆき》ら、それに

清少納言の父でもある清原元輔《きよはらのもとすけ》の名もみえる。

また、

廉義公家の紙絵に、旅人の盗人《ぬすびと》にあひたる形《かた》かける所　藤原為頼

盗人のたつたの山に入りにけり同じかざしの名にやけがれん（『拾遺和歌集』巻九、雑下）

とあり、「廉義公家の紙絵」のことばを持つ詞書の歌は、同じ『拾遺和歌集』に源景明《かげあきら》や恵慶《えぎょう》法師の作もみられるので、頼忠は自邸に歌人たちを招き、自慢の紙絵を披露して歌を詠ませていたのであろうか。為頼は、旅にある者が盗人に遭遇した箇所を和歌に詠み、「盗人がよく出るという龍田山に入ってしまった。木の枝で身を隠し、人の通るのをうかがっているという盗人の評判のために、同じ山にいる私も汚名を着せられてしまうのではないだろうか」とする。

「紙絵」の用例としては、『長能集《ながとう》』に、

同じ院〔花山院〕の、御手づから紙絵かかせ給ひて、人々に歌つけさせたまひしに、「秋の前栽咲き乱れ、もみぢおもしろき所」に

とあり、『公任集』にも、

花山院のかかせたまへる紙絵に歌つけて給はせたりけるに、人々さるべき所はつけ果ててなかりければ、人の鶴飼ひて文ひろげてゐたる所に

とする歌の詞書をみいだす。花山院は趣味の多様な人物だったようで、専門家の絹絵に対して、素人ながら料紙に四季の風景や人事などの風俗を描いていたのであろう。秋の草花、時には神仙的な絵なのか、鶴を傍らにして文を広げる人物の姿もあった。花山院は各種の画題を絵にし、人々に歌を詠ませたようで、公任のもとに届けられたときには、すでに絵の大半には歌が書き込まれていたため、彼は誰も詠もうとしなかった残りの場面を取りあげることにしたという。

頼忠の「紙絵」は、自邸に人々を集めて詠ませたのか、公任のように届いた冊子の「紙絵」に歌を書き入れたのかは明らかでない。

為頼の交流の広さを示す例として、ほかにも次のような歌がある。

住みはべりける女亡くなりにけるころ、藤原為頼朝臣妻身まかりにけるにつかはしける

小野宮右大臣

よそなれど同じ心ぞ通ふべき誰も思ひの一つならねば

返し　藤原為頼朝臣

ひとりにもあらぬ思ひは亡き人も旅の空にや悲しかるらむ（『新古今和歌集』巻八、哀傷）

「小野宮《おののみや》右大臣」は藤原実資《さねすけ》で、実資が通っていた女が亡くなったころ、妻を亡くした為頼のもとに「通っていた妻を失ったという悲しみは、離れていても心は通い合うものであろう、誰も悲しみは一つではなく、私も妻を失って悲しみに耽《ふけ》り、またあなたも悲しんでいると思うと、二重の悲しみの思いになる」と、自分一人が悲しんでいるのではなく、為頼の心を思いやっての歌を送ってくる。

『為頼集』では、「小野宮の中納言、北の方におくれてのたまへる」とあり、「住みはべりける女」は実資の北の方とする。為頼は、「悲しんでいるのは私一人ではなく、あなたも妻の死に会って嘆いているが、亡くなった二人の女も死出の旅の空で悲しんでいることだろう」と返しをする。為頼の妻はどのような人物だったかわからないが、紫式部にとっては身近なおばにあたる。

それだけではなく、『為頼集』には、長年連れ添った妻を失い、悲しむ為頼のもとに、具平親王の母荘子から見舞いの歌が届けられる。

としごろあひ添ひたる人なくなりわたるころ、中務の宮の母の女御の御もとより、

この世にてちぎりしことをあらためて蓮《はちす》の上の露と結ばむ

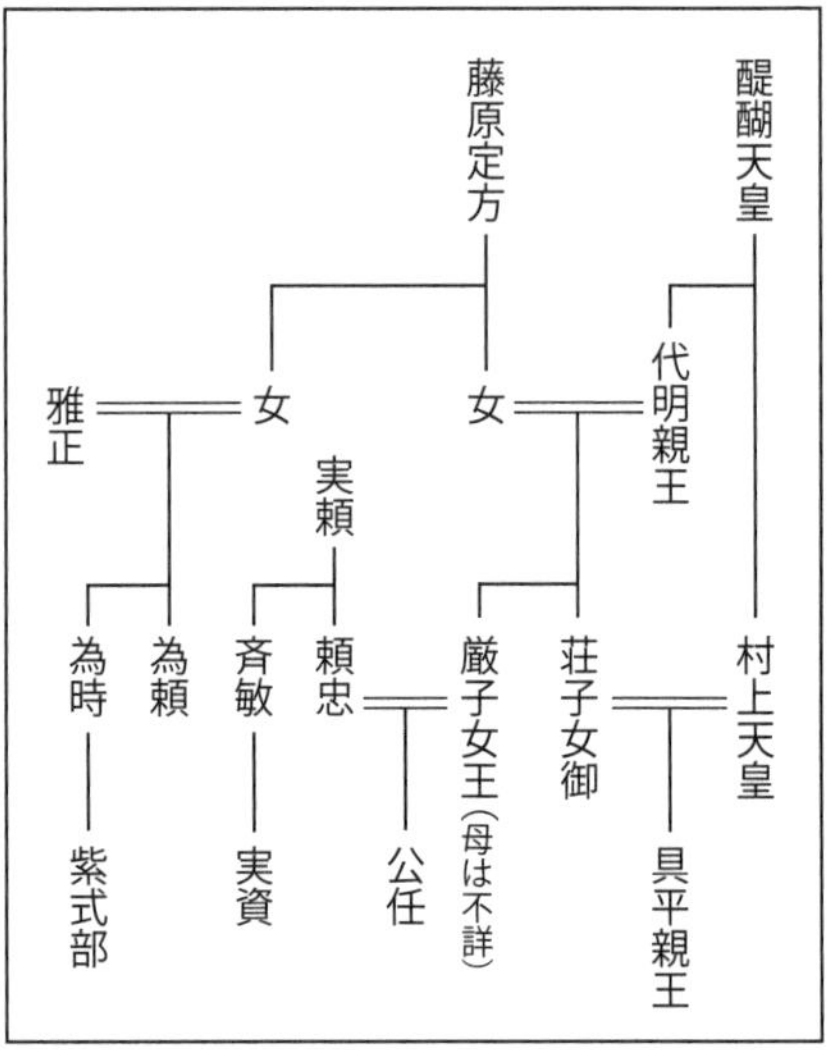

図2　具平親王と為時・為頼との関係

具平親王の母女御（村上天皇女御荘子）は「この世で約束していたけれど、あらためて死後の世界では極楽往生を果たし、ともに蓮の上の露の身となるよう、約束を結び固めたいものです」と歌を詠んでよこし、為頼の妻とかねてともに往生しようと約束していた仲だったとする。

　為頼の母と荘子女御の母は姉妹であるが、為頼の妻とどのような関係にあったのかはわからない。かなり深い仲であったのは確かである。また代明《よしあきら》親王には、数人の姫君がいたようだが、そのうちの荘子女御と頼忠室（厳子女王、公任母）も姉妹であった。系譜が広がりすぎるが、為頼は公任とも縁者であったことになり、公任は紫式部とも近い存在になる［図2］。次に指摘するように、為頼と公任が親密な間柄であったのは、たんに歌人仲間というだけではなく、親族としての親しさもあったことになる。すると、紫式部と公任との関係も、かなり見方が異なってくる。

三　具平親王、為頼を哀悼する

為頼の歌人としての交流は広く、歌人としても知られた藤原公任と、次のような世の無常を嘆きあう贈答歌もある。

昔見はべりし人々多く亡くなりたることを嘆くを見はべりて　藤原為頼
世の中にあらましかばと思ふ人亡きが多くもなりにけるかな
返し　右衛門督《うえもんのかみ》公任
常ならぬ世は憂き身こそ悲しけれその数にだに入《い》らじとおもへば（『拾遺和歌集』巻二〇、哀傷）

かつて親しくしていた人々がつぎつぎと亡くなってしまう。「この世にもっと生きていてほしいと思う人が、数多く亡くなってしまったことだ」と、為頼は世のはかなさを悲しむ。それを受けて公任は「無常な世の中において、憂いの我が身こそ悲しいこと、生きていてほしかったと思い出される人の数の内にも入らないわが身なので」と嘆じる。公任の歌は、政治的な権力から取り残された身を悲しむ意図があるとか、為頼への返歌ではないとする異文もあるが、ここでは詳細を問わないことにする。ただ、為頼の「世の中にあらましかばと」の歌は、のちの説話集にも取り込まれるなど、人々の評判にもなっていった。

紫式部にとってはみ身近なおじの歌だけに大きな影響を受けたようで、『源氏物語』玉鬘《たまかずら》巻では、源氏が玉鬘を引き取って世話をするようになる場面で、「あらましかばと、あはれに口惜しくのみおぼしいづ」と、源氏の感慨の表現として用いる。今さら取り返しようがないとはいえ、母親の夕顔が生きていればと、口惜しい思いがするとの場面である。「あらましかば」を引歌《ひきうた》としており、紫式部はほかにも為頼の歌を『源氏物語』の各巻で用いている。

『栄花物語』（巻四「見果てぬ夢」）では、「かくて長徳元年（九九五）正月より、世の中いと騒がしうなりたちぬれば」と、疫病が猛威をふるい、四月には関白藤原道隆《みちたか》、大納言藤原済時《なりとき》、五月には左大臣源重信《しげのぶ》、関白藤原道兼《みちかね》など政権中枢の人物たちも亡くなるなど、世情不穏な中で、為頼がこの歌を詠んだとする。道長が内覧《ないらん》の宣旨《せんじ》をこうむるなど、政治的には大きな転換期でもあった。それだけに、世の人々は為頼の「世の中にあらましかばと」の歌に、共感もしたのであろう。

長徳四年（九九八）春、為頼は具平親王や公任らと岩倉へ花見に訪れ、楽しみのひと時を過ごしたが、その年のうちに亡くなったようである。

花の盛りに藤原為頼などともにて、岩倉にまかりにけるを、中将宣方《のぶかた》朝臣、「などか、かくとはべらざりけむ、のちのたびだに必ずはべらん」ときこえけるを、その年、中将も為頼もみまかりにける、またの年かの花を見て、大納言公任のもとにつかはしける

中務卿具平親王

春くれば散りにし花も咲きにけりあはれ別れのかからましかば

かへし　大納言公任

行きかへり春やあはれと思ふらむ契りし人のまたもあはねば（『千載和歌集』巻九、哀傷）

具平親王一行が岩倉に花見に出かけたのを、あとで知った中将源宣方が、「どうして、岩倉に花見に行くと教えてくださらなかったのですか。次に行くときには、必ず知らせてほしい」と言ってよこしてきた。ところがその年のうちに、宣方も為頼も亡くなってしまった。翌年の春、昨年と同じ桜をみて、具平親王は大納言公任に「春がめぐり来ると、昨年散った桜もまた咲いて美しい姿をみせることですね。ああ、人との死別というのも、このようにまた会えるのであれば、嘆くことなどないでしょうに」と詠み送る。

具平親王の周辺には文学仲間が形成され、親王邸では詩会や歌会が催され、春になると桜狩りに各所を訪れるなどしていたのであろう。

宣方の没年は長徳四年八月二六日、為頼も同じ年に亡くなったという。紫式部が生まれた年は

不明だが、一つの有力な説である天禄元年（九七〇）生まれとすると、おじ為頼が亡くなった年は二九歳となる。為時と為頼は同じ敷地に住んでいたと思われるので、紫式部は幼いころから為頼にかわいがられ、漢学者の父とは異なり、歌を詠む手引きをしてもらっていたことであろう。為時が越前守となったのは長徳二年正月の除目《じもく》においてで、紫式部も父に伴い任地に赴く。ただ、二年後の長徳四年には帰京する。藤原宣孝との結婚のための帰京かともされてきたが、為頼が亡くなったとの知らせを聞き、紫式部は最愛のおじの喪に服する目的もあって都へ戻ってきたのではないだろうか。動くことのままならない父の名代として、紫式部は哀悼のため急遽、帰京したと考えたい。

為頼が具平親王と親密であったということは、当然のことながら紫式部にとっても具平親王は近しい人物であった。親王周辺の人々、公任らも含めて、為頼の利発な姪の存在はしばしば話題になったはずである。紫式部と公任とは遠縁にあたるとすればなおさら、そのあたりから早熟な紫式部の噂が貴顕に広がっていった可能性もある。

三章　父為時の官僚生活の悲運

和暦	西暦	天皇	関白	紫式部の年齢（推定）	具平親王の年齢	できごと
貞元二年	九七七	円融	藤原兼通／藤原頼忠	八歳	一四歳	三月二八日、為時（三一歳か）、東宮師貞親王御読書始め副侍読を務める。
永観二年	九八四	円融／花山	藤原頼忠	一五歳	二一歳	八月二七日、円融天皇（二六歳）譲位し、師貞親王即位（一七歳、花山天皇）。この年為時は式部丞。
寛和元年	九八五	花山	藤原頼忠	一六歳	二二歳	三月一一日、式部丞為時、石清水臨時祭の使者となる。一〇月二五日、式部丞為時と左衛門尉藤原宣孝が大嘗会御禊に参列。この年、花山天皇の女御の藤原忯子死去。具平親王邸桃花閣で遊宴、為時は具平親王邸で家司として仕えていた。
同二年	九八六	花山／一条	藤原頼忠（摂政）藤原兼家	一七歳	二三歳	六月二三日、花山天皇出家譲位（一九歳）、懐仁親王即位（七歳、一条天皇）。為時、すべての官職を辞す。
永祚元年	九八九	一条	（摂政）藤原兼家	二〇歳	二六歳	一〇月五日、三儒の一人、菅原資忠没（五四歳、永延元年とする説もあり）。一一月一日、同じく三儒の一人で花山天皇の忠臣、藤原惟成没（三七歳）。

一　儒学者為時

『紫式部日記』に、紫式部は少女のころに父為時から、間接的ながら漢籍を学んだ記憶を記す。弟と思われる惟規《のぶのり》が父から教えを受けていたのを、傍らで聞きながら、すぐに自分のほうが先に覚えてしまい、父は「この子が男の子であれば」と嘆いたという。

この式部の丞《じょう》〔惟規〕といふ人の、童にて書読《ふみ》みはべりし時、聞きならひつつ、かの人は遅う読み取り、忘るるところをも、あやしきまでぞさとくはべりしかば、書に心入れたる親は、「口惜しう、男子《をのこご》にて持たらぬこそ、幸ひなかりけれ」とぞ、つねに嘆かれはべりし。

為時は、儒学者として生涯を送った人物といってよいだろう。官吏養成機関ともいうべき大学寮に入り、学生《がくしょう》として学び、寮試を受けて予科ともいうべき擬文章生《ぎもんじょうしょう》、式部省試を経て文章生となる。専門のコースや時代によっても異なりはするが、同僚の文章道には二〇人ばかりいたようで、さらに勉学に励む者もいた。大半の者は、そのあたりで下級官僚として勤務に就く。『源氏物語』帚木巻の「雨夜の品定め」では、藤式部丞が文章生のころの恋愛事件を語る場面がある。為時も文章生から播磨権少掾《はりまのごんのしょうじょう》（安和元年〈九六八〉一一月、『類聚符宣抄』）、蔵人所雑色《ぞうしき》（『親信卿記』天延二年〈九七四〉正月一〇日条）を経て、貞元二年（九七七）には東宮師貞《もろさだ》親王の御読書《おんとくしょ》始《はじ》めの副侍読を務める（このころ為時は三一歳とされる）。為時は為信女《むすめ》と結婚して数人の子が生まれているが、宮中勤めをしていたのは、紫式部の幼いころにあたるであろうか。もっともこの時代になると、大学寮は衰退し、藤原氏が附属機関として設立した勧学院が中心になっていったようだが、詳細についてはわからない。

師貞親王は、冷泉天皇の第一皇子として安和元年一〇月二六日に誕生する。冷泉天皇は在位二年ばかり後の安和二年八月一三日に退位し、弟の守平《もりひら》親王が即位する（円融天皇）。玉突きのように、師貞親王は生後一〇カ月で皇太子（のちの花山《かざん》天皇）となる。一〇歳となった師貞親王に、初めての「読書始め」（「書始《ふみはじ》め」ともいう）がなされる。一般には七、八歳で行うようで、『源氏物語』桐壺巻では光源氏は「七つになり給へば書始めなどせさせ給ひて」とある。一条天皇は七歳で書始めがなされているので、師貞親王の場合はすこし遅いようには思う。

『日本紀略』の貞元二年三月二八日の条には、

東宮（師貞親王）初めて読書す、時に太子閑院の東対《ひがしのたい》に御坐《おはします》、学士権左中弁菅原朝臣輔正《すがはらのあそんすけまさ》、尚復文章生藤原為時。

とする。菅原輔正《すがわらのすけまさ》は、のちには参議となり正三位に昇叙するなど、菅原道真以来の伝統を継ぐ学者だが、為時は菅三品（菅原文時《ふみとき》、道真孫）の門に学んでいたこともあり、東宮の読書始めの場に推挙されたのであろうか。この栄誉が、為時のその後の人生を大きく左右することにもなる。「尚復《しょうふく》」は補佐の意で、講読の復唱などをして理解を深める役割を持つ。「閑院《かんいん》」は藤原氏の邸宅で、当時は閑院大臣とも呼ばれた藤原公季《きんすえ》が所有し、里内裏としても用いられた。

学問のできる男子であれば、官吏登用の道も開け、為時のような下級官僚の家柄であっても、それなりに出世をすることができる。だが女性には、そのような官途につく手立てはなく、結婚したとしても家庭内で生涯を過ごすか、女房として出仕するくらいしかない。為時は、なんとか惟規を官僚育成の機関に入れ、将来の生活安泰のためにもと、学問に身を入れる親だけに、熱心に家庭教育を行う。一〇歳から入学できたようなので、その前のことであろう。惟規を紫式部の弟とするのが一般的なので、惟規が六、七歳のころだとすると、彼女は二、三歳年上だったと考えられる。

師貞親王は永観二年（九八四）八月二七日に、円融天皇の譲位により、一七歳で即位する（花山天皇）。花山天皇は政治の刷新を志したこともあり、若い有能な官僚も集まってくる。為時も自分の学問が発揮できる政権と心服し、勤務に励むことになる。『小右記』の永観二年一一月一四日条には「式部丞為時」とあるので、式部省の三等官、従六位上の相当であった。寛和二年（九八六）には式部大丞の正六位下まで至《いた》るが、その年の六月二三日に、わずか二年の在位で花山天皇は突如として出家してしまい、為時はすべての官職を辞すことになる。事実上、花山天皇に重用された者たちは一掃されてしまった。その後為時が受領職を得るまでの一〇年、長い不遇の時代を過ごすことになる。紫式部の、一〇代後半から二〇代にかけてのころだった。

もっともそれまでの間、為時の名は記録に散見しており、示しておくと、永観二年一一月一四日は上野《こうずけ》国からの駒牽《こまびき》（宮中での馬の閲覧式）で「侍臣」とあり（『小右記』）、寛和元年（九八五）正月五日に「東宮の大饗」を侍臣に伝達する役として「式部丞為時」、同一八日の賭弓《のりゆみ》（天皇が弓場殿《ゆばどの》に出御して左右近衛府、兵衛府の舎人《とねり》が弓を射るのを御覧になり、勝ったほうに賭物《のりもの》を賜い、負けたほうに罰酒を課す年中行事）では為時とともに、のちに紫式部の夫となる藤原宣孝も雑事を務める。二人は遠縁の関係にあるため、親しくしていたのであろうし、当時一五、六歳になった紫式部の話もしていたとも考えられる。

同年三月一一日に石清水《いわしみず》臨時祭の使いとして「式部丞為時」が派遣され、四月二五日には陸奥国の貢馬《くめ》（朝廷への馬の献上）の故事について「式部丞為時」への下問、一〇月二五日の「大嘗会御禊《ごけい》」(大嘗祭の前月になされる潔斎)では、「式部丞為時」と「左衛門尉宣孝」は五位として「絹の荒染めの闕腋《けってき》の深地を着」して参列するが、その後は公的な場での姿をみせなくなる。為時は再任用されていたのか、そのあたりは詳しくわからない。

二　花山帝退位の悲劇と為時

花山天皇は即位して宮中に女御を迎えると、別の女性に心を向けるなど、いささか多情な性格でもあった。大将藤原朝光女の姫子を寵愛していながら、にわかに情愛が衰えるなどするため、小一条大将藤原済時《なりとき》は、女娍子《むすめせいし》の入内をあきらめるありさまだった。花山天皇は一条大納言為光女《むすめ》忯子《きし》に執心したこともあり、親もその求めに応じて入内させる運びとなる。ほどなく懐妊するが、重篤になり亡くなってしまう。『小右記』(寛和元年〈九八五〉七月一八日条)によると、

午時《うまのとき》ばかり、弘徽殿女御(忯子)卒すと云々。この女御懐妊七か月に及ぶと云々。

と、七カ月の身重であった。花山天皇の嘆きは深く、翌年の正月になっても悲しみは尽きること

がなかった。『栄花物語』（巻二「花山たづぬる中納言」）によると、

世の中正月より心のどかならず、あやしうもののさとしなど繁《しげ》うて、内裏《うち》にも御物忌《ものいみ》がちにておはします。また、いかなる頃にかあらん、世の中の人いみじく道心起こして尼、法師になりはてぬとのみ聞こゆ。

と、不穏な情勢が続き、世の人々がつぎつぎと出家するありさまにもなる。正月一三日にはおばの資子《しし》内親王、三月一四日には藤原仲平女《むすめ》の従三位暁子《ぎょうし》、三月二五日には藤原相中、四月二二日には花山天皇の文化的なサロンを支えていた慶滋保胤《よししげのやすたね》、同二八日には醍醐天皇皇子の盛明親王が出家するというありさまである。『本朝世紀』によると、花山天皇は連日のように「政《まつりごと》無し」と政務に関心を示さなくなり、「諸卿不参」と公卿たちも参内しない日々が続く。やがて六月二三日に、

今暁、夜丑《うし》剋許《ばかり》、天皇密々出清涼殿、忽以縫殿《ぬいどの》陣有車、左少弁藤原朝臣道兼与《と》竊《ひそか》相共同車、御東山花山寺、出家入道、（『本朝世紀』）

と、出家してしまう。在位は一年一〇カ月、一九歳であった。『栄花物語』（巻二「花山たづぬる

中納言」）には、

内裏《うち》のそこらの殿上人、上達部、あやしの衛士《ゑじ》、仕丁《しちやう》にいたるまで、残るところなく火をともして、いたらぬ隈《くま》なく求めたてまつるに、ゆめにおはしまさず。

と、誰にも知られることなく姿を隠してしまった。出家を知った忠臣の藤原惟成《これしげ》、藤原義懐《よしちか》も後を追って寺に入ってしまう。花山天皇の悲しみに乗じて、忯子の追慕をするようにと、道兼が出家をそそのかしたとされる。

『大鏡』巻一によると、道兼は密かに花山天皇を花山寺に導き、

御髪《みぐし》おろさせ給ひて後にぞ、粟田殿《あはた》〔道兼〕は「まかりいでて、大臣《おとど》〔兼家〕にも、変はらぬ姿、今一度見え、かくと案内《あない》申して、必ず参りはべらん」と申し給ひければ、「我をばはかるなりけり」とてこそ泣かせたまひけれ。あはれに悲しきことなりな。

と、花山天皇が出家したのを見定め、道兼は「この姿を父にもう一度お見せし、このような次第で花山天皇と出家することになったと事情を説明した後、かならずこの寺にもどってきます」と告げる。花山天皇は、「私をだましたのだな」と、道兼のはかりごとを見抜くことになる。

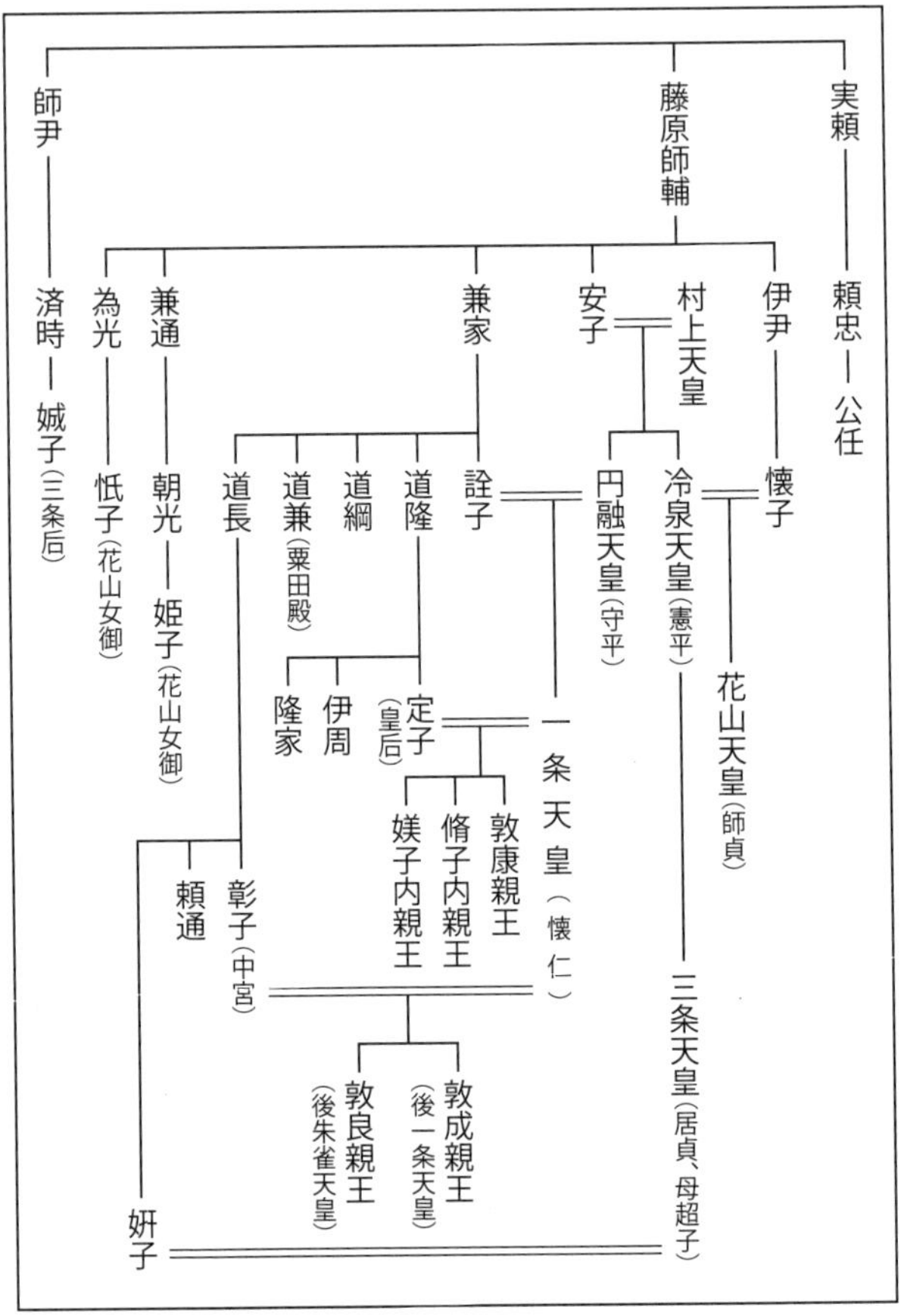

図3　一条天皇と藤原氏関係図

父の兼家は、道兼が天皇をたぶらかして出家させる計画だけに、「もしもことがうまく運ばず、道兼も出家することにでもなれば大変だ」と、幾人もの武者たちを、宮中から密かにつけさせていた。境内では、道兼が出家を無理強いされては困ると、武者は一尺ばかりの刀を抜いて見張っていたという。花山天皇の出家後、東宮懐仁《やすひと》（一条天皇）の即位は、兼家政権にとって都合のよいことだっただけに、黒幕は兼家だったともいえよう［図3］。

『日本紀略』では、宮中から花山天皇を連れ出す前に、道兼は剣璽《けんじ》（三種の神器の剣と玉）を東宮のもとに運んでいたとする。『百錬抄《ひゃくれんしょう》』には、

僧厳久《げんきゅう》、蔵人左小弁道兼に扈従《こしょう》し、左少将道綱を以て剣璽を東宮に献ず。道兼の謀《はかりごと》なり。

とし、道兼は花山天皇を出家させるため導師の厳久を従わせ、あらかじめ異母兄道綱には清涼殿に置かれていた剣璽を東宮のもとに運び込ませていたとある。

一条天皇の即位により、右大臣兼家はすぐさま摂政となって政務を掌握することになる。その後に道兼、道綱が昇進するのは、大いなる貢献の結果だった。

三　為時の閉塞

花山天皇の退位により、為時は官職を失うという不遇な時代を迎える。心を慰めるため、学問を続け、漢詩の詠作をしながら、機会の訪れを待つしかなかった。

そのころの状況を詠んだと思われるのが、『本朝麗藻《ほんちょうれいそう》』に「門は閑《と》ざし、謁客《えつきゃく》無し」と題する詩ではないかと思う。

家は古くなり、勤めに出かけることもないだけに、門は閉ざしたままで、そこには長い蓬《よもぎ》が生い茂っているだけである。

たまの訪問客さえもいなく、日常の生活もむなしく思われてくる。

『史記』にも登場する古代中国の翟公《てきこう》は、廷尉《ていい》の職を解かれてしまい、わびしい生活にため息をついていた。

汝南《じょなん》の袁安《えんあん》は、貧しさのため雪かきもせず、門は雪で覆われたままであった。草は閾《しきい》まで茂り、秋の露が白く光っているありさまである。

苔は戸までも封じ込め、そこに夕陽が当たり、紅色に輝いている。もう長い間、履《くつ》を足にしないため、客の送り迎えも忘れてしまった。とりわけ私は、今では都の安らかで心地よい泰適翁《たいてきおう》といってもよいであろう。

宮中勤めもなくなった為時は、鬱々として自邸で過ごす自分の姿をさらけ出す。原文の読み下し文は、以下のようである。

家は旧《ふる》く、門は閑ざし、只《ただ》長き蓬のみ。
時に謁客無く、事の条《くだり》空《むな》し。
翟公《てきこう》は尉を去り、塵に長息す。
袁氏は貧に安んじ雪通はず。
草は閾《しきみ》を含み、秋露を生じて白し。
苔は扉を封じ、夕陽を帯びて紅《くれなゐ》なり。
久しく倒履《たうり》送迎の礼を忘る。
別して洛中の泰適翁《たいてきおう》と作《な》す。

漢詩の修辞を考慮すれば、実態はこれほどではなかったにしても、今の心境を為時は吐露し、清貧に甘んじた生活を描く。

中国古代の人物を引きながら、為時は花山天皇の退位後、官職を辞して自邸に籠もる自分の姿と重ねて詠じる。正六位下として蔵人を務め、式部丞の地位にあった為時は、すべてを失ってしまった。正装して沓《くつ》を履き、牛車《ぎっしゃ》に乗って官庁に通うことはもはやなくなってしまい、家を訪れる者とていなくなった。訪れた客を門まで迎えに行き、見送ることもしないで過ごしてきたために、「冠履倒易《かんりとうえき》」ではないが、冠を足に、履《くつ》を頭にするような、ものごとが逆さまになった生活である。戸を開け閉めしないだけに敷居まで草が生えて露が降り、戸まで苔で覆われて夕陽があたるありさまである。むなしい思いはするが、それでも私は隠者のような安らかな思いで過ごしていると綴っていく。

なんともわびしい姿というほかはないが、為時としては親交のあった慶滋保胤の隠逸思想を受けての、我を張っての矜持《きょうじ》の思いを示したのであろう。かといって、為時は静かに家に閉じ籠もっていたわけでもないだろうし、紫式部もすでに一七歳、父と同じような生活を続けていたとは想像できない。

四　文人たちとの交流

具平親王のもとでは、早くから人々が集まって漢詩を詠む会を持っていた。村上天皇（在位九四六～九六七）の末ごろから起こったとされる、叡山《えいざん》の僧たちとの念仏結社の勧学会《かんがくえ》では、仏道を学ぶとともに漢詩も詠まれるようになり、慶滋保胤はその中心人物であった。具平親王邸ではその保胤も出入りし、同好の士が多数集まっての酒宴が催され、詩を詠みかわすこともしていた。

あるとき、具平親王は為時のもとに、かつての詩友たちが、今ではそれぞれ運命を異にした痛恨の思いを詩文にしてよこしてきた。『本朝麗藻』の為時の詩には、「去年の春、中書大王桃花閣に詩酒を命ず」とある。前年の春、中書大王の呼称を持つ具平親王邸の桃花閣に文人たちが集い、酒を飲み、詩を吟じる会が催された。七、八年来、都では才人と評判であった「三儒」も参加していたが、その後一年のうちにこの世からいなくなってしまった。三人の儒学者とは、藤原惟成、菅原資忠《すけただ》、慶滋保胤で、詩酒の席で披露された漢詩はいずれもすばらしく、読み返した具平親王は感極まり、懐かしさのあまり詩を作って為時に送ってきたのである。「忝《かたじけな》くも惟新の玉章を賜《たま》ふ」と、具平親王から斬新なすばらしい文章をいただいた感激の思いと、断腸の思いにより、繰り返し詠みながら涙を流したという。

為時は、

梁園《りやうえん》、今日、宴遊の筵《むしろ》
豈慮《あにおも》はむや、三儒の一年に滅せむことを

と具平親王に返しの詩を詠み送る。「梁園」は、中国古代の国、梁の孝王が営んだ庭園で、多くの文人が遊宴して詩文を作ったという桃花園にたとえたもので、季節ごとにさまざまな草花の咲く庭のあったことはすでに指摘した通りである。昨年の春には、人々が具平親王邸に寄り集まって宴席を楽しみ、詩文を作って互いに詠嘆しあった。「その場において詩を詠みかわした三人の文人が、一年のうちにいなくなってしまうとは、その折想像したことであろうか」と、為時も運命のはかなさを表明し、具平親王への返しとする。

この詩の詞書で注目されるのは、三人の文人の名を連ねた後に、「共に席に侍《じ》す。内史《ないし》大王の文を属《しよく》するの始めに在り、儒学を以て侍す」と、三儒と席を同じくし、「内史」は中書王の意だが、具平親王たちが詩文を読むのを補佐したとする。為時は、たんに同席していたというのではなく、自分の学問である儒学を用いての勤めであったという。為時は、当時の名の知られた文人たちと交流していたのであり、詩会にも参加して自らの作品を披露することもあった。

さらに、

蓋《けだ》し以て朝墨の庸奴《ようど》、藩邸の旧僕《きゅうぼく》たるのみ。之《これ》に因《よ》りて為時、一読腸《はらわた》を断ち、再詠し涙落つ。偸《ひそか》に短毫《たんがう》を抽《ひ》きて、敬《うやま》ひて高韻を押す。

とし、「私は儒家に仕えるつまらない者で、具平親王邸では古くから仕えた家司にしかすぎない」と、自身を卑下したことばを綴る。対等の文人ではない疎略な身ではあるが、親王家では長く「旧僕」として親王邸に出入りしてきたという。為時は、具平親王に古くから仕える身でもあったのだ。

為時は、具平親王の懐旧の詩を幾度も詠み、三儒を思う心情に涙し、自分もちびた筆を手にし、恐れ多くもお応《こた》えする詩を作ったとする。ここで示される藤原惟成は、すでに述べたように花山天皇の忠臣として仕え、出家を知って悲しみ、自らも入道する。『尊卑分脈』には、

寛和二年六廿二日出家、花山院御事に依る、永祚元十一一日卒

とし、永祚元年（九八九）一一月一日に三七歳で亡くなった。菅原資忠についても、同じ資料を示すと、

三条院浴殿読書、文章生《もんじやうのしやう》、文章博士、大学頭《かみ》、従四下、大内記、少内記、秀才、右中弁、勘々次官、和泉・周防・因幡・淡路権守、永延三十五頓死、五十四、母因幡守《いなばのかみ》安部春女

と、その経歴が詳細に記される。親王が誕生すると、産湯《うぶゆ》を使わせる「湯殿《ゆどの》」が七日間、朝夕の二回行われる。その折、文章博士によって漢籍の一節を読み上げる「読書《とくしょ》」の儀がなされる。居《い》貞《さだ》親王（三条天皇）は貞元元年（九七六）正月三日に生まれており、資忠は湯殿での読書の任を務めたのであろう。『日本紀略』の永観元年（九八三）八月一六日には、居貞親王と弟の為尊《ためたか》親王の読書始めがなされ、「左小弁菅資忠、博士と為《な》る」と記される。資忠は、為時と同じ文章《もんじょう》生《しょう》の出身で、「秀才」（文章生から選抜された文章博士の候補者の「文章得業生《とくごうしょう》」）とされる、有能な学徒であったと知られる。諸国の権守を歴任し、中務省《なかつかさ》の記録などを担当する大内記《だいないき》、太政官《だじょうかん》の右中弁《うちゅうべん》を務めていた。永延三年（永祚元年〈九八九〉）一〇月五日に五四歳で頓死したとする。これだと、惟成と同じ年に亡くなったことになる。

ところが、『小右記』の永延元年（九八七）五月二一日の条に、

今夜右中弁資忠亡逝と云々。この両三日瘧病《わらはやみ》のごとく悩乱すと云々。ことに重悩せず。しかして忽ちに亡逝すと云々。

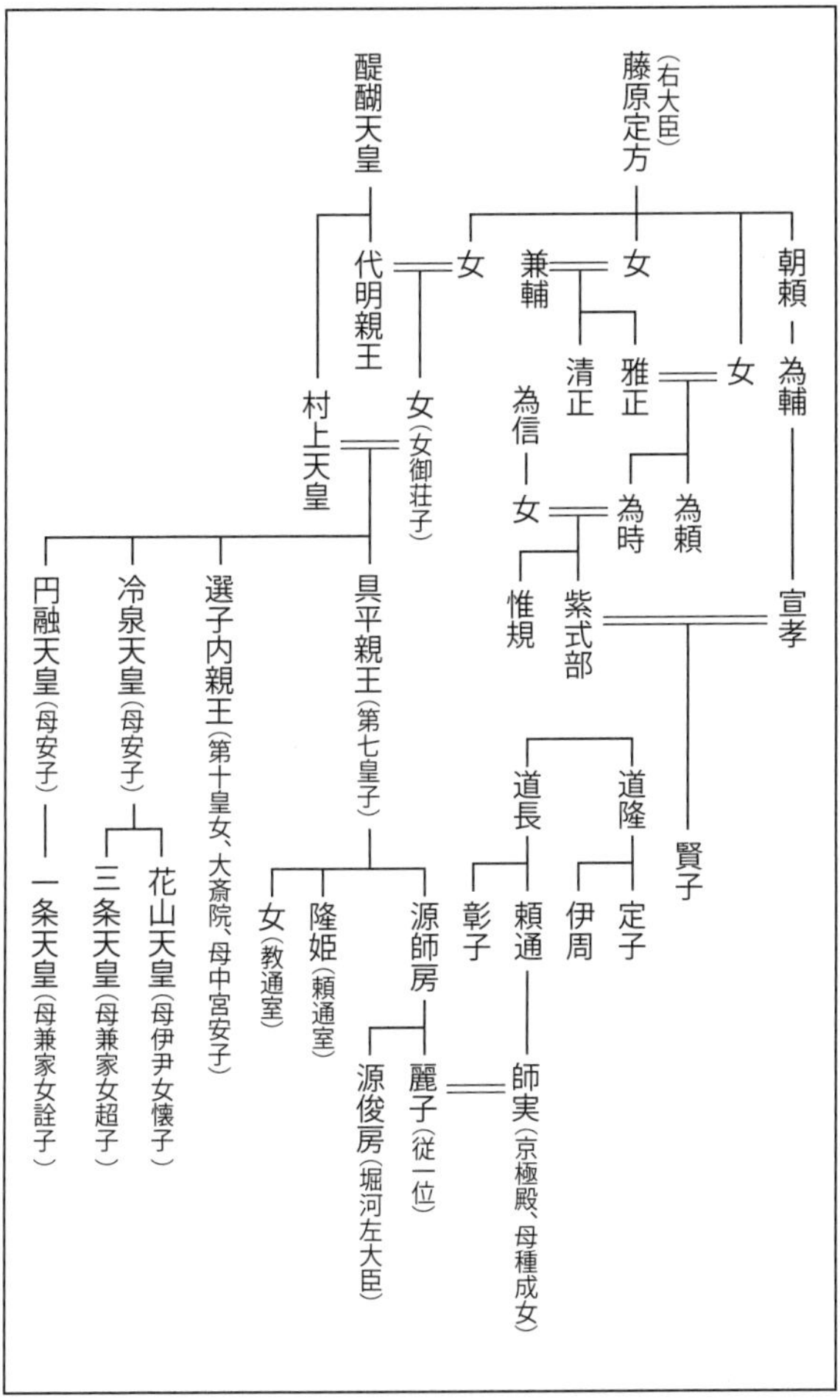

図4　為時・為頼兄弟と具平親王とのつながり

と、資忠の死を伝えるが、年月日が異なる。「わらはやみ」は熱病の一種のようで、『源氏物語』若紫巻では源氏も同じ病に悩まされ、北山の僧の祈りを求めて訪れたところで、少女若紫を発見するという展開になる。

慶滋保胤は、花山天皇を支えていた中心的な存在だったが、寛和二年（九八六）四月に出家しており、没年は長徳三年（九九七）とされる（別の説もあり）。

具平親王が、三儒の運命を嘆いたのは、少なくとも資忠が亡くなった永延元年五月以降になり、桃花閣での遊宴は前年の寛和二年だったことになる。この年の六月に花山天皇が突如出家し、惟成も後を追って入道となるなど、具平親王、為時にとっては衝撃的な事件の年であった。

これまで取り上げてきたように、為頼・為時兄弟と具平親王とは、きわめて親密な関係にあることが知られるであろう［図4］。道長が、紫式部を具平親王と縁の深い者と考えるのも当然であった。為頼・為時の母（定方女）と、具平親王母（荘子）は、おば・姪の関係であり、紫式部と具平親王の祖母は姉妹であるが、ただ、二人は遠縁という関係だけではなく、とりわけ紫式部にとっては宮中の文化から諸芸能に至るまでの親密な師でもあったと想像している。

四章

紫式部の少女時代

和暦	西暦	天皇	関白	紫式部の年齢(推定)	できごと
寛和二年	九八六	花山／一条	藤原頼忠／（摂政）藤原兼家	一七歳	六月二三日、花山天皇出家譲位（一九歳）、懐仁親王即位（七歳、一条天皇）。 七月一六日、藤原兼家の三男、藤原道兼（二六歳）、従四位下右中将に任じられる。
永延元年	九八七	一条	（摂政）藤原兼家	一八歳	一〇月一五日、藤原道兼、従三位権中納言に任じられる。
正暦元年	九九〇		（摂政・関白）藤原兼家・藤原道隆	二一歳	正月二五日、藤原兼家の長子藤原道隆の女、定子（一五歳（一四歳とも））が一条天皇（一一歳）に入内、二月一一日女御、その後中宮となる。 七月二日、太政大臣藤原兼家没（六二歳）、道隆は関白、摂政となる。
長徳元年	九九五		藤原道隆／藤原道兼	二六歳	三月九日、道隆の病により、藤原伊周（二二歳）正三位内大臣は内覧の宣旨を受ける。四月以後、疫病流行、死者多数。 四月一〇日、道隆没（四三歳）。 四月二七日、道兼関白となるが、五月八日没（三五歳）。
同二年	九九六		—	二七歳	四月二四日、伊周、大宰府に配流の宣命。

一　道兼へ接近する為時

花山天皇の出家（寛和二年〈九八六〉）は、周辺の人々の運命を大きく変えることとなったが、為時もその一人であった。ただ、『本朝麗藻』の漢詩のように、屋敷には草が生い茂り、人の往来も途絶えてしまったというのは、実景ではなく文学的な修辞にすぎない。それまでとは異なる日常となったにせよ、為時は具平親王邸の家司として長く勤めていたようであるし、一条天皇の時代になると、官吏登用の機会を模索していたはずである。

『後拾遺和歌集』に、為時の思いがけない姿をみいだす。

粟田右大臣の家に人々残りの花惜しみはべりけるによめる　　藤原為時

おくれても咲くべき花は咲きにけり身をかぎりとも思ひけるかな（巻二、春下）

粟田右大臣は藤原兼家の三男道兼、花山天皇をたばかって出家に導いたことはすでに述べたところである。花山天皇が退位した寛和二年六月二二日の翌日に、二六歳の道兼は中将の任のまま蔵人頭《くろうどのとう》となり、七月五日に従四位下、同一六日には右近衛権中将、一〇月一五日には従三位権中納言という昇進ぶりである。陰謀の背景には父兼家がいたことは、当時の人々も気づいていたであろう。道兼の蔵人頭は天皇に近侍し、儀式などの雑事を担当する蔵人所の長官であり、内裏の警護の近衛府《このえふ》の次官である中将も兼ね、「頭中将《とうのちゅうじょう》」と称する。『源氏物語』では、源氏のライバルとして登場するのが、左大臣の長男、頭中将であった。このような道兼の異例な出世は、暗黙のうちの成功報酬なのであろう。

その後の政界は、激変していく。正暦元年（九九〇）に兼家の長子道隆《みちたか》は、父の太政大臣辞任に伴い関白となる。正月には女《むすめ》定子を一条天皇に入内《じゅだい》させ、七月に兼家が亡くなると道隆は摂政となって政権の中枢を占めるに至る。それも長くは続かず、長徳元年（九九五）三月に道隆は病をおして参内《さんだい》し、一条天皇に直談判し、二二歳の息子伊周《これちか》に、内覧の宣旨を蒙る。四月に道隆が逝去すると、伊周の失政も重なって、長徳二年四月に大宰府へ配流の宣命という、目まぐるしい動向が続く。道長はこの間、着実に政治的な地歩を固めていき、その仕上げとなったのが兄道隆一族の追放であった。

道兼は政敵を作らなかっただけに、兄道隆が亡くなると、長徳元年四月二七日には関白右大臣となる。ただそれも長く続かず、五月八日に三五歳で亡くなってしまい、世には「七日関白」と呼ばれた。

道兼が粟田（山城国愛宕《おたぎ》郡粟田郷、現在の京都市東山区）に山荘を営むようになった時期は不明ながら、そこでは歌人たちを集めて風雅な歌会などを催していたことが『拾遺和歌集』や、先に引いた『後拾遺和歌集』からうかがわれる。

二条右大臣の粟田の山里の障子の絵に、旅人もみぢの下に宿りたる所　恵慶法師
今よりは紅葉のもとにやどりせじ惜しむに旅の日数へぬべし（『拾遺和歌集』巻三、秋）

粟田右大臣家の障子に、唐崎《からさき》に祓《はらへ》したる所に網曳《ひ》く形《かた》かける所　平祐挙
禊《みそぎ》するけふ唐崎におろす網は神のうけひくしるしなりけり（同、巻十、神楽）

襖障子《ふすましょうじ》であろうか、さまざまな絵の場面に、人々は歌を書きつける。為時も粟田山荘での晩春の宴遊に招かれ、「時期はずれに咲いた桜の花を惜しみながら」歌を詠む。今をときめく道兼と親しくする喜びもあるのであろうか。

「大半の桜は咲いて散りかけているが、春も末になって今やっと咲いた花があることですよ。遅くなっても、咲くべき花は時期が来ると咲くもので、私も「もうこれまで」と思っていましたが、

再びこのような栄誉にめぐり合ったことです」と詠む。為時とて、花山院の事件の張本人を知らないはずはなく、それをあえて道兼に近づき、わが身の不遇さから救われた喜びを表明する。「もはや花が咲くような時はないものと諦めかけていたが、このように人々と宴遊に参加でき、歌を詠む機会を与えられたのは、遅くなったが自分にも再び春が訪れた」と、いささか過剰な喜びを口にする。

道兼の父兼家は、その後の道隆、道長と続く一族の政権を確固とした辣腕《らつわん》の政治家だが、兄藤原兼通《かねみち》との仲は険悪であったことはよく知られている。天禄三年（九七二）に、権中納言だった兼通は、権大納言だった兼家を飛び越え、一気に関白内大臣に昇進し、やがて太政大臣となる。兼通が亡くなる貞元二年（九七七）一一月まで、兼家の不遇時代が続く。翌年（天元元年〈九七八〉）に右大臣となるものの、まだまだ障害は多く、摂政となって安定したのは、花山天皇が出家した後の寛和二年（九八六）のことであった。このような経緯によっても、花山天皇の排斥は兼家にとってきわめて重要で、道兼はその功労者だったともいえよう。

兼家はそれほど歌を詠んではいないが、『拾遺和歌集』に自分の波乱の半生を詠んだともいえる長歌が収められる。「円融院の御時、大将はなれはべりて後、久しく参らで奏せさせはべりける」とする歌、「花の咲く春のように東宮大夫《とうぐうのたいふ》（円融天皇の東宮時代）の身になったときは、常盤木の葉が茂って、どれほど蔭になって頼りになるかと東宮から思われた。私は末の世までお仕えしようと思いながら（具体的には右大将を解任され、治部卿に降格となる）、……峰の白雲が、横暴にも立ち替わり、政権が交替してしまったとみて、わが身もこれまでだと思ったことだった」と詠んでいる。

花咲く春の宮人と　なりし時はは　いかばかり　しげき蔭《かげ》とか　頼まれし　末の世までと
思ひつつ（中略）峰の白雲　横ざまに　立ちかはりぬと　見てしかば　身を限りとは　思ひ
にき（巻九、雑下）

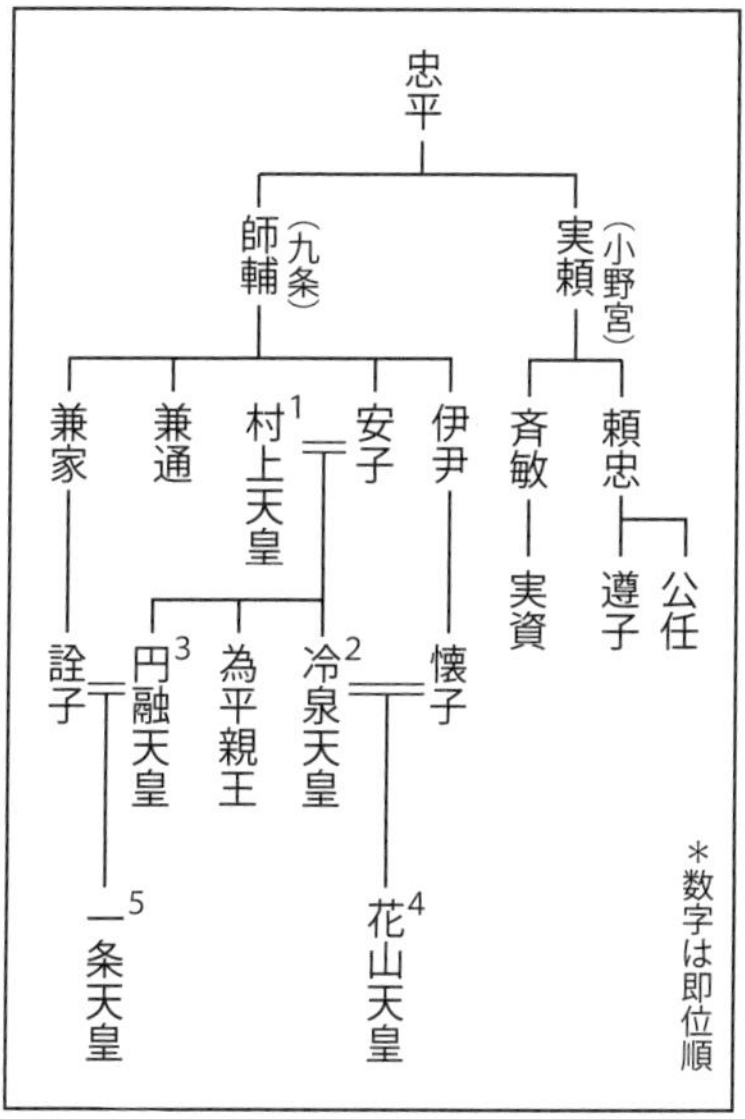

図5　天皇の即位順と藤原氏

兼家はなまなましい政治的な暗闘を告白する。東宮大夫として仕えていた守平親王が即位（円融天皇）したものの、円融朝ではおじの実頼が政権を維持し、さらに兼家の兄伊尹《これただ》、兼通が権力を掌握する。貞元二年（九七七）一〇月には兼通の讒言《ざんげん》により、右大将の地位を剝奪されて治部卿（治部省長官）になるという恥辱を受ける。円融天皇の幼少期から東宮時代を経て即位に至るまで、兼家はさまざまに貢献しながら、その献身的な努力が報われない身を嘆く思いを訴えたのである［図5］。

兼家が身の不遇を吐露した「身を限りとは　思ひにき」とは、長歌におけるキーワードであったが、道兼邸に招かれた歌会で為時はその語句を引用して自分の歌を披露したのだ。その後の栄達は広く知られるところで、道兼が今の地位にあるのも、権力を掌中にした父兼家の存在による。道兼をはじめ、その場にいた人々も、すぐに兼家の歌を思いだしたことであろう。為時は、あえてそのことばを用いることによって、今の自分の境遇を明かし、道兼邸に招かれるという恩恵に浴した謝意を表現しようとしたのであろう。為時はかつて蔵人であったため、蔵人頭道兼と接点があったと推測される。ただし資料としては確認できない。為時は、権力者に近づこうとしたことは確かである。位階はありながら、官職を失った為時にとっては、卑屈な思いとはいえ、わずかなつながりでも模索する必要があった。だが道兼は関白になったものの長徳元年（九九五）五月には亡くなってしまう。為時の誤算であった。

二　少女のころの紫式部

為時が官職を辞し、越前守として赴任するまでの一〇年、紫式部はどのような生活を過ごしていたのであろうか。曽祖父兼輔以来の広い敷地に、おじ為頼一家とそれぞれ建物を別にして住んでいたはずである。紫式部の少女のころをしのばせる歌が、かろうじて『紫式部集』に残される。

はやうよりわらは友達なりし人に、年ごろ経てゆきあひたるが、ほのかにて、七月十日のほどに、月にきほひて帰りにければ

めぐりあひて見しやそれともわかぬまに雲隠れにし夜半《よは》の月かな（一）

その人、遠きところへ行くなりけり、秋の果つる日きて、あかつきに虫の声あはれなり

鳴き弱るまがきの虫もとめがたき秋の別れや悲しかるらむ（二）

『紫式部集』には、贈答歌を含めて一二八首が収められ、大半は年代順に配列されており、ここに示したのはその冒頭の二首である（歌の末尾の番号は歌集の歌番号）。詞書《ことばがき》とその後に続く歌を現代語に訳せば以下となる（「　」内は歌の部分）。

幼いころからの友達だった方が、しばらくたって会ったのに、ほんのすこし時を過ごしただけで、七月十日のほどに、早く沈む月と競うように帰ってしまったので「久しぶりで会って、幼いころの友なのかどうか見分けもつかないうちに、夜中の月が雲に隠れて見えなくなったように、あなたは帰ってしまった」。（一）

その方は、遠い所へ行くのであった。秋の終わる九月の末に訪れ、夜通し語り合い、夜明け前に帰ってしまった。庭で鳴く虫の声があわれ深く、私も悲しみで泣きそうなほどであった。「秋も終わり近くなり、籬《まがき》で鳴く虫の音も弱々しい声で、留めようもない秋との別れを惜しみ、悲しんでいるのであろう。私も友を引き留めることができず、別れを悲しんでいる」。

（二）

紫式部は幼友達と再会したものの、すぐに別れなくてはならず、なんともやるせない思いがする。友は紫式部邸を二度訪れたようで、一度目は七月一〇日、初秋の月は早く西の山の端に沈むのか、ゆっくりと話をする間もなくあわただしく帰ってしまった。「見しやそれともわかぬまに」とは、あわただしい再会だっただけに、「本当に、以前のあなただったのかどうか、みわけもつかないほどだった」と、紫式部は友とのはかない別離を、いささか誇張をこめて悲しみを表わす。

その幼友達は、父親が受領として地方へ赴任するのに伴い、家族とともに下向し、四年の任期を終えて上京してきたのであろうか。仮に紫式部と同い年で一〇歳のころに別れたとすると、すでに一四歳あまりになっている。四年の空白で、互いに成長して顔や姿もすぐには判別できず、迷ったかもしれない。

紫式部にとって幼友達というのは、家からそれほど遠く離れた場所にいたわけではなく、近所に住んでいたのであろう。周辺の人間関係は次のような例からもうかがわれる。紫式部の祖父藤原雅正《まさただ》には、伊勢が「隣に住みはべりけるとき」との詞書をもつ伊勢との贈答歌があり（『後撰和歌集』巻七、秋下）、また伊勢は別に「朝忠朝臣、隣にはべりけるに、桜のいたう散りければいひつかはしける」（同巻三、春下）との詞書による歌がある。雅正とは別隣であろうか、三条右大臣定方五男の土御門《つちみかど》中納言藤原朝忠《あさただ》が住んでいた。伊勢は、宇多天皇中宮、温子の女房として仕え、宮中の文化サロンを形成し、物語的な要素をもつ『伊勢集』の作者である。朝忠の父は定方であり、為時は甥にあたる。一帯は文化的な交流がなされ、人との出入りも多かったはずである。さらに加えると、「隣なる人の、そこにくらべよとて花をおこせたるに」「隣の桜の花を見てやる」などとする歌があり（『伊勢集』）、伊勢を含めて近隣の人々は、風流な付き合いをしていたらしい。

このような紫式部の屋敷の近くの環境をみると、朝忠のような親族から、受領階級、女房たちの屋敷があったと知られてくる。朝忠息子の藤原理兼《まさかね》は正四位下、摂津守になっているので、父の邸宅を引き継いでいたとすると、朝忠は為時と同じような存在だったといえる。幾人もの子供がいたであろうし、紫式部の幼友達というのも、そのようなうちの一人であったのであろう。二〇歳にもならない女性が、夜中の月をみて夜遅く帰っていくということは、治安状況からして家が遠く離れていたわけではなく、供を連れて出歩く隣近所にあったのであろう。

幼い友の父が国司の任期を終えて四年ぶりに都に戻り、懐かしい紫式部との再会を果たしたといっても、会ったのは歌にある七月一〇日の夜だけではなく、その後もしばしば会っていたはずである。その友が「遠きところへ行くなりけり」と、二カ月ばかり後の冬も近くになって、遠い地へ行くことになった。『紫式部集』のこの歌についてのこれまでの解釈では、幼友達の父親が、再び国司に任命され、しばらくの休暇の後、次の赴任地に向けて出立したことによる別れだとされてきた。受領が赴任する時期としては異例だが、欠員が生じたことによる急な旅立ちだったのだろうか。

ほかにも、結婚によって夫の赴任地へ下ることになったというのも考えられる。紫式部が、父為時とともに越前に赴きながら、二年後に一人都へ帰るのは、藤原宣孝との結婚のためともされるが、友も帰京とともに結婚話が具体化し、下向することになったとの想像も捨てられない。

三　箏の琴の名手

『紫式部集』の次の歌を示しておく。

「箏《さう》の琴しばし」と言ひたりける人、「参りて御手より得む」とある返りごと

露しげき蓬《よもぎ》が中の虫の音《ね》をおぼろけにてや人の尋ねむ（三二）

『紫式部日記』には、この歌の背景と考えられる記述がある。

あやしう黒みすすけたる曹司《ざうし》に、箏の琴・和琴《わごん》しらべながら、心に入れて「雨降る日、琴《こと》柱《ぢ》倒せ」などもいひはべらぬままに、塵《ちり》つもりて、寄せ立てたりし厨子《づし》と柱のはざまに首さし入れつつ、琵琶も左右に立ててはべり。

自邸での場面である。箏は一三弦の琴、和琴は六弦、琵琶もあるという。いずれも紫式部の弾きなれた楽器のようで、いつもは調律に気をつかって整え、「雨が降る日は絃が緩むため、絃を支える駒《こま》をはずしておくように」と女房に言っておくのだが、このところすべてに気力も失せ、塵が積もったまま棚に寄せかけ、棚と柱の間には琵琶も突っ込んでしまっている、と嘆くようにつぶやく。彼女は、これらの楽器には子供のころから親しみ、弾きなれた名手としても知られていたのであろう。彰子中宮のもとでも、求められて曲を弾く機会があったのかもしれない。『紫式部集』にもどると、「箏の琴」をしばらく貸してほしいといっていた人が「お伺いして、直接教えていただきたい」といってきた。紫式部は、露に覆われ、蓬が生い茂っているような家では、庭の虫がか細く鳴いているにすぎないような音しか出せない私の琴を、並み一通りではなく習いたいと強くお思いなのでしょうか。そのために、わざわざ粗末な我が家においでになるおつもりなのですか。（三）

と、自分の技量など大したことではないのに、それほどまでに練習なさりたいのかと、なかばあきれるような思いで返しをする。紫式部が、箏の琴を伝授し、すぐれた弾き手であるとの評判があったからにほかならない。

箏の琴は、男性ももちろん弾きはしたが、『源氏物語』明石巻では、源氏は明石入道の姫君が上手だと聞き、

あやしう、昔より、箏は女なん弾きとるものなりける。嵯峨の御伝へにて、女五の宮、さる世の中の上手にものしたまひけるを、その御筋にて、取りたてて伝ふる人なし。すべてただ今世に名を取れる人々、かきなでの心やりばかりにのみあるを、ここにかう弾きこめたまへりける、いと興ありけることかな。（明石）

と、女性と箏の琴との関係についての感想を述べる。「嵯峨天皇皇女繁子内親王は、世の中で箏の名手として知られていたが、ことさらその手を伝える人はいなくて絶えてしまった。今の世で

評判の人々も、箏を弾くといってもうわべだけにしか過ぎず、本格的な奏者ではない。それに比すと、明石入道は醍醐天皇の系譜を引いた弾き手であると知ると、その教えを受けた姫君もきっとすばらしいに違いない」と、源氏はそれとなく姫君の箏を聞きたいと求める。

『源氏物語』では箏の琴に限らず、さまざまな楽器について各所で言及し、六条院では「女楽」(若菜下)が催されるなど、作者紫式部は音楽について精通した知識と技量をもっていたと思われる。父為時は幼い惟規に漢籍を教えていたようだが、紫式部は中国の古典は独学であったにしても、受領階級の娘でありながら、音楽や『源氏物語』に描かれる和歌をはじめとして、絵画、香道、舞楽などの諸芸道の学識をどのようにして習得し、自在に物語に展開できるほどになったのであろうか。すぐれた才能があったというだけでは、とても考えられない問題である。

それを前提に『紫式部集』の歌をみると、紫式部が箏の琴に精通していると知った人が、借りるのではなく、直接教えを受けに通うという熱心さである。ところが、彼女は「露しげき蓬が中の」と自邸を卑下し、「このような家にわざわざおいでになるとは」と謙遜しつつ、むしろあきれて恐縮する。その表現は前章でみた『本朝麗藻』の為時の詩にあった「家は旧く、門は閑ざし、只《ただ》長き蓬《よもぎ》のみ」の表現に通じるであろう。紫式部は父の詩句から影響を受けていたとも考えられる。するとこの歌は、為時の閑職時代につくられたといってもよいだろう。紫式部はそのころ二〇歳すぎである。

もう一つ、注目されるのは箏の系譜で、『秦箏相承血脈《しんそうそうしょうけちみゃく》』において村上天皇から具平親王へ奏法が伝えられたと記されることである。箏はもともと皇族伝来の由緒ある楽器と奏法で、為時のような身分では本来、関わることがない。それなのに紫式部が各種の楽器とともに、箏の琴を所持し、しかも評判の弾き手であるというのは不思議に思われる。これこそ、紫式部が幼いころから親しんできた具平親王の教えによるのではないか。

南北朝時代の『源氏物語』の注釈書である『河海抄《かかいしょう》』によると、紫式部は一条天皇の乳母子《めのとご》で、彰子中宮に出仕する折、帝自身から「我がゆかりの者なり。あはれとおぼしめせ」とのことばがあったとする。別の説では紫式部は左大臣源雅信女《むすめ》倫子（のちに道長室となる）の女房であったとし、また別の説では具平親王の女房でもあったともいう。いずれも資料がなく、根拠に乏しいことから、現在では否定されている。おじの為頼、家司として仕えていた父為時との関係からすると、紫式部は具平親王のもとに出入りしていたと考えるほうがはるかに蓋然性がある。

紫式部は、具平親王家の女房であったとは断言できないまでも、父と同じく親王邸に仕え、少なくとも三人はいた姫君の教育係的な存在ではなかったかと思う。その間、具平親王からは箏の琴の伝授を受けるだけではなく、宮中の行事や作法、貴族の生活のありさまなどの話も見聞きしたはずである。具平親王の多彩な学芸ぶりからすればあり得ることであるし、さまざまな図書資料もみる機会があったのではないかと思う。為頼は公任など多くの歌人と交流をもっていたが、隣に住む姪の紫式部の有能ぶりも知っていたはずで、かわいがるとともに、歌の手ほどきなどもしたことであろう。そのような環境に育った紫式部は、箏の琴に堪能だっただけではなく、文筆にもすぐれ、書いた作品などは具平親王の手を経て人々の知るところとなったと想像してみたく、思い描いていけばさらに世界は広がっていく。

四　肥前へ下る友と交わす歌

『紫式部集』を続けて読んでいこう。

　築紫へ行く人のむすめの

西の海を思ひやりつつ月みればただに泣かるるころにもあるかな（六）

返し

西へ行く月のたよりにたまづさのかきたえめやは雲のかよひぢ（七）

はるかなるところに、行きやせん行かずやと思ひわづらふ人の、山里よりもみぢを折りておこせたる

露ふかくおく山里のもみぢばにかよへる袖の色を見せばや（八）

かへし

あらし吹く遠山里《とほやまざと》のもみぢばはつゆもとまらむことのかたさよ（九）

また、その人の

もみぢ葉をさそふあらしははやけれど木《こ》の下ならでゆく心かは（一〇）

連続した五首は、同じ相手との贈答歌であろう。父が国司として九州の筑紫へ赴任するのに連れられて行くのであろうか、友の女性から、

これから西の海のかなたへ行くのかと思いながら、西に沈む月を見ていると、都を離れる悲しさから、ただ泣けてくるこのころですよ。（六）

と歌が寄せられる。はるか遠い九州への旅となるだけに、心細い思いを紫式部にうち明ける。友の父親にとっては受領の任を受けて下るので喜びがあったとはいえ、娘は見知らぬ土地への不安な思いがつのるばかりであった。紫式部は、

月は西へと行くように、雲の上には通い路があるというので、その便りにことづけて私は手紙（玉章《たまずさ》）を届けましょう。けっして書くのが途絶えることはありません。（七）

と、慰めのことばとして、連絡しあうことを誓う。背景に「天つ風雲の通ひ路《ぢ》吹きとぢよをとめの姿しばしとどめむ」（『古今和歌集』巻十七、雑上）の歌があるのであろう。『古今和歌集』の歌は、「雲が往来するという天上を吹く風よ、しばらくその道を吹きとざしてほしい、美しい女性の姿をしばらく見ておきたいので」という意味である。紫式部は「手紙を書き続けるので、寂しい思いはさせない」という一方で、友の姿をもう少し見ておきたいとの思いを訴える。

八番歌は、西の国の「はるかなる所」へ行こうか、「行かないで都へとどまろうか」と思い煩っていた人が、旅先の山里から紅葉の枝に文を結びつけて送ってきた。

露がしきりに木々の上から降り注ぐ奥深い山里の紅葉の葉は、このように赤く染まっていますが、これは私が悲しみの血の涙で染まった袖の色にそっくりなのを、あなたにお見せしたいものです。（八）

彼女は地方に下るのを悩みながら、結局は親に従って行くことにした。都からまだそれほど遠く離れていない山里から、文を寄こし、紅葉の色に託して自分の悲しみを伝える。紫式部は、

山から吹き下ろす風の強い山里では、紅葉に置く露など、少しもとどまることなく散り落ちるように、あなたも都にとどまるのはむつかしかったのですよ。（九）

と、彼女の旅立ちの決断は正しかったと、悲しみに浸り、ためらいの残る友の心を慰める。折り返し彼女から、

紅葉の葉を誘って散らすように、吹く風は速く西の国へと誘うのですが、私はもともと「木の下」の都、それもあなたと離れて遠くへ行くつもりなどなかったのですよ。（一〇）

と歌が送られ、紫式部との別れがつらいのだという。旅の一行は、吉日に京都を出発し、山崎から淀川を下り、難波津から瀬戸内海を船で九州へと航海したことであろう。『紫式部集』には数首隔てて、

筑紫に肥前といふ所より、文おこせたるを、いと遥かなる所にて見けり、その返りごとに

あひ見むと思ふ心は松浦《まつら》なる鏡の神や空に見るらむ（一八）

かへし、またの年もてきたり

行きめぐりあふを松浦の鏡にはたれをかけつつ祈るとかしる（一九）

とする友からの歌がある。筑紫（九州を総称する）の肥前の国が赴任地だったようで、そこから送ってきたのだが、紫式部はそのころ都にいなかった。「いと遥かなる所」とするように、そのころ彼女は父に従って遥か遠い越前の国に滞在していた。友の文は都の紫式部邸に届けられ、そこから転送されたのだろうが、日数がかかるにしても、当時の連絡方法はそれなりに整備されていたのかと驚く。国司は都との連絡のため、使者をしばしば派遣していたであろうし、道には駅も設けられ、それなりの交通手段は整っていた。

友からの文は、「あなたに早くお会いしたい」との心を込めた内容だったのだろうが、紫式部とて、

あなたとおなじく会いたいと強く思う私の心は、きっと肥前の松浦にある鏡明神の鏡に、私の心を映して御覧になることでしょう。（一八）

と、互いに都を離れているだけに、会いたいとの思いを述べる。鏡明神は、『源氏物語』にも「君にもし心たがはば松浦なる鏡の神をかけて誓はむ」（玉鬘）とあるなど、古くから名の知られた神社で、鏡という名だから自分の真の心も映すことだろうとする。彼女からは、翌年になって再び越前国に手紙が届けられる。

二人とも遥か遠い国をめぐりながら、また会える日の訪れを、松浦の鏡の神に御祈りしていますが、誰を心にかけて祈っているのか、おわかりでしょう。（一九）

その後二人は都で再会を果たすのだろうが、その喜びを表わす歌はない。ここでもう一つ新しい資料を加えると、おじの『為頼集』に次のような詞書と歌をみいだす。

肥前《びぜ》に下る妹のもとに

ふるさとの草葉をまたも結ぶべきはるけき道を命ともがな

返し

ふるさとに結びし草のちぎりあればちとせの春はたれも頼まん

為頼の妹が肥前の国に赴くにあたっての歌で、妹の夫が肥前守として任地に赴くのに従って行くのであろう。

ふるさとへ再び無事にもどって来られるように、草の葉を結び、はるか遠くへ下る旅路の命の平安を祈ります。

「草を結ぶ」というのは、いわば呪術的な無事を祈る習俗で、しばしば「妹《いも》が門《かど》行き過ぎかねて草結ぶ風吹き解《と》くなまたかへりみむ」（『万葉集』巻一二）の例が引用される。妹の返しは、

ふるさとには草を結んで無事を祈ってくださる約束のしるしがあるので、帰京して皆と千載の春までも過ごすことができるように、頼りにできることです。

と、兄の寿《ことほ》ぎに謝意の歌を返す。肥前守に任ぜられた人物や年号の考証があり、また「ひせに下る」を「備前」と読み、別人に充てるなどさまざまな説が存するが、ここでは為頼の妹が肥前の国に下向し、それが『紫式部集』の「筑紫に肥前といふ所」に下った友との解釈で進めたいと思う。

為頼の妹が、夫の赴任に伴い肥前行きとなったとすると、一族で都を離れたのであろう。その一行には、紫式部の従妹がいたに違いなく、幼いころからの親友であり、とりわけ親密な仲であったことが知られてくる。『源氏物語』の玉鬘の乳母が夫の赴任に伴い筑紫に下向した場面が連想されてくるが、あるいは友をモデルとして用いたのかと思いたくもなってくる。

五　姉の死

『尊卑分脈』によると、藤原雅正の子として示されるのは為頼、為長、為時の三人で［図6］、いずれも母は定方女とし、為頼に妹が存在したとは記されない。為時には惟規、惟通、定暹《じょうせん》、女子（紫式部）の四人の子がおり、惟規と紫式部の母は為信女とする。

『紫式部集』によると、系図には示されていないが、彼女には姉がいたようで、越前に下向する前に亡くなっている。

姉なりし人亡くなり、また、人のおとと失ひたるが、かたみにあひて、亡きが代りに思はむといひけり、文の上に姉君と書き、中の君と書き通ひけるが、おのがじし遠き所へ行き別るるに、よそながら別れ惜しみて

北へ行く雁《かり》のつばさにことづてよ雲のうはがきかきたえずして（一五）

返しは、西の海の人なり

行きめぐりたれも都にかへる山いつはたと聞くほどのはるけさ（一六）

津の国といふ所よりおこせたりける
難波潟《なにはがた》むれたる鳥のもろともに立ち居るものと思はましかば（一七）

紫式部は姉を、友は妹を亡くし、それぞれ悲しみの思いから二人は姉妹のような契りを結んでいたという。長い詞書によると、

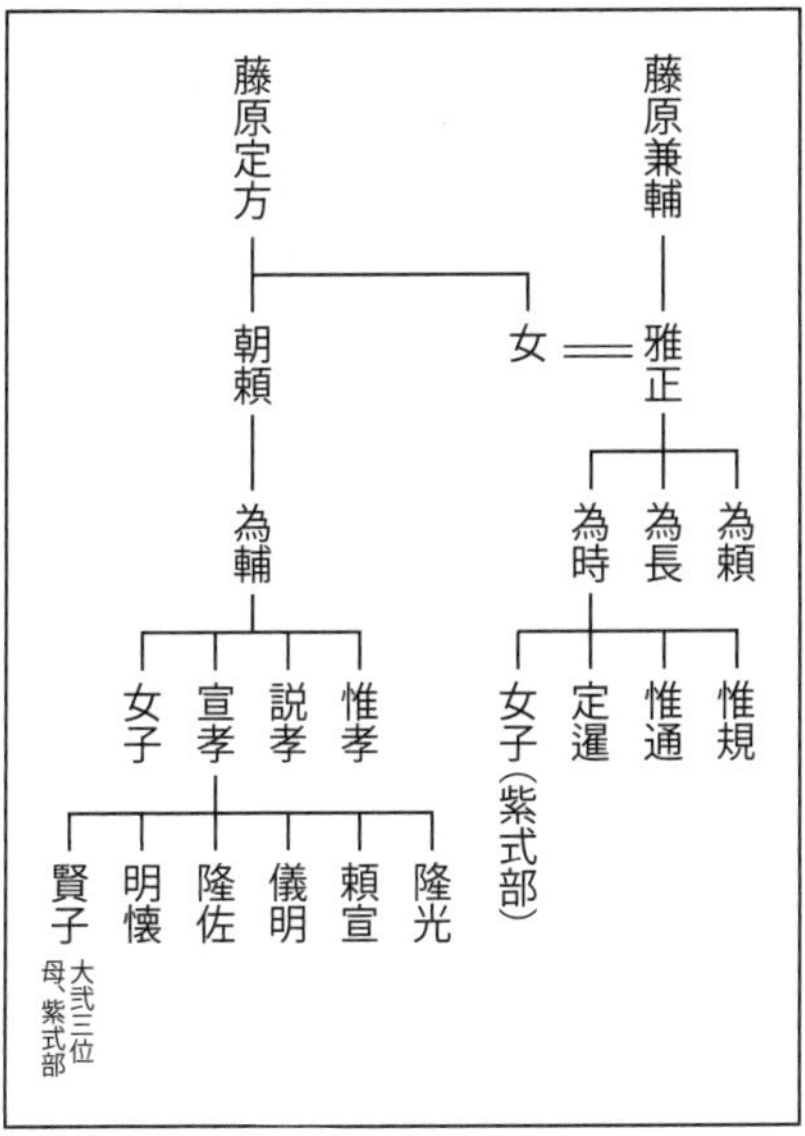

図6　『尊卑分脈』にみる紫式部周辺の血縁

姉を亡くした私は、妹を失った方と、たがいに会って、亡くなった姉や妹の代わりに、思いかわそうと約束しました。手紙の上書きには〈姉君〉と書き、相手は私に〈中君〉〈妹君〉と書いて文通をしあっていたのですが、それぞれ父の赴任地の遠い所へ行き別れることになり、会う機会もないまま別れを惜しんで。

と、別れに至った事情を説明する。為時

が越前守に任ぜられるのは長徳二年（九九六）、友の父も同じ年の除目で「西の海」の国への赴任となったようで、親密にしていた二人は遠くに別れることになってしまった。

中国漢の時代（紀元前二世紀）、北方民族の匈奴《きょうど》に捕らえられた蘇武《そぶ》が、冬になって南に飛んでいく雁の脚に手紙を結び付け、故郷を恋しく思う心を綴ったという。雁は春になると、再び北へと帰って行く。紫式部はこの故事を引用し、

あなたのいる西の海の国から、北へ帰る雁の翼に託して手紙を届けてほしい。雲の上を飛ぶ雁が、たえず羽ばたくように、上書きには必ず「中君へ」と書いて、しばしばお便りをしてください。（一五）

と、別れの悲しみの情を込め、哀切きわまりない歌を詠む。「帰雁《きがん》」は現在でも見られる風物で、「雁の使い」は手紙を指すことばとしても用いられる。紫式部には、亡くなった本当の姉との別離のように悲しい思いであったのだろう。

相手は「西の海の人なり」とするように、九州をさすのであろうか。すると、先に引いた「筑紫に肥前といふ所」の友と関係するかと思いたくなるが、判断する資料はない。

年月とともにお互い行きめぐり、いずれは誰も都へと帰るのでしょうが、はたまたあなたと

はいつお会いできるのか、越前の国には「鹿蒜山《かえる》」（帰山）とか「五幡《いつはた》」という、歌に詠まれる地名がありますが、その名を聞くと遠い土地であると思い、都に「帰る」とはいいながら、それははたしていつになるのかと、心細く思われます。（一六）

さらに彼女は、旅の途中の「津の国」から手紙を送ってくる。

難波の干潟には鳥が群がっていますが、その鳥のようにいつもあなたと一緒にいると願えると、どれほどうれしいことでしょう。（一七）

「難波潟」は大阪を流れる淀川の河口周辺を指し、低湿地が広がり、葦が生い茂り、鳥が群れ飛んでいたのであろう。京都の山崎から川を下り、難波の港に着いたようで、ここから大型船に乗り換え、瀬戸内海を西へと進むことになる。

紫式部は、姉を失った寂しさは記述しても、日記にも家集にも、どこにも母の姿はみいだせない。父や惟規の記述はありながら、母の不在は、彼女の記憶にもない幼いころに亡くなったためであろうか。すると二〇歳過ぎても結婚することなく、二七歳になって父為時が赴任する越前まで供をするというのは、母親の代わりに父や弟たちの身辺の世話をする必要があったのかもしれない。

そのように推察すると、『源氏物語』に登場する光源氏にしても夕霧にしても、早く母を亡くしているのと連動しているような気もしてくる。

五章　為時の越前守赴任

和暦	西暦	天皇	関白	紫式部の年齢（推定）	できごと
正暦二年	九九一	一条	（摂政）藤原道隆	二二歳	九月七日、為時は宣命の伝奏役をする。
同四年	九九三		（摂政・関白）藤原道隆	二四歳	大内記為時（四七歳か）、内宴に仕える。この年、疱瘡流行。
長徳二年	九九六		（左大臣）藤原道長	二七歳	正月二三日～二五日の除目で為時（五〇歳か）は淡路国司に任命されるが、二八日の直物で越前守となる。道長の配慮によるものか。春から初夏、為時は越前に赴任、紫式部も父に同道、為時一行は、琵琶湖の西岸を航海し、塩津の港から塩津山を越えて国府に至る。紫式部、都を離れるにあたり、おじ為頼から別離の歌を送られる。冬、紫式部は越前で積雪を目にする。

一　父為時、淡路守から越前守へ

苦節一〇年というべきだろうか、長徳二年（九九六）正月の除目で、為時は待望の受領に任命される。これについては、さまざまな逸話が伝えられるが、代表的な『今昔物語集』から全文を引用しておこう。

今ハ昔、藤原為時ト云フ人有リキ。一条院ノ御時ニ、式部丞《しきぶのぜう》ノ労《らう》ニ依《よ》リテ、受領ニ成《な》ラムト申シケルニ、除目《ぢもく》ノ時闕国《けつこく》無キニ依リテ、不被成《なされ》ザリケリ。其ノ後、此ノ事ヲ嘆キテ、年ヲ隔テテ直物《なほしもの》行ハレケル日、為時、博士ニハ非《あら》ネドモ、極《きは》メテ文花《ぶんくわ》有ル者ニテ、申文《まうしぶみ》ヲ内侍《ないし》ニ付シテ奉リ上《のぼ》セテケリ。其ノ申文ニ此ノ句有リ。

苦学寒夜紅涙霑襟《えりをうるほす》　除目後朝蒼天《こうてうさうてん》在眼《まなこにあり》

ト。内侍、此レヲ奉リ上ゲムト為《す》ルニ、天皇ノ、其ノ時ニ御寝《ぎょしん》ナリテ不御覧成《ごらんぜずな》リニケリ。

而《しか》ル間、御堂《みだう》〔道長〕、関白ニテ御座《おはし》マシケレバ、直《なほ》シ物行ハセ給ハムトテ、内ニ参ラセ給ヒタリケルニ、此ノ為時ガ事ヲ奏セサセ給ヒケルニ、天皇申文ヲ不御覧《ごらんぜざ》ルニ依リテ、其ノ御返答無カリケリ。然《しか》レバ、関白殿、女房ニ令問《とはし》メ給ヒケルニ、女房申ス様《やう》、「為時ガ申文ヲ令御覧《ごらんぜし》メムトセシ時、御前《おほむまへ》御寝ナリテ、不御覧成《ごらむぜずな》リニキ」。然《しか》レバ、其ノ申文ヲ尋ネ出デテ、関白殿、天皇ニ令御覧《ごらむぜ》シメ給ヒケルニ、此ノ句有リ。然レバ、関白殿、此ノ句微妙《みめう》ニ感ゼサセ給ヒテ、殿ノ御乳母子《めのとご》ニテ有リケル藤原国盛ト云フ人ノ可成《なる》ベカリケル越前守ヲ止《とど》メテ、俄《にはか》ニ此ノ為時ヲナム被成《なされ》ニケル。

此レ偏《ひと》ヘニ申文ノ句ヲ被感《かむぜら》ルル故也トナム、世ニ為時ヲ讃《ほ》メケルトナム語リ伝ヘタルトヤ。

（巻二四）

為時は式部丞の功労として、国司になりたいと申し出たが、人事異動の除目がなされるときには、欠員の国はなかった。式部丞であったのは花山天皇の在位中で、一条天皇の時代ではない。為時は、国司になれなかったことを嘆き、その後「直物《なおしもの》」という除目の修正がなされた際、為時は文章博士ではなかったが、きわめて文才のある人物だったので、任官を願っての「申文」を、天皇に近侍する内侍を通じて奏上した。自己推薦の書類には、次のような句が書かれていた。

苦学の寒夜　紅涙襟《えり》を霑《うるほ》す　除目の後朝、蒼天眼《まなこ》に在り

（厳しい寒さの夜も学問に励み、血の涙まで流れ出て、襟を濡らし、赤くなるほどであった。除目の結果を知った翌朝、眼にはただ青空が映るだけである）

内侍は天皇に御目にかけようとしたが、すでにお休みになって御覧にならなかった。そうしている間、御堂関白の道長が除目の見直しをするため参内し、為時を国司に推挙なさったが、天皇は中文をみていなかったので返事がない。道長は内侍に尋ねると、「為時の中文をお目にかけようとしたとき、帝はお休みになるところでみていない」という。為時の中文を探し出し、それをみるとこの句が書かれていた。道長は、為時の詩のすばらしさに感心し、乳母子の国盛が越前守になっていたのを、急いで停止し、為時に差し替えることにした。

このような幸運にめぐり会えたのも、中文に書かれた漢詩のすばらしさによってのことである。世間では、為時をほめたたえたという。

内容にはさまざまな疑問があるにしても、為時は文才によって越前守を射止めたことになり、学問の重要さがあらためて確認される。『今鏡』によると、為時は除目で淡路守だったため、それを嘆いて「苦学寒夜」の詩を詠み、天皇にみていただこうと女房に託す。天皇はその詩に感じ、食事もせず、床に入っても泣いていたようで、道長がそれを知り、即座に国盛に辞表を出させ、

為時を越前守にしたとする。

『古事談』の後日談には、「国盛これより病を受け、秋に及びて播磨守に任ぜらると雖《いへど》も、なほこの病によりてつひに以て逝去す、と云々」と、国盛は国替えを悲しみ、ついに病となって亡くなったという。

『日本紀略』によると、長徳二年正月二三日から二五日の三日間、除目がなされ、二八日の条に、

右大臣（道長）参内、俄《にわかに》停越前守国盛、以淡路守為時（藤原）任之

と、除目を訂正する「直物」の人事が、道長の主導によって急になされたことが記録される。長徳二年の人事記録の下書きともいうべき「大間書《おおまがき》」にも、たしかに国盛は越前守と書き込まれている。それが変更となったのは、為時が「苦学寒夜」の詩を提出し、一条天皇が感涙したことによるのか、あるいは道長が文才を認めたためなのか、事情について明らかではない。

『本朝文粋《ほんちょうもんずい》』には、源為憲が一条天皇の治世をたたえ、その中で「去年正月の除目」において、「参河守《みかわのかみ》藤原挙直《たかただ》、越前守同為時、各《おのおの》所望の国に任ず」と、二人が望み通りの国の受領になったすばらしさに言及する。為憲の文章は除目のなされた翌年の長徳三年に書かれたことになるのだが、それはともかく、為時ははじめから越前守を願って申文を書いていたことになる。

諸国の数は、時代によっても異なるが、おおよそ六八カ国あり、国力に応じて大国、上国、中

国、下国の四分類されていた。為時が望んでいたという越前は一三カ国ある大国の一つで、当初の淡路は下国に属していた。為時は、苦学して学問に励んできただけに、自分にふさわしいのは越前守だとの願いを持っていたことになる。その結果が淡路守というポストだっただけに、あまりにも大きな落胆であった。それが背景にどのような力学が働いたのか、源国盛に決まっていた越前守が、為時に回ってきたのである。除目が終わってわずか三日後に、為時が重用されるに至ったのは、特別な理由があったはずである。

『日本紀略』によると、道長の決断によって、為時は僥倖にも、淡路守という悲嘆な思いから、一転して希望していた大国の越前守に取り立てられた。為時は道長に大いに恩義を感じたはずだし、父の将来を心配していた紫式部は、安堵したに違いない。

二　受領の悲哀

芥川龍之介の小品『芋粥《いもがゆ》』は、藤原基経のもとに勤める、風采のあがらない五位の小役人の男の夢について語る。かれの望みは、「芋粥を飽きるほど食べたい」というのであった。つぶやきを聞いた藤原利仁《としひと》が、家に誘ってご馳走するという。すぐ近くかと思ってついて行くと、行く先は越前の敦賀《つるが》だった。大きな屋敷に招かれ、芋を二、三千本も用意して作った芋粥が供されるが、五位はもはや口にする食欲も失せてしまった。中央の役人の貧しさを象徴しているのだろうが、正五位下の為時も国司になることを強く望んでいた。

『枕草子』には、清少納言自身も受領階級の育ちだけに、国司として赴任することのありがたみをよく知っていたでのあろう、除目で国司の任官を願う、四位とか五位の者たちの悲哀の姿を描く。

除目のころなど、内裏《うち》わたり、いとをかし。雪降り、いみじうこほりたるに、中文持てありく四位、五位、若やかにここちよげなるは、いとたのもしげなり。老いて頭《かしら》白きなどが、人に案内《あない》言ひ、女房の局《つぼね》などに寄りて、おのが身のかしこきよしなど、心ひとつをやりて説き聞かするを、若き人々はまねをし、笑へど、いかでか知らむ。「よきに奏したまへ、啓《けい》したまへ」など言ひても、得たるはいとよし、得ずなりぬるこそ、いとあはれなれ。(二段)

除目の日が近づくと、四位、五位の者は、雪が降り、寒い日であっても「中文」を手にし宮中あたりをさまよい、若い者はまだしも、年をとって頭も白くなった者までが、何とか任国にありつきたいと必死になる。人に取りつぎを頼み、女房にまで「どうか主上によろしく申し上げてください、また中宮さまにも」などと言って回り、その甲斐あって望みを果たせた者はよいとしても、そうでなかった者は気の毒なことだ。

毎年、除目のある正月には、このような光景がみられたのであろう。また、次のような話も記す。

除目に司《つかさ》得ぬ人の家、「今年はかならず」と聞きて、はやうありし者どものほかほかなりつる、田舎だちたる所に住む者どもなど、皆集まり来て、出で入る車の轅《ながえ》もひまなく見え、もの詣でする供に我も我もとまゐりつかうまつり、物食ひ酒飲み、ののしりあへるに、果つる暁まで門《かど》たたく音もせず、「あやしう」など、耳立てて聞けば、前駆《さき》追ふ声々などして上達部《かんだちめ》など皆出でたまひぬ。もの聞きに宵より寒がりわななきをりける下衆男《げすをとこ》、いともの憂げに歩み来るを、をる者どもは、え問ひにだに問はず、外《ほか》より来たる者などぞ、「殿は、なににかならせたまひたる」など問ふに、答《いら》へには「なにの前司《ぜんじ》にこそは」などぞ、かならず答ふる。まことに頼みける者は、いと嘆かしと思へり。つとめてになりて、ひまなくをりつる者ども、一人二人すべり出でて去《い》ぬ。古き者どもの、さもえ行き離るまじきは、来年の国々、手を折りてうち数へなどして、ゆるぎありきたるも、いとほしう、すさまじげなり。（二二段）

なんとも悲しい受領の立場というほかなく、任命されるか、選外になるかによって、一族の運命が大きく左右されてしまう。四位、五位の者は、中央政府の官職に就くか、思い切って豊かな地方の国司になるかだが、それは数が限られている。長年国司を望んでいた男が、「今年こそは任命されるらしい」と噂を聞き、近くに仕えている者は当然として、地方に下っていたかつての家司までもが、恩恵にあずかろうと車を連ねてやってくる。男が任国祈願のため参詣するとお供をし、除目の夜になると前祝いとばかり大勢の人々が集まって飲み食いをして大騒ぎをする。国司の任国が決まると宮中から知らせの使者が来るはずだが、夜がふけても何の連絡もない。「これはおかしい」と聞き耳を立てると、もう宮中での除目の審査を終えた上達部の車が、音を立てて帰っている。結果は明らかなため、様子をみにいっていた下男が帰ってきても、問いかける気もしない。よそから訪れていた者は、あけすけに「殿は、どこに任国は決まりましたか」と聞くと、下男は前任の国の名を口にするだけである。夜が明けてくると、こっそり一人、二人と退散していく。古くから仕えている者は、そうもいかず、「来年は、どこどこの国に欠員がある」など指折り数えているありさまであった。「いとほしう、すさまじげなり」とは、清少納言のことばだが、彼女は受領の悲哀を肌で感じ取っていたはずである。

大国に赴任するのと、下国に任命されるのとでは、大変な違いである。為時は五位の位階を持つだけに、大国に赴任する資格を持っている。下国になると、守であっても従六位下で任命されるだけに、為時には役不足で、むしろ降格との思いも強かったのであろう。毎年、除目の時期が訪れると、このように四、五位の候補者は、有利な任国を得ようと、さまざまな活動をしていた。道長が為時を越前守に任用した真の目的はわからないが、為時は苦節一〇年の辛苦が報われる思いをしたはずである。

為時は国司として任命されるまで、中務省で文書の起草や記録などを担当する大内記として勤めていたようで、正暦二年（九九二）九月七日には「任大臣」（藤原道兼）の儀で「大内記為時朝臣」が宣命を伝奏《でんそう》し（『権記』）、正暦四年正月二二日の「内宴」では、「大内記為時朝臣等、靴を着し、東庭に列立す」（『小右記』）とあり、「綾《あや》の青色」の袍《ほう》を身にして参列する。同じ年の七月五日には「除目作法」の「抄出」をした際、「大内記為時朝臣」が「位記宣命・詔書等」を箱に収めて公卿に提出するなどの任にあたった（『小右記』）とはいえ、為時としては不満足で、受領として任国に赴きたい思いが強くあったのであろう。

道長が為時を越前守に抜擢したのか、とくに彼の才能を認めてのことなのか、越前の国司として、現地で特別の職務を果たさせようとしたのか、そのあたりの背景は明らかには記されていない。ただ、まだ才女・紫式部の存在は認識していなかったであろう。

三　一家での越前行き

為時は越前守となり、待望の国司としての赴任だけに、感慨もひとしおであった。大国となると人集めなどの準備とともに、旅の支度もしなければならない。紫式部は都にとどまる選択もあったはずだが、母も姉もいない家族にとって、すでに五〇歳も過ぎていたと思われる父の身内としては従うしかなかった。紫式部のおじ為頼の『為頼集』には、姪の紫式部へ遣わしたと思われる歌がある。それだけ、為頼にとって、紫式部は大切な存在であったのであろう。

越前へくだるに、小袿《こうちぎ》の袂《たもと》に

夏ごろもうすき袂をたのむかな祈る心のかくれなければ

人の遠きところへ行く、母にかはりて

人となるほどは命ぞ惜しかりしけふは別れぞ悲しかりける

弟の為時とともに越前へ下る紫式部が都を離れるにあたって、餞別として夏用の上着（小袿）

を遣わし、袂にそっと歌を詠み入れる。

夏の薄い衣ながら、身に近く使ってほしいと頼りにすることです。これから先の無事と平安を祈る私の心は、薄い衣ではないが、隠しようがないので。

為頼は、弟為時の赴任先での安寧とともに、紫式部へ心を込めて無事を祈ることばを綴る。衣は薄くても、心のほどは厚いとの思いである。さらに、為頼は「母にかはりて」と、高齢の母に代わって歌を詠む。「母」とは、為頼、為時の母であり、紫式部にとっては祖母にあたる。

あなたが一人前になるまで、私は命が惜しく、元気でいなければと思ったことです。それがこのように父為時を気遣って越前への下向となり、大きく成長してくれたことはうれしいながら、別れがこれほどまでに悲しいものとは思いもしなかった。

すでに触れてきたように、為頼も為時も兼輔以来の敷地に屋敷を構えて住んでいた。為頼は、当然のことながら紫式部の誕生を見守り、すこやかに成長する姿も近くで目にしてきた。とりわけ紫式部は早く母を失い、姉も亡くしている。幼いころから利発な紫式部の成長をうれしく思い、これからも大きくなっていく姿を見続けるには、まずは自分が元気でいなければならないと、為頼は自らの命をいとおしんでもきた。成人したのを頼もしくも思うが、越前へ下る別離の悲しみは尽きることがない。為頼の思いは、そのまま祖母の悲しみでもある。

ここに登場する為頼の母は、紫式部の祖母だけに、幼いころからかわいがってくれたことであろう。紫式部は、母のいない寂しさをどれほど祖母のやさしさでいやされたか。彼女にとっても別れは痛切な悲しみであったに違いない。

『紫式部集』には都を離れて琵琶湖のあたりを過ぎる歌が収められるが、往路なのか復路なのか、配列はかなり乱れているようである。

近江の海にて、三尾《みを》が崎といふ所に、網引くを見て
三尾《みを》の海に網引く民《たみ》のてまもなく立ち居《ゐ》につけて都恋ひしも（二〇）

為時に越前守の任命が下ったのは長徳二年（九九六）正月二八日、越前へと向かったのは、春か四月以降の夏になってのことであろう。紫式部は父について行くために、さまざまな準備を整える必要があったし、友との別れの悲しみもあった。

「近江の海」は琵琶湖、船上から三尾崎の沖で漁師たちが網を引くのをみたというので、西岸をたどりながら進んだと思われる。一行のコースは、逢坂の関を越えて大津に着き、船で琵琶湖を北上して塩津に行き、難所の塩津山を越えて敦賀《つるが》に至ったようである［図7］。大津から塩津まで

の、ほぼ中間地で、滋賀県高島市安曇川町《あどがわ》に「三尾里」の名が残る。

三尾が崎のあたりで網を引く漁師たちが、手を休める暇もなく、立ったり座ったりして作業をしているのをみると、離れて来た都が恋しく思われる。（二〇）

船の安全のためにも、琵琶湖の沿岸部に沿って航海したのだろうが、大津から塩津までとても一日の行程ではなく、途中の港に停泊し、近くの宿か船上で過ごしたはずである。都を出立してほどなくとはいえ、紫式部にとっては初めての長旅だけに、遠く離れるにしたがい寂しさがまさってくる。

図7　越前赴任の際に通過した地点

夕立しぬべしとて、空の曇りてひらめくに

かきくもり夕立つ波のあらければ浮きたる舟ぞしづ心なき（二一）

塩津山といふ道のいとしげきを、賤《しづ》の男《を》のあやしきさまどもして、

「なほからき道なりや」といふを聞きて
知りぬらむゆききにならす塩津山よにふる道はからきものぞと（二三）

「夕立がきそうだ」と船頭のことばに、雨に濡れないように荷物の片づけをし、楫取《かじとり》たちはそれぞれ備えをする。空は曇って暗くなり、雷鳴もしてくる。

空はすっかり暗く曇り、夕暮れどきの波が荒く立つので、水に浮かんでいる船は大きく揺れているように、私の心も不安な思いでいる。（二二）

あまり波が荒いと船を急いで港に入れなくてはならないし、そこで停泊したままになりかねない。紫式部は、まだ先の長い旅への不安な思いがよぎる。どうにか塩津の港に着き、荷物を船からおろし、山を越えて越前に入る。現在の湖西線に近江塩津駅の名が残るが、当時の塩津港は良港として栄えていたという。

塩津山の道には草木が生い茂り、荷物を運び、輿《こし》を担《かつ》ぐのをなりわいとする、粗末な身なりをした身分の低い人足たちが、「やはり、難儀な山道だ」と口にしながら歩いていく。畿内から越前へ向かう重要な交通路だけに、地元の者たちは運搬業として生活の糧《かて》にしていたのであろう。

「からき道」の「からし」は、「つらい」とか「厳しい」の意だが、紫式部には塩津山の塩の連想から「辛い」と洒落《しゃれ》をいったようにも聞こえてくる。紫式部の輿を肩にした者たちが、「いつものことながら、この山道はきついことだ」としゃべっているのだろう。

わかったことでしょう、山を越えて往復し、荷物を運ぶのが馴れていても、この世に生きていくのは、塩津山ではないが、つらいことだと。(一二三)

人夫たちに諭すような内容だが、紫式部自身への自戒を込めた歌なのであろう。父の赴任を喜びながらも、これからどのような人生が待っているのか、越前暮らしに不安な思いも持ったはずである。

四　越前での生活

都から遠く離れた越前での紫式部の生活はどのようなものだったのか。紫式部は日々記録をしているわけではないが、次のような興味深い歌も詠んでいる。

暦に、初雪降ると書きつけたる日、目に近き日野岳《ひのたけ》といふ山の雪、いと深く見やられば

ここにかく日野の杉むら埋《うづ》む雪小塩《をしほ》の松に今日《けふ》やまがへる（二五）

宮中では、毎年一一月一日になると、陰陽寮《おんみょうりょう》の暦博士《れきはかせ》が一年分、二巻からなる暦の「具注暦」を作成して宮廷に献上し、中央、地方の官庁などにも配布した。その年の日数、月の大小から、日ごとの吉凶、星宿、干支《かんし》、二四節気、日の出、日の入りの時刻までも記され、二、三行の空白もあるため、所持者は心覚えを書きこむことができる。紫式部は父の所持する「具注暦」を目にし、一〇月中旬の項に「小雪《しょうせつ》」とあるのをみて、そろそろ雪が降る時季になったと思ったのであろう。

官僚の用いる漢文の暦だが、紫式部は毎朝みることによって父の仕事の補助もしていたのであろうか。女性が暦をみて、どのような日なのかを確かめる習慣はないと思われるので、紫式部は父の事務的な処理もしていたと想像されてくる。紫式部はたんに父の身の廻りの世話だけではなく、国司の館では文書などにも目を通していた姿が、目に浮かんでくるようでもある。

暦をみると、初雪が降る日と書いてあり、目の前にみえる日野岳という山には雪が深く降っているようにみえるので、

こちらでは日野岳の杉群《すぎむら》を埋め尽くすように雪が積もっているが、小塩山のあたりでは今日以上に入り乱れるように降っているのであろうか。（二一五）

初夏に、あえぐようにして登った塩津峠のあたりを思いやる。大津から塩津の港に入り、山越えしたのもつい先日だったようになつかしく思える。日野岳は、国府があった現在の武生市《たけふ》から東南に三キロ足らずの地に位置する標高八〇〇メートルの山である。都と違って、これから北陸の厳しい本格的な冬の訪れを予想したことであろう。

降り積みていとむつかしき雪をかき捨てて、山のやうにしなしたるに、人々登りて、「なほ、これいでて見たまへ」といへば
ふるさとにかへるの山のそれならば心やゆくとゆきも見てまし（二一七）

日野岳に降っていた雪は、やがて地上にも積もるようになる。軒下まで埋めるばかりの雪の多さで、下男たちであろうか、厄介な雪を掻き捨て、小山のように積み上げている。都から供をしてきた女房たちも混じっているのか、珍しさもあって雪山に登って楽しんでいる。紫式部はうっとうしい思いで、雪山をみようともしない。女房たちは「いやといわず、こちらまで出てご覧なさいよ」と紫式部に呼びかける。

その雪山が、故郷の都に帰る山の鹿蒜《かえる》山なら、心が晴れるかとみたいと思いますのに、そうではないので、気の進まないこと。（二七）

「鹿蒜山」は越前の山で、すでに「西の海の人」からの歌にも引かれていた。紫式部は越前に住み、父の世話をしながら、故郷への思いは断ち切れなかった。同じ遠くにいる友と文を通わすことはあったにしても、都にいたときのようにしばしば語りあったり、歌を詠みかわすことはない。寂しさはつのるばかりであったろう。

六章

為時の任務と宣孝との結婚

和暦	西暦	天皇	関白	紫式部の年齢（推定）	藤原道長の年齢	具平親王の年齢	できごと
寛和元年	九八五	花山	藤原頼忠	一六歳	二〇歳	二二歳	正月一八日、賭弓の行事に、為時（三九歳か）、藤原宣孝（三三歳ごろ）、参列。
正暦元年	九九〇	一条	（摂政・関白）藤原兼家／藤原道隆	二一歳	二五歳	二七歳	正月二五日、一条天皇（一一歳）に定子（一五歳）入内。 六月二八日、肥後守清原元輔没（八三歳）、後任に源為親。 八月三〇日、臨時の除目で、宣孝（三八歳か）は筑前守に任命。この年七月、兼家、没。道隆、関白となり、摂政となる。定子、中宮となる。
同三年	九九二		（摂政）藤原道隆	二三歳	二七歳	二九歳	八月二八日、藤原伊周（一九歳）、権大納言に任じられる。
同五年	九九四		藤原道隆	二五歳	二九歳	三一歳	八月二八日、伊周（二一歳）、正三位内大臣となる。
長徳元年	九九五		藤原道隆／藤原道兼	二六歳	三〇歳	三二歳	四月一〇日、藤原道隆没（四三歳）。五月八日、道兼没（三五歳）。 五月一一日、道長へ内覧の宣旨。 九月六日、「唐人七十余人」が若狭国から越前国へ移送。
同二年	九九六		—	二七歳	三一歳	三三歳	春、為時（五〇歳か）は越前守として赴任。紫式部同道。

							四月二四日、伊周（二三歳）と弟の隆家（一八歳）、配流の宣命。
同三年	九九七		—	二八歳	三二歳	三四歳	春、宣孝（四五歳か）が越前の紫式部に文を遣わす。
同四年	九九八		—	二九歳	三三歳	三五歳	おじ為頼没する。春ごろ紫式部、越前から帰京。宣孝（四六歳か）と結婚。
長保元年	九九九		—	三〇歳	三四歳	三六歳	紫式部と宣孝との娘、賢子誕生。 一一月一日、道長の娘、彰子（一二歳）が一条天皇（二〇歳）に入内。 一一月七日、中宮定子、敦康親王を出産。
同二年	一〇〇〇		—	三一歳	三五歳	三七歳	二月、前年に宇佐使となった宣孝が帰京。 一二月一六日、皇后定子崩御（二五歳）。 為時（五五歳か）、越前国から帰京。
同三年	一〇〇一		—	三二歳	三六歳	三八歳	四月二五日、宣孝没（四九歳か）。このころ『枕草子』成る。 閏一二月二二日、円融院后詮子崩御（四〇歳）。

一　為時の宋人との対話

『日本紀略』長徳元年（九九五）九月六日の条に、

若狭国言上《ごんじょう》、唐人七十余人、到著当国、可移越前国之由、有其定、

とし、当時は宋《そう》（中国の通称として唐が用いられた）国だが、若狭守から唐人七〇数名が若狭国に来たとの報告があり、越前国に移送するように定めたという。大宰府を通じて海外との交易はなされていたが、潮流の関係もあって日本海の港に流れ着くこともあった。すぐに使者の報告は道長に奏上され、諸卿を集めての会議「陣定《じんのさだめ》」が開かれ、『権記』の九月二四日の記事によると、

「件《くだん》の唐人越前国へ移すべきの由、前日諸卿定め申せらる」という運びになった。当時は、北陸海岸へ漂着した者は、若狭守ではなく越前守が対応し、ときによっては大宰府に迂回させてもいた。数の多い宋人の目的や真意を聴取する必要があり、治安関係からも慎重な扱いをしなければならない。

越前に移動した宋人たちは通商を求めたが、「解文《げもん》」(「げぶみ」とも。申請文書)について議論がなされたようで、決断のないまま当分その地にとどまることになる。大宰府へ移動したのは、五年後の長保二年(一〇〇〇)であった。五章でみたように、事件翌年の長徳二年正月の除目では、源国盛が越前守に任命された。かねて越前守を望んでいた為時は、淡路守という結果に嘆き、さまざまな方面に長い年月「苦学寒夜」であった窮状を訴え、自分の立場を主張し、ついには国替えを勝ち得ることになる。その変更には、『日本紀略』によると道長の決断があった。

同情や思いつきで道長は為時を越前守にしたのではなく、背景には大量の宋人の来着があり、儒学にたけた人物であるのを知り、穏便に交渉を進めたいとの思惑があったのではないかと思う。都から官吏が派遣されたが、大宰府のように人材をそろえているわけでもなく、通辞的な役割も望まれたのであろう。『今鏡』では、為時を越前守に変更したことで、嘆き悲しんでいた一条天皇は満足し、

高麗人《こまうど》と、文作り交させむとおぼし召しつる御気色《けしき》ありけるにあはせて、越《こし》に下りて、唐

人と文作り交されける。

と、本来、為時には高麗人と文を作り、交流させたいとの思いをもっていたとする。高麗は朝鮮半島の国だが、ここでは中国を含めた外国人を意味しているのであろう。一条天皇は為時が越前守として赴任すると聞き、それでは宋人と漢詩を作ることができる、と喜んだというのであろう。為時は翌年に越前に赴き、宋人と詩によって対話することになる。

『江談抄《ごうだんしょう》』(「詩事」)に、大江匡衡《おおえのまさひら》が藤原行成に、「この六人は、凡位を越えし者なり。故にともに貧に甘んずと云々」と伝えた話があり、そのうちの一人が藤原為時であった。凡位を越えた才人ながら、いずれも貧しい生活に甘んじているという。すぐれた儒者であるとの評判は広く知られていたはずで、道長は為時を宋人との応対にふさわしい人物と判断したのかもしれない。為時にとっては、まさに「苦学寒夜」の姿が評価されたといえる。

為時は長徳二年の夏に越前国に下り、引き継ぎをしたはずだが、それまでの間、宋人との交渉は前任者が行っていた。ただ、都へ報告してくる内容が思わしくなく、公卿たちもかねて気がかりに思っていたのではないだろうか。そこで、為時の名が浮上し、道長も適任と判断したとすると、『日本紀略』の記事の背景も理解できる。

為時は越前国に赴任すると、日常的な国府での業務とともに、宋人との対話も進めていかなければならない。『本朝麗藻』には、「覲謁《きんえつ》の後、詩を以て太宋客羌世昌《きやうせいしやう》に贈る」と題した詩が収められる。交渉を進めながらも、会談が終わると為時は「才雄」とたたえる羌世昌と得意の漢詩で意を通わせる。為時は「六十客徒」とし、『日本紀略』の「七十余人」と数は異なるが、宋人たちは「水館」という建物にいたことが知られる。迎賓館ほどではないにしても、特別な収容施設だったのだろう。名称からすると、国府のあった、現在の武生のような内陸部ではなく、敦賀あたりの海辺に設置されていたと思われる。

去国三年孤館月（国を去って三年、孤館の月）
帰程万里片帆風（帰程の万里、片帆の風）

宋人たちは国を離れてすでに三年が過ぎているようで、「水館」では「寂しく故郷を思い出しながら月を眺めているに違いない。帰国する道のりは万里も離れ、片寄せた帆であっても順風を受ければ帰国もかなうはずである」と、為時は詠む。

さらに為時は、「国では嬰児《みどりご》が成長し、母や兄は年老いていくことだろう。二つの国ではいつになれば、心が通じ合うのであろうか」とも加える。別の詩では「芳談して日暮れ残緒多し。羨《うらや》むらくは、詩篇を以て子細の通ぜんことを」（すばらしい会談をして日が暮れたとはいえ、まだ話のいとぐちが多く残っている。願いたいのは、このような詩篇を通じて、お互いに意を通じたいものである）ともいう。

対話の内容は不明ながら、必ずしも順調ではなく、もっぱら筆談と詩によって話は進められたようで、為時にはもどかしい思いもあったはずである。その間も、宋人は各地で交易を進めており、為時が任期を終えて帰京するのに合わせるように大宰府に移っているので、交渉の具体的な内容は不明だが、一応は功を奏したのであろうか。

二　宣孝の御嶽詣で

紫式部が越前から帰京後結婚した宣孝とは、[図4]に示したように、遠縁の関係にある。『尊卑文脈』によると、「備後・周防・山城・筑前・備中」などの守を歴任し、中宮大進、皇后亮《こうごうのすけ》、右衛門権佐《ごんのすけ》として務め、官位は正五位下にあった。

寛和元年（九八五）正月一八日には内裏で「賭弓《のりゆみ》」（正月行事、天皇臨席のもとでの弓の競射）が催され、『小右記』に宣孝と為時の名が記されるのをみると、二人は旧知の間柄でもあるのだろう。為時よりも年下ながら、すでに三〇もすぎた歳であった。

宣孝を知る逸話として広く知られるのは、『枕草子』（一一五段）の「あはれなるもの」の段の記述である。吉野の金峯山《きんぷせん》に参詣する「御嶽精進《みたけしょうじん》」は、身を潔斎し、身分の高い人であっても質

素ないで立ちが普通である。ところが宣孝は、

あぢきなきことなり。ただきよき衣《きぬ》を着て詣でむに、なでふことかあらむ。かならず、よも、あやしうて詣でよと、御嶽さらにのたまはじ。

と否定し、「きよらかな衣を着て参詣するのに、どうして不都合なことがあろうか。よもや御嶽の蔵王権現は質素な身なりで詣でよとは、けっしておっしゃるまい」と、三月末に、

紫のいと濃《こ》き指貫《さしぬき》、白き襖《あを》、山吹のいみじうおどろおどろしきなど着て、隆光《たかみつ》が主殿亮《とのものすけ》なるには、青色の襖《あを》、紅《くれなゐ》の衣《きぬ》、摺《す》りもどろかしたる水干《すいかん》といふ袴《はかま》を着せて、うち続き詣でたりけるを、帰る人も今詣づるも、珍しうあやしきことに、すべて昔よりこの山にかかる姿の人見えざりつと、あさましがりしを、

と、親子（宣孝・隆光）そろってはなやかな衣装を身にして参詣する。「襖」はもと武官の袍だったが、狩衣《かりぎぬ》の称ともなったようで、色の濃い指貫袴《さしぬきばかま》に下は白、それに黄色の上着姿というので、参詣に訪れる人も帰る人も顰蹙《ひんしゅく》するしかない。同じく奇抜な衣装を身にした隆光は宣孝の長男で、この年二〇歳だった。清少納言も、宣孝のことばではないが、参詣するのに別に質素であるか、

華美な姿をするのかなどというのは、関係ないことだという感想をもつ。

参籠を済ませて四月初めに帰京すると、六月一〇日に筑前守が辞任をしたため、後任に宣孝が任命されることになった。

この話は事実だったようで、『小右記』の正暦元年（九九〇）八月三〇日の臨時の除目の記述をみると、

為親を以て肥後守に任ず。筑前守知章辞退す。仍《よつ》て宣孝を任ず。知章朝臣は今春任ず。而《しか》るに着任之後、子息及び郎等・従類三十余人病死す。仍て辞退するところ也と云々。


と、藤原知章は正月の除目で筑前守となり、春には喜びとともに下向したはずである。ところが、着任してほどなく、子息や郎等、従者など三〇数人が病死してしまった。さすがに知章もこれには衝撃を受け、都に帰り、国司職の辞任を申請したという次第である。まさにタイミングよく、御嶽精進の恩恵によるのかどうかわからないが、後任として宣孝にポストが回ってきたのである。

都から国司として赴任する際、子息をはじめとする家族や大勢の縁者・従者などが従っていたようで、その内の大半なのか、半数なのか、「三十余人病死す」というのだから、集団感染が発生したのか、当時疫病の記録はないため不明だが、何らかの原因によって病死してしまった。先にみた『枕草子』には、国司になりそうだとの噂を聞くと、屋敷に人々が集まって飲み食いもし

たとあった。主人について地方に下れば、国司のもとでそれなりの役職を手にすることができたのであろう。

『小右記』の、源為親を肥後守に任じたというのも、同じ時期に欠員が生じて臨時の人事があったことを示す。実は六月二八日に、「従五位上肥後守清原元輔」が任地で没したことによるもので、元輔は八三歳だった。清少納言の父であり、都でその連絡を受けたのだろうが、どのような対応をしたのかはわからない。道隆女《むすめ》の定子が一条天皇に入内したのは正暦元年一月、まだ清少納言は女房として仕えてはいなかった。

宣孝は筑前守として勤め、長徳元年（九九五）か前年には帰京していたはずで、そのころ紫式部との結婚話が具体的に進められた可能性がある。年が隔たっていることや、紫式部自身も二五、六歳と適齢期を過ぎていたこともあり、気は進まず、あいまいな返事のまま、翌年には父為時の越前守赴任を口実に都を離れたのではないかと思う。

三　宣孝から紫式部への文

宣孝の求婚は、為時も了解してのことだったにしても、紫式部は積極的になれなかった。彼女にも早くから結婚話はあったはずで、言い寄る男性もいたかもしれない。彼女にとっては、母や姉を失い、弟と思われる惟規や父の世話をする必要もあり、かたくなに拒否し続けてきたため、すっかり婚期を失ったことも背景にはあるのだろう。宣孝はそのような事情も知った上で為時と話をし、結婚を申し込んだものの、彼女は越前に下ってしまった。

年かへりて、「唐人《からひと》見に行かむ」といひたりける人の、「春は解《と》くるものといかで知らせたてまつらむ」といひたるに

春なれど白嶺《しらね》のみゆきいやつもり解《と》くべきほどのいつとなきかな（『紫式部集』二八）

越前で一冬過ごし、長徳三年（九九七）の春となったころ、かねて「越前まで出かけて、唐人（宋人）を見に行きたい」と言っていた人が、「いくら凍っていても、氷は春になると融《と》けるように、固く閉ざしたあなたの心も、いずれは解けて私を受け入れるようになることを、何とかお教えしたいもの」と言ってくる。宣孝からのようで、父為時が越前にとどまる宋人との交渉の任にあたっているのを知り、「私もそちらにうかがって宋人を見たいもの」と、これまでもしばしば便りを寄こしていたようである。「唐人」のことばを用いたのは、あるいは、

から人の衣《ころもそ》染むといふ紫の心に染《し》みて思ほゆるかも（『万葉集』巻四）

の歌を背景にし、「心からあなたのことが心にしむように慕われる」と、逢いに行きたいとの思いを打ち明けたことばなのであろう。具体的に行動を起こして、宣孝が越前を訪れたとは思われない。宣孝は、紫式部が下向するにあたっても強く引き留めたのであろうし、越前へはしばしば消息を遣わし、宋人を見がてらに迎えに行くといったことも言ってきたことであろう。

『紫式部集』には、次のような歌もある。

近江の守の女《むすめ》、懸想《けさう》すと聞く人の、「ふた心なし」と、つねにいひわたりければ、うるさがりて

みづうみに友よぶ千鳥ことならば八十《やそ》の湊《みなと》に声たえなせそ（二九）

歌絵に、海人《あま》の塩焼くかたをかきて、樵《こ》り積みたる投木《なげき》のもとに書きて、返しやる

よもの海に塩焼く海人《あま》の心からやくとはかかるなげきをやつむ（三〇）

文の上に、朱《しゆ》といふ物をつぶつぶとそそきて、「涙の色を」と書きたる人の返りごと

くれなゐの涙ぞいとどうとまるるうつる心の色に見ゆれば（三一）

もとより人の女《むすめ》を得たる人なりけり

この一連の歌も宣孝との贈答で、紫式部は拒否する態度を示しながら、いくどもこのように文

を交わすのは、結婚話が具体的に進んでいたのであろう。
宣孝には成長した息子がおり、女性との浮名も紫式部はしばしば耳にする。自分に言い寄りながら、一方では近江守の娘に恋慕していると聞いている。そのことを紫式部はそれとなく皮肉ると、「私はほかの女性に恋心を持つような、浮ついた心は持っていない。恋い慕っているのはあなただけです」と、しばしば言い続ける。わずらわしくもなった紫式部は、次のような歌を送る。

近江の湖で友を呼び、いつも声を出している千鳥よ、いっそのこと数多くある船着き場で鳴くように、あちこちの女性に声をかけ続けなさいよ。恋い求める声が途切れないように。

（二九）

近江の国府は、現在の大津市に位置し、紫式部と同じく一家で赴任しており、近江守と宣孝とは受領として知る仲だったと思われる。紫式部と近江守の娘とも、都以来の文を通わす友だったのではないか。都の為時邸の近辺は、受領を終えて帰洛した家族や、地方に赴任した者たちの屋敷が多くあったはずで、親たちはさまざまな情報の交換をし、娘たちは知り合って文や歌を交わしていたのかもしれない。近江守の娘から、越前の紫式部に「結婚するという話を聞いていた宣孝が、私のもとにまで文を寄こして来た」といった連絡が届いたと考えることもできる。紫式部には、「遠き所」へ行った幼なじみ、肥前国へ下った友などと、文を通わせながら、各地の女性同士の情報も集まっていたのであろう。
宣孝は諦めることなく、「あなたが恋しく、嘆き悲しんでいる」といった歌も送ってくる。そこで、歌絵（歌に詠まれた情景を絵にした略画）に、海人が塩焼きをする場面を描き、そこに藻塩草を焼くために切って積み上げた薪《たきぎ》（火中に投げ入れる「投げ木」に、「嘆き」をかける）のもとに、次のような歌を書いて返事をした。

各所の海辺で、製塩のために藻塩を焼く海人が、自分の「役目」として「投げ木」を焼いているように、あなたはあちらこちらの女性に思いを寄せ、「嘆きを重ねている」というのは、自分から勝手に好きこのんでしているだけで、藻塩を焼く火ではないが、自分の身を焼いて悲しんでいるだけでしょう。（三〇）

このような歌がしばしば通わされるたびごとに、二人の心は接近していったはずである。あるときは、手紙の上に朱をぽとぽとと降り注ぎ、これは私のあなたを痛切に思って泣く「血の涙の色です」と書いてきた方への返事に、

血の涙の色と聞くと、ますますうとましく思われます。朱色はすぐに変色するように、あなたの心も移ろいやすいとわかりますので。（三一）

と返しをする。泣き続けると、血のにじむような涙が出てくるのだという。ここまでくると、紫式部は「一緒になっても、あなたは浮気な心なので、すぐにほかの女性に心を向けることでしょう」と、いわば結婚を前提にした歌が詠まれる。為時も都に帰ることを勧め、父の日常生活を見届けたこともあり、紫式部は帰京の決断をする。

紫式部は越前で二冬過ごし、翌年の長徳四年（九九八）の早い時期に都に戻ってくる。結婚をするのだけが目的ではなく、幼いころからいとおしんでくれたおじ為頼の訃報を受け、彼女としては祖母もいるだけに、一日も早く帰りたい思いに駆られもしたのであろう。

四　紫式部の帰京と政治状況

『紫式部集』には越前行きと帰路との歌が混在し、のちに編集した者が地名や季節もわからないまま配列したようである。

　　また、磯の浜に、鶴の声々に鳴くを

磯がくれおなじ心にたづぞ鳴くなに思ひいづる人やたれぞも（二一一）

「磯の浜」は米原の古い地名とされ、そこを通ったとなると、帰りのコースは異なってくる。行きは「三尾が崎」の沖を行く琵琶湖西岸、復路は船便の都合もあるのだろうか、JRでいえば湖西線ではなく東海道線沿いであった。「磯の浜」ではしきりに鶴の鳴くのが聞こえたとあり、渡り鳥の鶴の飛来は、年の暮から春にかけてであり、これも行きの夏の季節とは違ってくる。

磯の蔭で、私の心と同じように悲しんで鳴いている鶴よ、何を思い出しているのであろうか、誰を恋しく思って鳴いているのか。（二一一）

結婚のために越前から帰京する折の歌と解釈されるが、ここからはそのような心情は読み取れず、むしろ悲嘆に暮れた憂いでしかない。紫式部は、悲しみに沈んだ思いである。子供のころから、さまざまな知識や歌を教えてくれ、具平親王や公任といった人々との交流も支えてくれたおじ為頼の死が、彼女の心を痛めていると思わざるを得ない。長徳四年は為頼が亡くなった年であり、帰京の目的はその悲しみの喪に服する意味もあったのではないかと思量する。

みづうみに、おいつ島といふ洲崎《すざき》に向かひて、わらはべの浦といふ入海《いりうみ》のをかしきを、

口ずさみに

おいつ島島守る神やいさむらむ波も騒がぬわらはべの浦（二一四）

「奥津島《おいつしま》」（老津島）は現在の近江八幡市、大島奥津島《おくつしま》神社があり、奥津島と向かいあって「わらはべの浦」という入り江があった。干拓が進み、現在では失われているが、「老」と「童《わらわ》」を対比させて興じたのであろう。入り江の海の眺めがすばらしく、ふと口の端に詠まれた歌だという。

奥津島の守り神が、いさめて静かにするようにと言ったのであろうか、童べの浦は波も荒れない静かな入り江だこと。（二一四）

紫式部は、春には都へ帰ってきたはずで、年老いた祖母とも会い、最愛のおじ為頼の死を悼んだことであろう。

この時期は、政治的に大きな変革期であった【図8】。一条天皇に定子を入内させて中宮とし、一族の権力を誇示していた藤原道隆は、紫式部が越前に下る前年の長徳元年（九九五）四月には、病によって亡くなっている。その子の内大臣伊周《これちか》は失政が続き、謀反の嫌疑により、長徳二年四月に弟の隆家とともに流罪の処分となる。道長は政治執行の任にあたる内覧《ないらん》の宣旨《せんじ》を受け、右大臣となり、政権運営の主導権を握り、道隆一家を追放する。中宮定子は、父の死に続いて兄弟の悲運が重なり、過酷な立場に置かれてしまう。清少納言の『枕草子』は、そのような政治的な苦境は記さず、つとめて定子の明るい聡明な姿を描く。宮中生活のすばらしさを描写するのは、むしろ意図的に明るくふるまおうとする姿だったのであろう。

殿〔道隆〕などのおはしまさで後、世の中に事出《い》で来《き》、騒がしうなりて、宮〔定子〕もまゐらせたまはず、小二条殿といふ所におはしますに、なにともなく、うたてありしかば、久

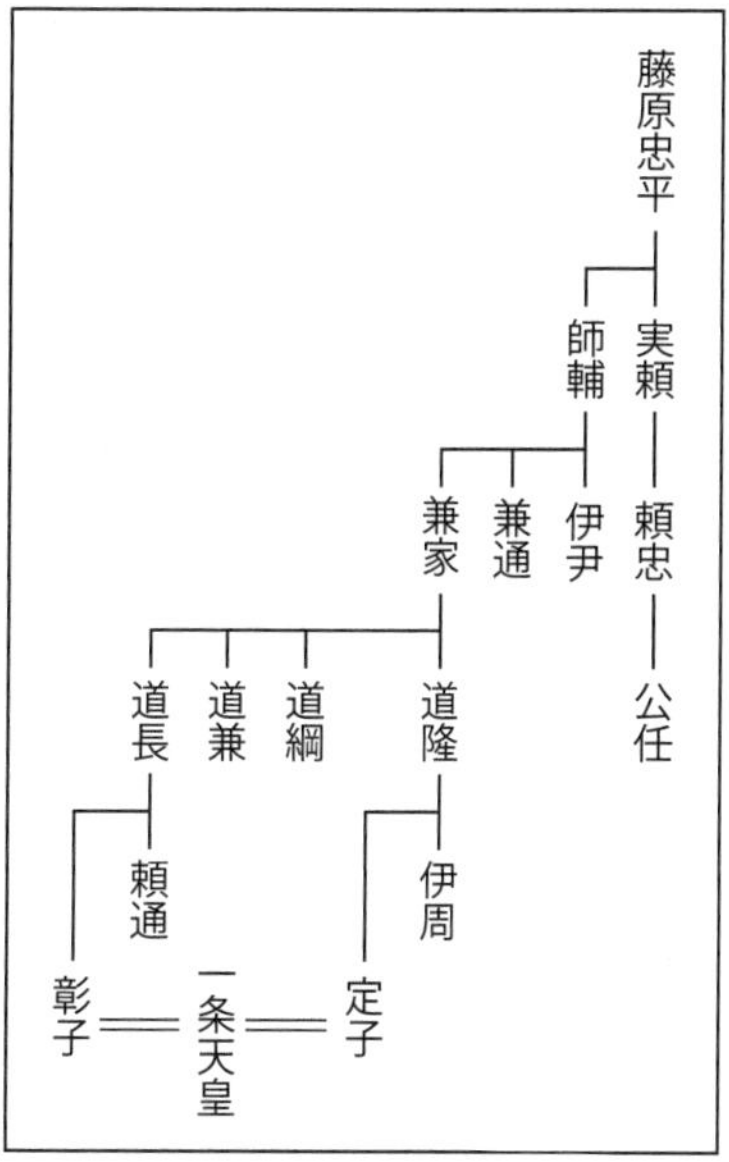

図8　道隆・道長の一条天皇をめぐる人々

しう里にゐたり。（一三八段）

「道隆が亡くなり、伊周、隆家が流罪に処せられるという事件が起こって世の中は騒然とし、中宮は参内もなさらず、小二条殿（未詳）という屋敷に退出なさっていたため、私もいやな思いもするので、長い間里に下がっていた」と、清少納言は告白する。

定子が一条天皇に入内したのは正暦元年（九九〇）一月、ほどなく中宮となり、兼家没後は長男の道隆が権力を継承する。正暦三年に一九歳の伊周は権大納言に昇進し、二七歳の道長と肩を並べる。翌年に道隆が関白になると、次女原子は東宮居貞親王（後の三条天皇）に入内し、三女は敦道親王と結婚、翌五年に伊周は道長を越えて内大臣に任命されるなど、まさに道隆一家は繁栄を謳歌していた。それが長徳元年（九九五）四月の道隆の死を契機として、滅亡への道を歩み始める。

正暦五年（九九四）二月二〇日に、法興院《ほこいん》の積善寺《しゃくぜんじ》（兼家邸に、道隆が父の供養のため建立した堂）で一切経供養が盛大に催された。清少納言ははなやかな行事のさまを述べた後、

そのをりめでたしと見たてまつりし御ことどもも、今の世の御ことどもに見たてまつりくらぶるに、すべて一つに申すべきにもあらねば、もの憂くて、多かりしことどもも皆とどめつ。（二六三段）

と、数年後の時点からの、世の激変ぶりを嘆くことばを綴る。「あのころの一家のはなやかさを眼にしてきた私には、現在の悲惨な状態と比べると、とても同じとは思われず、まったく違ってしまっているので、もはや話をする気にもなれず滅入ってしまい、つらい思いがするばかりなので、まだまだたくさんのことがありましたが、すべて書くのをとどめてしまった」と打ち明ける。道隆一家の繁栄ぶりは、今は見る影もなく、わびしい思いでいる中宮定子の心中を察して筆を止める。いつの時点で『枕草子』を書いたのかわからないが、少なくとも道隆が亡くなり、伊周らが流罪となった長徳二年以降ではあった。

道長は政権を掌握し、権力を振るうようになったとはいえ、盤石な体制を築くには、一条天皇に娘を入内させ、男皇子が生まれる必要があった。道長の娘彰子は、長徳二年の時点でまだ九歳にすぎず、とても入内させることはできない。中宮定子には、この先男皇子が誕生する可能性があるだけに、道長は焦燥と不安な思いがあったはずである。

そのような時期の長徳二年に、為時は道長から学才を認められて越前守となり、一緒に下向していた紫式部は、二年後に父を置いて帰京する。紫式部は、留守の間に起こったさまざまな情報を得たであろうし、苦しい立場にある中宮定子に仕える清少納言の噂も聞いたことであろう。『枕草子』の一部は、すでに世に広まって読まれていた。

長徳元年から翌年にかけての話であろう、中納言隆家（伊周弟）が中宮定子のもとを訪れ、「珍しい扇の骨を手に入れたので、紙を張りあわせて差し上げたいと思いますけれど、とても普通の紙ではつり合いがとれません」という。「まだ見ぬ骨のさまなり」と自慢するので、清少納言が「さては、扇のにはあらで、海月《くらげ》のななり」（それでは扇の骨ではなく、海月の骨なのでしょうね）と口を添える。隆家は興じて、「そのことばは、隆家のものにしたい」と言ったという。

彼は、面白がってどこかでそのことばを使おうと思ったのであろう。その話題の後に、清少納言は、

かやうのことこそは、かたはらいたきことのうちに入れつべけれど、「一つな落としそ」と言へば、いかがはせむ。（九八段）

と書き添える。

このような自慢話は、「かたはらいたきこと」といった話題にでも入れるべきだろうが、「一つも漏らさないで、書き入れなさいよ」と人が言うので、仕方なくこのように記しておいた。

「と言へば」として敬語がないので、同僚の女房が「それも面白いので、書いておきなさいよ」

といったのであろう。女房の間では、清少納言の書いた作品はすでに知られており、何かと批評をし、話題にもしていた。『枕草子』は一度にまとめて世に流布したのではなく、早くから少しずつ書かれ、部分的ながら人々に読まれていたと知られる。現存本は、最終的に清少納言が編纂した作品であるにしても、一部は女房たちが書写し、実家に持ち帰るなどして広まっていたのかもしれない。

五　紫式部の結婚生活

紫式部は、おじ為頼の死への悲しみとともに、早くから言い寄り続けてきた宣孝との結婚を決意し、親愛な為頼が亡くなったこともあって都へと戻ってきた。宣孝が通うようになるまでも、紫式部とは恋の駆け引きが続いていたのだろうが、彼女は運に任せることにした。

文散らしけりと聞きて、「ありし文ども取り集めておこせずは、返りごと書かじ」と、ことばにてのみ言ひやりたれば、みなおこすとて、いみじく怨《えん》じたりければ、正月《むつき》十日ばかりのことなりけり

閉《と》ぢたりし上の薄氷《うすらひ》解けながらさは絶えねとや山の下水《したみづ》（三一）
すかされて、いと暗うなりたるに、おこせたる
東風《こちかぜ》に解《と》くるばかりを底見ゆる石間《いしま》の水は絶えば絶えなむ（三三）
「今はものもきこえじ」と腹立ちければ、笑ひて、返し
言ひ絶えばさこそは絶えめなにかそのみはらの池をつつみしもせむ（三四）
夜中ばかりに、また
たけからぬ人数《ひとかず》なみはわきかへりみはらの池に立てどかひなし（三五）

紫式部は『源氏物語』を書いた作者だけに、手紙もそれなりにしゃれた表現と和歌などが書かれていたのであろう。「御嶽精進」の話題のように、風流好みの宣孝は、紫式部の手紙を人に自慢したかったのか、「このようなことが書かれている」とか、「時季にあったすばらしい歌が詠まれている」などと、あちらこちらの人に見せていたのであろう。

私の手紙を人に見せていると聞き、「これまでの手紙など、全部返していただかないと、もう二度と返事はしません」と、手紙で知らせると、またそれを人に見せる恐れもあるため、使いの者に口頭で言い遣ったところ、「すべて返す」と言って、「それくらいかまわないではないか」、と恨み言を述べてきたので、それは正月一〇日のころだったため、次のような歌

を送った。

紫式部の強硬な態度に、さすがの宣孝も大変とばかり、これまでの手紙をすべてかき集めて返すことにした。越前から返送していた手紙もあるのだろうか、そうだとすると宣孝は興味深い内容の手紙と思い、すべて手もとに保存していたことになる。

冬には凍って閉ざされていた谷川の薄氷も、やっと解けてこのような夫婦仲になっていたのに、山に流れる下水がふたたび氷結するように、二人の関係が途絶えてもよいと思っているのでしょうか。（三二）

強い態度を示すのも、人に自分の手紙がみられる恥ずかしさだけではなく、宣孝が幾人もの女性からの手紙をもっていて、比べながら批評を加えていたのかもしれない。『源氏物語』帚木巻の「雨夜の品定め」には、

近き御厨子《みづし》なるいろいろの紙なる文どもを引きいでて、中将わりなくゆかしがれば、「さりぬべき少しは見せむ、かたはなるべきもこそ」と、許したまはねば、（帚木）

と、源氏が戸棚にしまっている、幾人もの女性からの、さまざまな料紙による恋文を、頭中将がしきりに見たがる場面がある。源氏は「かまわないのは、少しは見せてもよいが、中には具合の悪いのがあっても困るので」などといって許そうとはしない。それでも少しずつ見せてくれ、頭中将は読みながら、「この手紙はその方か」「あの方か」などと尋ねる。風流好みの男性たちにとって、筆跡や内容のすばらしい恋文は、恰好の話材であった。これほどではなくても、宣孝は「これは、自分が通っている紫式部の手紙で、すばらしい内容だ」などと人に見せびらかしてもいたのだろう。

紫式部の脅しめいたことばに宣孝は手紙をかき集め、夜も遅く暮れたころに届けて来た。そこには、

春風が吹いて氷が解けるように、私は納得して手紙を返すけれど、谷川の水の底が見える、石の間を流れるような浅い思いしかあなたにはないのであれば、いっそのこと仲が絶えるのなら絶えてもよいのですよ。(三二)

と、逆に拗ねたような歌が添えられている。

「もう今は、あなたには一切何も言うまい」と、腹を立ててよこしてきたので、紫式部は軽くあしらうように笑って、

ことばを交わすのもやめてしまうというのであれば、そのように絶えてしまってもかまいません。どうしてそのような「みはらの池の堤」でもあるまいに、私から慎んで遠慮することなどありましょうか。（三四）

と強気に出る。夫婦仲が絶えるなどと、宣孝は考えてもいないことを、紫式部はよく知っている。「歌ことば」による遊びであり、それだけ二人の間には強い信頼関係が生まれていた。「みはらの池」は不明だが、土手の「堤」に「慎む」をかけたことばである。「夜中ばかりに、また」と、宣孝は恐る恐る手紙を寄こしてくる。

気の強くない、人なみでもない私は、湯が沸騰するように、「みはらの池」に波を激しく立てたところで、所詮かいのないことです。（三五）

宣孝は、紫式部の腹立ちに白旗を揚げたに等しく、手紙やことばの応酬になると、表現力にはとてもかなわないとの思いであった。ただ結婚したといっても、宣孝はあい変わらず他の女性にも関心を示すため、紫式部の心は穏やかではなかった。

六　宣孝の活躍

紫式部にとって宣孝との生活は、それほど大きな変化があるわけではなく、歌を詠みかわしながら、婿君として通っていた。そのうち、娘の賢子も生まれ、それなりに幸せな生活を過ごしていたのであろう。

宣孝も、父為時と同じような官僚としての勤めを果たしており、おもな記録を示すと、天元五年（九八二）正月三日に「左衛門尉《さえもんのじょう》宣孝」の名がみえ（『小右記』）、一〇日には「女叙位《おんなじょい》」において「蔵人《くろうど》宣孝」（同前）、一七日の「射礼《じゃらい》」（建礼門でなされた弓術の恒例儀式）でも「蔵人宣孝」（同前）が使者として遣わされたことがみえる。正暦元年（九九〇）には、思いがけなくも筑前守《ちくぜんのかみ》となり、赴任から帰京後も宮中の勤めをしていた。長徳四年（九九八）三月二〇日には「臨時祭試楽」があり、宣孝は舞人《まいびと》をし（『権記』）、八月二七日の「小除目」で「従五位上右衛門権佐《うえもんのごんのすけ》藤原朝臣宣孝」は山城守《やましろのかみ》となる（同前）。この年の春に、紫式部は越前から都へ帰ってきたようで、宣孝は山城守になったこともあり、結婚をかなり強引に進めたのではないかと思う。山城国は、現在では京都の一部といってもよく、宣孝は洛中にいるのとほとんど変わらない生活をすることができたはずである。

長徳四年九月二五日には、弓場殿《ゆばどの》で身分証明書のような「任符《にんぷ》」が授与され（『権記』）、一一月三日には「右衛門権佐宣孝」は「禄《ろく》」（位階、職分の給与）が与えられ（同前）、一一月三〇日の「賀茂臨時祭」では駿河舞《するがまい》を披露する（同前）。長保元年（九九九）一〇月二一日の「弓場始」では「右衛門権佐宣孝」は責任者となり（同前）、一一月七日には中宮定子が「前但馬守生昌《なりまさ》の三条の宅」で敦康《あつやす》親王を出産し、宮中では祝賀が催され、「右衛門権佐宣孝」は酒宴の席で人々に酒を勧める役をする（『小右記』）。中宮定子が、そのような受領の屋敷で御産をするというのは異例というほかはなく、父藤原道隆が亡くなり、兄藤原伊周らが左遷という運命の一家としては、悲惨な立場であった。ただ、このあたりも『枕草子』では明るい話題として描かれる。一一月一日に彰子が入内した直後の男皇子の誕生だけに、道長としては複雑な思いがしたであろう。

『日本紀略』長保元年一一月二七日の条に、

発遣宇佐使左衛門権佐藤原朝臣宣孝。

とあり、宣孝は「宇佐の使ひ」として遣わされる。この年の使者の任務の趣旨について、同日の『権記』（長保元年一一月二七日条）に、左大臣〔道長〕参らる。即ち仰せられて云はく、「今日、宇佐宮に奉幣する宣命、三年に一度の幣帛《へいはく》の例事なり。但し辞別に、先年の御願に依《よ》り、別《わ》けて神宝幷《なら》びに御装束各一具を以て加へ奉る。また、天変怪異、頻りに以て呈示す。また、大宰府、敵国の危等の事を言上す。また、内裏焼亡に依り、別宮に遷御《せんぎょ》の旨等、載《の》すべきなり」と云々。使ひ、右衛門権佐兼山城守藤原朝臣宣孝なり。

と詳細に記す。出発前に御禊《ごけい》などの儀式がなされた後、天皇は「宣孝を召せ」と呼び、行成の手を経て宣孝に禄の品が下賜される。「宣孝、長橋《ながはし》の西より下る。さらに庭中に到り、拝舞して退出す」と、場面の状況が具体的に述べられる。

豊前の国の宇佐八幡宮は、全国の八幡神社の総本山で、宮中にとっては伊勢神宮とともに重要な二大宗廟として尊崇されていた。前回は、長徳二年（九九六）一二月八日に遣わされているように、三年に一度の宇佐使である。その間、長徳二年に洛中では「頻りに火有り」（『日本紀略』）と火事が頻発し、翌三年一〇月一日の大宰府からの急使は、「南蛮、管内の諸国に乱入し、人、物を奪ひ取る」（同前）と、東南アジアからであろうか、九州各地に乱入して人や物資の略奪がなされたと報告する。長徳四年七月には疱瘡《ほうそう》が蔓延し、「天下、夏より冬に到り、疫瘡遍発す。六、七月の間、京師の男女の死者甚《はなは》だ多し」（同前）とまで言及される。長保元年六月には「内裏焼亡」（同前）し、天皇は避難しなければならなかった。

奉幣使の派遣は恒例の行事ではあるが、これらのさまざまな災厄を文書に追記し、とくにご加護の祈りを込めた宇佐八幡の使者であった。道長個人としては、直前に彰子が入内した報告と、男皇子誕生の祈願もさせたかもしれない。

宣孝が重要な任命を拝して九州へと下向したのは、紫式部と結婚した翌年のことで、ほどなく賢子の誕生もあった。宣孝が帰洛したのは長保二年（一〇〇〇）二月ごろのようで、『御堂関白記』の二月三日の条に「宇佐使宣孝朝臣、馬二疋を献ず」とあり、勅使となった礼なのであろうか、道長に馬二頭を献上する。四月一日には「平野臨時祭の宣命を使宣孝朝臣に賜ふ」などともあり、道長に近侍していた。

『権記』によれば同年七月二七日の「相撲の召合《めしあわせ》」（毎年紫宸殿の前で行われる相撲の取り組み）では「右衛門権佐宣孝」が仕え、九月一一日には行成のもとを訪れ、一〇月一五日の宮中での宴に参列し、長保三年（一〇〇一）正月二日の後取《しんどり》（正月の儀式の後、天皇の飲み残しの御屠蘇《おとそ》を賜って飲むこと）の役を務め、二月五日には春日祭の使いとして発遣される。

『尊卑分脈』の宣孝の項に、「長保三年四月二十五日卒」とする。今井源衛氏（『人物叢書　紫式部』）は、四九歳であったと推定する。紫式部にとっての結婚生活は、わずかに三年ばかりであった。紫式部はすでに三〇歳を越えており、幼い一人娘を育てながら、不安で寂しい思いをしたことであろう。父為時は、越前守の任期を終えて長保三年の春から初夏には都へ帰っているので、娘婿が亡くなったのと同じころになる。古くからの屋敷で、孫を交えての親子の生活となり、そのうち惟規も成長して宮中の勤めをするようになる。

七　宣孝の死と憂愁

結婚してのちのころであろうか紫式部には、姉妹のように親しんできた友との別れという悲しいできごとがあった。

遠き所へ行きし人の亡くなりにけるを、親はらからなど帰り来て、悲しきこと言ひたるに

いづかたの雲路《くもぢ》と聞かば尋ねましつらはなれたる雁《かり》がゆくへを（三九）

「遠き所」とあるのは、すでに引用した（四章）「姉なりし人亡くなり、また、人のおとと失ひたる」とし、文には「姉君」と書き、「中君」と書き交わして姉妹の契りを結んでいた友のことで、両親に従って「遠き所へ行き別」れていた。「西の海の人なり」とするように、肥前の国に下っていた。その人が、現地で亡くなったのである。「親はらから」とするので、他の兄弟姉妹

も父の赴任地に下っていたようで、任期を終えて帰京したものの、一家の中には姉とも慕っていた友一人だけがいない。おじ為頼とともに、亡くなった「悲しき」ありさまを聞くことになる。

どちらの雲路なのかを聞けば、私は探しに行きますものを、親子の列から離れた雁の行方のように、いなくなってしまった友の行方を。（三九）

紫式部には、「秋ごとに列《つら》を離れぬかりがねは春帰るとも帰らざらなん（『後撰和歌集』巻七、秋下、読み人知らず）の歌が思い出されたのであろう。秋に訪れ、春には北の国へ帰って行く雁は、仲間から離れることなく列をなして集団で行動する。ところが、友の一人だけが離れていなくなってしまったのだ。

土佐守に赴任し、任期を終えた紀貫之も、連れて行った娘が現地で亡くなり、一緒に帰ることのできなかった悲しみを、我が家にもどって小松が生えているのをみて、

生まれしも帰らぬものを我が宿に小松のあるを見るが悲しさ（『土佐日記』）

と悲しみに沈む思いを詠んでいる。それにも通じるであろう。

都の我が家で生まれた子が、土佐に一緒に下ったのに、帰る道中はその姿が見えない。ふたたび故郷の家に戻ってくると、庭には小松が生えているではないか。このような小松があるのを見るにつけ、我が子がいないのが悲しく思われてくる。

貫之の悲しみは、そのまま友の両親の心でもあった。紫式部にとっては、実の姉とともに、かりそめの姉まで失ってしまった。

宣孝は道長らの信任も得て活動し、将来も期待されていたはずである。夫の喪の期間は一年、紫式部は薄鈍《うすにび》色の衣を身にし、賢子の成長を見守りながら過ごす日々であったろう。

去年《こぞ》の夏より薄鈍着たる人に、女院〔詮子〕かくれたまへるまたの春、いたう霞みたる夕暮れに、人のさしおかせたる

雲の上のもの思ふ春は墨染《すみぞめ》に霞む空さへあはれなるかな（四〇）

返しに

なにかこのほどなき袖をぬらすらむ霞の衣なべて着る世に（四一）

詞書に「去年の夏より薄鈍着たる人」と、みずからを客観視して表現し、一条天皇の生母である皇后宮詮子は宣孝と同じく長保三年（一〇〇一）の暮れに亡くなり、その翌年の春、ひどく霞

のかかった夕暮れに、私のもとにある人が使いの者に手紙を届けさせたと記す。

詮子は兼家の女《むすめ》で、円融天皇の后となり、四つ年下の道長をかわいがり、その政権獲得には大きな力を添えたとされる。長保三年一〇月には詮子の「四十の賀」が盛大に催されたが、ほどなく病床に臥すようになり、閏一二月二二日に崩御し、二四日には鳥部野《とりべの》（京都東山）で荼毘《だび》に付される。「雪のいみじきに、殿（道長）よりはじめたてまつりて、よろづの殿上人、いづれかは残り仕うまつらぬはあらん、おはしますほどの儀式ありさまいふもおろかなり」（『栄花物語』巻七「とりべ野」）と、年の暮れた雪の日であったが、大半の殿上人が参列し、悲しみのまま「天下諒闇《りょうあん》」となり、帝はすぐさま五日間政務を廃止し、忌みに籠る。

ある人とは一条天皇に仕えていた女房であろうか。翌年春、夕暮れ時の文に、

雲の上の宮中は、春が訪れても沈んだ思いで喪に服し、鈍色の衣を着ているように霞む空まで悲しんでいるようです。あなたも同じく喪服を身にし、悲しみに暮れていると思い同情を申すことです。（四〇）

母を亡くした天皇だけではなく、お仕えしている女房たちも日々悲しみに沈み、春が訪れたといっても明るい思いなどはない。それ以上に、昨年からずっと喪に服している紫式部は、どんなにか悲しいことであろうかと、気遣っての文である。

どうして私ごとき者が、涙で狭い袖を濡らして悲しんでいられるでしょうか、鈍色の霞の衣は空だけではなく、世の中の人がすべて喪にあって悲しみにふけっておりますのに。（四一）

天皇が母の喪に服している「諒闇」の期間であり、天下の人々はこぞって哀悼の思いでいるのに、私が個人的な悲しみに沈んでいるような場合ではないとしながらも、やはり紫式部は涙を流さずにはいられなかった。

紫式部にこのような消息を遣わしてくるのは、かなり心を通じ合った親友ともいえる存在であろう。しかも宮中から届いたというのであれば、女房として天皇の身近に仕え、紫式部とも日ごろから親密に交流していた仲であったと想像される。彼女の周辺には、親が同じ受領なのであろうか、地方に下った幼友達も幾人かいた。その父が任期を終えて帰京し、成長した友は女房として勤めていたのかもしれない。宮中だけではなく、公卿の邸宅に女房として仕えている者もいたはずで、それぞれ文を通わすことによって、紫式部は内裏の様子や上流貴族たちの生活のさまなど、多くの知識を得ていたことであろう。

七章　女房の生活

和暦	西暦	天皇	関白	紫式部の年齢（推定）	藤原道長の年齢	できごと
永観元年	九八三	円融	藤原頼忠	一四歳	一八歳	大斎院選子（二〇歳頃）のもとで、女房たちによる物語、和歌集の書写がなされたか。
同二年	九八四	円融／花山	藤原頼忠	一五歳	一九歳	源為憲、尊子内親王に『三宝絵』を進上。
正暦元年	九九〇	一条	（摂政・関白）藤原兼家・藤原道隆	二一歳	二五歳	正月二五日、定子（一五歳）、一条天皇（一一歳）に入内。
同四年	九九三			二四歳	二八歳	このころ、清少納言、中宮定子の女房として出仕したか。
長徳元年	九九五		藤原道隆／藤原道兼	二六歳	三〇歳	四月二七日、道兼関白となるが、五月八日没（三五歳）。
同二年	九九六		―	二七歳	三一歳	四月二四日、伊周（二三歳）は大宰権帥、隆家（一八歳）は出雲権守として配流の宣命。 七月二〇日、道長、左大臣に任じられる。
長保元年	九九九		―	三〇歳	三四歳	一一月一日、彰子（一二歳）、一条天皇（二〇歳）に入内。 一一月七日、第一皇子敦康親王（母は定子）誕生。
同二年	一〇〇〇		―	三一歳	三五歳	一二月一六日、皇后定子（二五歳）崩御。
寛弘七年	一〇一〇		―	四一歳	四五歳	正月二八日、伊周没（三七歳）。

一　女房の実態

道長の長女彰子が一条天皇に入内《じゅだい》したのは長保元年（九九九）一一月一日、誕生は永延二年（九八八）の秋なので、一二歳であった。道長の兄道隆の女《むすめ》定子が一五歳の正暦元年（九九〇）一月二五日に、四つ年下の一条天皇に入内して中宮となり、正暦四年に道隆は摂政関白、翌年に道隆の息子伊周《これちか》は二一歳で内大臣という昇進ぶりで、二九歳のおじ、権大納言《ごんのだいなごん》道長を越えてしまう。道隆次女の原子《げんし》は東宮居貞《いやさだ》親王（即位して三条天皇となる）に入内するなど、まさにわが世の春を迎えていたが、長徳元年（九九五）四月に道隆が亡くなってのちは、道長が内覧《ないらん》の宣旨《せんじ》を受け、政権構造が大きく変革してくる。道長にとって、将来的にも権力を維持確保するためには、一日も早く彰子が成長し、入内して男皇子が誕生するという夢を思い描かずにはいられなかった。

長保元年（九九九）一一月七日には定子に男皇子（敦康《あつやす》親王）が誕生しているだけに、道長は焦燥感をいだいたはずである。一条天皇にとっては第一皇子であり、将来の東宮候補でもあるだけに、後見人が必要という配慮もあったのだろうか、長徳三年（一〇〇二）四月には流罪になっていた伊周、隆家《たかいえ》兄弟に召還の宣旨が下される。

長保元年に彰子が一二歳になると、二月には待ちかねるように、女性の成人式ともいうべき裳《も》着《ぎ》の儀を行い、一一月一日に入内させるという運びになった。ただ、まだ幼い彰子には、懐妊など望みようがないのが実態であった。

定子のもとには、清少納言をはじめとする多くの女房たちが仕え、『枕草子』の一部はすでに世に流布して読まれていたように、高度な文化的サロンであることは広く知られていた。一条天皇の好みにもよるのだろうが、定子個人への寵愛とともに、女房たちによってはぐくまれた文学的な雰囲気にも心引かれていた。

具平《ともひら》親王と同い年の大斎院選子《だいさいいんせんし》内親王（二カ月年上）のもとでも、物語や和歌を集めるなど、風流な女房集団の存在が知られていた。道長としても、彰子を中宮にするとともに、世の中からも尊崇され、憧れの対象となるような文化的な存在にすることを考えていた。

かくて参らせたまふこと、長保元年十一月一日のことなり。女房四十人、童女《わらは》六人、下仕《しもづかへ》六人なり。いみじう選《え》りととのへさせたまへるに、かたち、心をばさらにもいはず、四位、五位の女《むすめ》といへど、ことに交らひわろく、成出《なりいで》きよげならぬをば、あへて仕うまつらせたまふべきにもあらず、ものきよらかに、成出よきをと選らせたまへり。さるべき童女などは、女院〔詮子〕などよりたてまつらせたまへり。（『栄花物語』巻六「かがやく藤壺」）

彰子の入内に際して、道長が雇用した女房の数は四〇人、ほかに年の若い童女の女房が六人、雑用を務める下仕えが六人という人数である。次女の一七歳の妍子が寛弘七年（一〇一〇）二月に東宮居貞親王に参入した折も、「大人四十人、童女六人、下仕四人」（巻八「初花」）とあり、三女威子の後一条天皇入りでも「大人四十人、童女六人、下仕同じ数なり」（巻一四「浅緑」）とする。道長の念頭には、入内においては女房の数は四〇人という基準があったのであろう。頼通《よりみち》が具平親王女《むすめ》の隆姫《たかひめ》と結婚したときには、「女房二十人、童女、下仕四人づつ」（巻八「初花」）とあり、貴族の邸宅にもそれなりの女房らが仕えていたと知られる。

宮中には公的な業務を行う女官がおり、女房はいわば私的に主人に仕える女性であり、衣装や俸禄《ほうろく》などの費用はすべて雇い主の負担となる。人数の多さは、それだけの権勢の象徴でもあったのだろう。女房の採用には厳しく臨み、器量や人柄だけではなく、父親が四位、五位であっても、世間づきあいが悪く、生い立ちのよくない者は排除するという方針であった。父の大半は受領クラスなのだろうが、長保元年当時での四位では藤原公任や源俊賢などの参議もその範疇に入る。

二　伊周の姫君たちの悲運

内大臣伊周には長男道雅《みちまさ》と美しい女君が生まれており、「后がねとかしづききこえたまふ」（『栄花物語』巻四「みはてぬゆめ」）と、いずれは妹定子のように天皇の后として入内させたいと願って育てていた。だが、これまでみてきたように、その後の一族は悲しい運命に見舞われ、長徳二年（九九六）四月に伊周は大宰権帥《だざいごんのそち》として、弟の隆家は出雲権守《いずもごんのかみ》として流罪に処せられ、定子の脩子内親王出産後、長徳三年に罪は許されて召還される。帰京したといっても、もはや政治的な権力のないまま生涯を過ごすことになり、長保二年（一〇〇〇）一二月には定子の崩御、寛弘七年（一〇一〇）正月には、おじ道長との政争に敗れた伊周は、失意のまま三七歳の生涯を終える。

伊周は病が重くなり、北の方へ次のような遺言を残す。

「世の中にはべりつる限りは、とありともかかりとも、女御、后と見奉らぬやうはあるべきにあらずと思ひとりて、かしづき奉りつるに、命堪《た》えずなりぬれば、いかがしたまはんとする。今の世のこととて、いみじき帝の御女《むすめ》や、太政大臣の女《むすめ》といへど、みな宮仕へに出で立ちぬめり。この君達をいかにほしと思ふ人多からんとすらんな。それはただことごとならず。己《おの》がための末の世の恥ならんと思ひて。〔中略〕ゆめゆめ麿《まろ》がなからん世の面伏《おもてぶ》せ、麿を人にいひ笑はせたまふなよ」など、泣く泣く申したまへば、大姫君・小姫君、涙を流したまふもおろかなり、ただあきれておはす。（『栄花物語』巻八「初花」）

伊周にとっては、後に残す姫君の行く末が気がかりで、「自分が健在であった折は、どのようになろうともいずれは入内させて、女御とか后にしたいと願って大切に育ててきた。私が命を失った後はどうなることであろうか。今の世の中は、天皇のすぐれた姫君や太政大臣の姫君といった高貴な身分であっても、すべて女房として出仕していくようである。きっとこの姫君たちをほしく思う人が多いことであろう。ほかでもなく、女房にでもなれば私にとっては末代までの恥になってしまう。けっして私が亡くなった後で、世間の物笑いの種として思われるような恥ずかしいふるまいはしないでほしい」と、伊周は泣きながら訴えるのである。北の方や姫君たちはただ、茫然として泣くしかなかった。

かつては栄光の道を歩んできた一族の姫君が、宮仕えの女房になることは、身分を落とすことになり、伊周にとっては末代までの恥辱でしかなかった。だが、このころの風潮では、天皇や太政大臣を務めた家の姫君であっても、女房になっているというのである。高貴な家柄の女性を、女房として仕えさせることは、採用側には家格をひき上げることになる。

伊周が心配したように、世の中は思い通りにいかないもので、姉の大姫君は、そのころはまだ身分の低い藤原頼宗《よりむね》と結婚し、妹の一五、六になった中姫君〔周子〕には、道長から中宮彰子の女房になるようにと求められる。

中君をば中宮〔彰子〕よりぞたびたび御消息聞こえたまへど、昔の御遺言のかたはしより破れんいみじさに、ただ今おぼしもかけざめれど、目やすきほどの御ふるまひならばさやうにやと、心苦しうぞ見えたまひける。あはれなる世の中は、寝《ぬ》るが中《うち》の夢に劣らぬさまなり。

（同）

中宮彰子からのたびたびの招きがあったとはいえ、事実上は道長の意向による、女房として出仕するようにとの命である。北の方は、夫伊周の遺言が次々と破れてしまう悲しさから、とても応じられないと思ったものの、強く反対を通すこともできなかった。「見苦しくならない程度の宮仕えならば」という条件で、女房として差し出すことになる。「心苦しうぞ見えたまひける」（なんともおいたわしく見受けられることだった）と、語り手は同情の思いを寄せる。さらに、「かなしい世の中は、寝ていてみる夢のようなはかなさである」とことばを加える。世が世なれば、二人の姫君は入内するか、もっと幸せな生活が送れたはずだが、まるで夢でしかなかった。

『大鏡』（巻四）には別の視点から、

いま一《ひと》ところ〔中君〕は、大宮〔彰子〕に参りて、帥殿《そちどの》の御方とて、いとやむごとなくさぶらひたまふめるこそは、おぼしかけぬ御ありさまなめれ。あはれなりかし。

と、伊周が大宰権帥をしていたことから「帥殿の御方」という女房名によって彰子中宮に仕え、それなりの待遇を得ていたが、ここでも語り手は「あはれなりかし」と運命の悲しさを述べる。

中君が女房として出仕したのは、伊周が亡くなった寛弘七年正月以降と思われるが、このころには紫式部も女房となっているので、同僚としての付き合いは不明ながら、境遇などは当然知っていたはずである。『御堂関白記』の寛仁二年(一〇一八年)一〇月二二日に、「正五位下に藤原周子大宮、故帥殿の二姫」と叙位の記述があり、名は「周子」であったと知られる。「大宮」の彰子に仕え、「故帥殿の二姫」は伊周の次女であったとする。

このような現実は、藤原実資《さねすけ》も実感しており、長和二年(一〇一三)七月一二日には興味深い記事をみいだす(『小右記』)。右兵衛督従三位源憲定《のりさだ》が娘のことで訪れ、一八歳になるのだが、皇太后宮彰子の女房として出仕するよう、参議藤原広業《ひろなり》からしきりに誘いがあるというのだ。皇太后宮大夫の源俊賢《としかた》に相談したところ、「事、宜しからずといへども、仰せある事、何となすに至らんか」との返答であった。「親として気が進まなくても、女房として出仕させるのが妥当である」というのである。その後、女房として仕える身となったのであろう。

実資は、「密かに思ふ」として、

近代、太政大臣及び大納言已下《いか》の息女、父の薨《みまか》りし後、皆以て宦仕《くわんし》す。世以て嗟《なげき》となす。但し、父いまだ死せざるの前の宦仕、参議正光女のほか、いまだ聞かざる事なり。(『小右記』)

と慨嘆する。「近年は太政大臣以下の大納言の息女は、父が亡くなった後はいずれも宮仕えするようになった。世の中では、嘆きとするところである。ただし、父親健在ながら女房となったのは、藤原正光の娘がいるくらいで、後は聞いたことがない」と、伊周女《むすめ》の現実が念頭にあり、また風潮として、親が亡くなると娘は女房に奉仕する傾向があったための慨嘆と思われる。「末代の卿相の女子、先祖のために恥を遺すべし」とも記し、公卿の娘が女房になるのは、先祖の恥辱だともいう。だが現実には、身分の高い家柄であっても、娘が女房として仕える傾向となっていく。

三　清少納言が描く宮仕え

宮中に仕えた女房といえば、すぐに思い浮かぶのは清少納言で、『枕草子』には中宮定子のもとでの人々の機知にあふれた生き生きとした明るい姿が描かれる。「宮にはじめてまゐりたるころ、もののはづかしきことの数知らず、涙も落ちぬべければ」（一七九段）と、初出仕の当座は恥ずかしく涙がこぼれそうになるほどで、人から顔を見られないように夜参上したほどだという。清少納言のイメージからすると、とても信じられない。人事から自然、随想に至るまでの豊富な話題は、彼女一人が部屋で密かに書き溜めていたとは考えられず、才能のある女性であったにしても、中宮定子を中心とする女房たちの間で、いつも話されていた内容も多かったはずである。

寛和二年（九八六）に七歳の一条天皇が即位し、正暦元年（九九〇）、一五歳（一四歳ともされる）になった定子が入内するという、道隆一家の全盛時代に清少納言は登場する。彼女の生まれた年とか、いつ女房の生活をするようになったのか、確定できるような資料はほとんどない。正暦元年六月に八三歳になっていた父元輔が赴任地の肥後で亡くなっており、元輔四〇歳のころに生まれたとすると、清少納言はすでに四〇の年を越えていたことになる。ただ、宮仕え後の男性との交流からすると、それほどの年とも思えないので、江戸時代前期の歌人、北村季吟《きたむらきぎん》も推測しているように（『春曙抄《しゅんしょしょう》』）、三〇歳ばかりと一応考えておく。天元四年（九八一）に橘則光《たちばなのりみつ》と結婚し子どもも生まれているが、ほどなく離別したようである。

『実方集《さねかた》』には、

元輔がむすめの中宮にさぶらふを、おほかたにていとなつかしうかたらひて、人には知らせずたえぬ仲にてあるを、いかなるにか久しうおとづれぬを、おほぞうにてものなどいふに、女さし寄りて「忘れたまひにけるよ」といふ、いらへはせでたちにけり、すなはち

忘れずよまた忘れずよかはらやの下たくけぶりしたむせびつつ

返し、清少納言

あしのやの下たくけぶりつれなくてたえざりけるもなにによりてぞ

とする興味深い贈答歌がある。藤原実方が中宮定子に仕えている元輔女《むすめ》（清少納言）と懇意になり、人には知られないほどの恋仲となったのだが、どういうわけかこのところ消息をよこさなくなってしまった。実方は人目もあるため、ほかの女房と同じように話しかけると、清少納言が寄って来て「もうあなたのことは、忘れてしまいました」（「あなたは、私のことなど忘れてしまった

のですよ」とも解釈できる）と言うではないか。返事をしないままその場を離れて、そのすぐあとに、

あなたのことは忘れませんよ、けっして忘れませんよ、瓦を焼く小屋の下で煙がむせるように、私は心の中で悲しく心がむせんでいます。

と実方は歌を送る。清少納言は、

葦の屋の下でいつも焚いている煙のように、私につれなくしているのに、私をいつまでも恋い偲んで思いを寄せているというのは、どうしてなのでしょう。

と、冷たくあしらった返しをする。『枕草子』（三二段・八六段）にも書かれているように、清少納言と実方とは親密な愛情関係にあったことは確かなようで、このころ則光とは離婚していた。

だが、実方は長徳元年（九九五）陸奥守《むつのかみ》として都を離れ、同四年一二月に任地で亡くなってしまった。清少納言の宮仕え生活に慣れたような姿からすると、その数年前に女房として参上していたはずで、定子が入内して二、三年後だとすると、正暦三年（九九二）か翌四年ころになる。『枕草子』の史実的な記述も、それ以降に多くなってくる。

清少納言は中宮定子を賛美し、現実の世に迫って来る厳しく追い詰められた姿は描こうとはせず、明るい話題に転じるのが自分の任務と考えていたようである。道隆が亡くなって後も「故殿の御服《ぶく》のころ」（一五六段）とし、伊周・隆家の配流という、一族にとっては深刻な政治的な危機にあっても、「世の中に事出で来、騒がしうなりて」（一三八段）とするだけで、事件の詳細や中宮定子の苦境にある姿は一切記さない。多くの女房たちは、将来どうなっていくのか、不安な思いでいたはずである。清少納言は、むしろ悲しい現実から目を背け、定子の賛美を書き留めることが、自分の女房としての責務であるとしていたのであろう。

そのような中にあって、清少納言は宮仕え先にいたたまれないような思いをし、里に下がってしまう。「左の大殿方《おほとのがた》〔道長〕の人、知る筋にてあり」（一三八段）と、女房たちの噂が耳に入ってくる。女房たちが集まって話をしているそばに行くと、急に口をつぐみ、自分をのけ者にしてしまう。「清少納言の知り合いに、道長と懇意な方がいる」という内容のようで、女房たちにとっては最も関心の高い話題でもあったろう。

中宮定子のもとに、どれほどの女房が仕えていたのかは不明だが、彰子入内のように四〇人とはいわないまでも、二〇人や三〇人はいたはずで、道長が内覧の宣旨を受け、左大臣になった長徳二年（九九六）になると、もはや中宮定子の凋落は明らかで、仕えている人々の心も動揺していた。女房たちにとって、このまま中宮と運命をともにするのか、先の身の振り方を考えたほうがよいのか、集まってはひそひそ話をする。「このところ清少納言が里に下がり、中宮のもとに参上しないのは、道長と懇意な人と話を進めているらしい。定子さまのもとをやめて、道長の女房にでもなるつもりではないか」などといった、臆測による噂話でもちきりになる。

真相はどうだったのか知るよしもないが、彰子が入内したのは三年後のことで、このときまだ九歳にしかすぎない彰子を、いずれは入内させようと、早くから名のある女房を集めていたとまでは考えられない。道長が娘たちの入内に際して女房は四〇人集めたとするが、中には道長の家に仕えていた女房や子持ちの者もいた。あるいは、道長は先行きのことを考え、世間に知られた清少納言などは、自分のもとに確保しておきたいと、知り合いを通じて引き抜きの交渉をしていたのであろうか。

だが、清少納言は心動かされることなく、中宮定子のことばに救われるように、身辺は厳しく、寂しくなるばかりだとはいえ、女房としての勤めを最後まで尽くしたようである。定子が長保二年（一〇〇〇）一二月一六日に二五歳で崩御し、清少納言の宮仕えの生活も七、八年で終わってしまった。定子と彰子の二人が一条天皇の后として存立したのは、わずかに一年一カ月にすぎなかった。それでも双方の女房集団は対抗意識もあったはずで、彰子の女房たちの間でも、清少納言の『枕草子』は評判になっていたと考えられる。

四　清少納言の女房観

清少納言は、女房について次のように言及する。

　宮仕へする人をば、あはあはしう、わるきことに言ひ思ひたる男などこそ、いとにくけれ。げに、そも、またさることぞかし。かけまくもかしこき御前をはじめたてまつりて、上達部《かんだちめ》、殿上人《てんじやうびと》、五位、四位はさらにも言はず、見ぬ人はすくなくこそあらめ。（『枕草子』二一段）

宮仕えする女房のことを、「軽薄で、世間体が悪い」と思っている男性がいるのは、ほんとうに憎らしいと非難する。一〇年後の中宮彰子のころになると、女房に対する考え方は大きく変わったようで、貴族の姫君や天皇の皇女に至るまで、女房にならない人はいないという。女房層の格が上がり、社会的に活躍をし、敬意も増していく。

女房の職務としては、天皇をはじめ、上達部、殿上人、五位、四位、さらには低い身分の者とも対応しなければならず、どうしても顔は広く知られてくる。女房として勤めるのを、夫として嫌がる男がいるのは、それとして仕方のないことではある。貴族の姫君はまさに深窓の生活だろうが、受領層の女性たちでも、顔を合わせるのは家族か、日常的な生活をする範囲内に限られてくる。女房は、宮中に仕える人々を相手にするだけに、交際が達者で、さまざまな案件を処理する必要も生じる。道長が面接までして女房を選んだように、容貌や性格のほかに、出身と「交らひ」の社会的な応対のよさも条件としていた。そのほかにも、和歌や漢籍などの教養も求められたことであろう。

それに、『枕草子』によると、宮中は里と違って、

昼なども、たゆまず心づかひせらる。夜は、まいて、うちとくべきやうもなきが、いとをかしきなり。沓《くつ》のおと、夜一夜聞こゆるが、とどまりて、ただ指一つして叩くが、その人なりと、ふと聞こゆるこそをかしけれ。（七三段）

などと、たえず気を遣い、昼はもちろんのこと、夜になってもゆっくりと部屋で休んでいるわけにはいかない。貴族が廊下を歩く音が夜通し聞こえ、ふと立ち止まって女房の戸口であろうか、ひそかに指で叩く音によって、「あの方が訪れたのだな」などとすぐにわかってしまう。

上などいひて、かしづき据ゑたらむに、心にくからずおぼえむ、ことわりなれど、また、

内裏《うち》の内侍《ないし》のすけなどいひて、をりをり内裏へまゐり、祭の使《つかひ》などに出でたるも、面立《おもだ》たしからずやはある。（二二段）

当時の女房は、親が四位、五位の官僚や受領層の出自の者によって大半は占められ、結婚してそのまま都に留まる者もいれば、夫とともに地方に下る者もいた。「上」（北の方）などと呼ばれ、女主人として大切にされるとはいえ、もとは宮仕えの女房だけに顔が広く知られており、夫としてはいささか不具合な思いをもつのは道理でもあろう。しかし結婚しても、もとの典侍《ないしのすけ》（内侍《ないしの》司《つかさ》の次官、天皇にも近侍する）だと、時には宮中に参上し、賀茂の祭の使者として行列に加わるなど、夫としても面目のあることではないだろうか。

このように清少納言は、女房という職務は結婚しても相手は誇らしいものだとし、世間から見られる評価を高めようとする。さらに、

生《お》ひ先《さき》なく、まめやかに、えせざいはひなど見てゐたらむ人は、いぶせく、あなづらはしく思ひやられて、なほ、さりぬべからむ人のむすめなどは、さしまじらはせ、世のありさまも見せならはさまほしう、内侍のすけなどにてしばしもあらせばや、とこそ、おぼゆれ。

（同）

と述べ、積極的に女房の社会性を主張する。結婚して家に閉じ籠もり、将来の望みもなく、ひたすらまじめに夫に尽くして家庭を守っている人を見ると、私には気づまりで、軽蔑しそうになってしまう。清少納言は「えせざいはひ」とまで評するように、本人は幸いな生活と思っていても、それは本物ではないという。結婚した女性本人は、家庭内のことしか知らず、女房たちに女主人として崇められ、それで満足している女性への清少納言の軽侮のことばである。「できることなら、しかるべき身分の家柄の女性は、女房として宮仕えなどさせ、世の中のありさまを見せ、慣れさせたいものだとの思いをもつ」という。

受領の娘であっても、若く結婚して北の方になると、そのまま外部とは遮断され、幸せと思って一生を送ってしまう。そのような運命の女性が大半なのだろうが、清少納言には我慢のならないことだった。女房として出仕し、「世のありさまも見せならはさまほしう」とするように、大勢の人々と顔を合わせ、話をし、世の中の仕組みや情勢を見せたいものだという。「女性の社会進出」のことばは、近代になって生まれたのではなく、清少納言はすでに提唱していたともいえよう。多くの男性とも顔見知りになっていた女房が、結婚すると夫からは「自分しか知らないうぶな女性」というイメージがないだけに、軽率で不満に思われがちである。だがそのような女性は、才知があるだけに、家庭も明るくするだろうし、結婚しても典侍のままだと宮中にも出入りし、新しい知識や風習も持ち込め、むしろ夫には女房を妻にしたことによる名誉ではないかというのである。

結婚しても女房を続ける者もいたようで、宮中の自分の部屋にこっそりと子供を連れてくることもあったようだ。仲のよい女房もできるだろうし、反目するような女房も当然生じてくるであろう。

御前に、人々、所もなく居たるに、今のぼりたるは、すこし遠き柱もとなどに居たるを、とく御覧じつけて、「こち」と、おほせらるれば、道あけて、いと近う召し入れられたるこそ、うれしけれ。(二六一段)

少し遅く御座所に参上すると、中宮の周囲には多くの女房たちが控え、座る場所もないほどだった。すこし離れた柱のもとにいると、中宮が私に目をとめ、「こちらにいらっしゃい」とおっしゃる。大勢の女房たちは、清少納言のために道を開け、中宮のすぐ前に座ることになる。それだけ中宮にとって清少納言とは話がしやすく、機知のある会話をすることができたのであろう。

女房は固定しているわけではなく、退任する者もいれば、新参の女房もいたはずである。少し後になるが、一条天皇が寛弘八年(一〇一一)六月に崩御した後、当然のことながら多数の女房は行き場を失った。それについて、

年ごろの女房たち、内《うち》〔三条天皇〕に参るは少なうて、春宮〔敦成《あつひら》親王〕、中宮〔彰子〕、

一品宮《いつぽんのみや》〔脩子《しゅうし》内親王〕、帥宮《そちのみや》〔敦康《あつやす》親王〕にぞ、みな分《あ》かれ分《あ》かれ参りける。（『栄花物語』巻九「いはかげ」）

といった記述をみると、かなり自由に移動もしていたと知られる。現在の三条天皇に出仕する者は少なく、中宮彰子、脩子内親王（母定子）、敦康親王（母定子）に分散して再雇用されたようである。彰子を母とする、東宮の敦成親王や弟の敦良親王も存在していたが、そちらは道長がすでに信頼のおける女房で固めていて、新参者が加わる余地は少なかったのかもしれない。中心となる女房は、信任が必要なだけに主人の縁戚の者が占めていた。

皇后定子が亡くなったときも同じで、かなりの人数の女房は、さまざまな伝手《つて》を求めて新しい職場にいく者もいたはずで、中には中宮彰子に仕える者もいたことであろう。清少納言は、定子が亡くなる前に道長にスカウトされた可能性もあるが、結局は最後まで全うし、里に下がって再び女房となることはなかった。

五　高く評価される大斎院選子の女房たち

村上天皇の第一〇内親王選子は康保元年（九六四）四月生まれ、母（中宮安子《あんし》）は異なるが同年六月に生まれたのが具平親王（母は荘子《そうし》女御）である。二人は同い年だけに、近しい間柄として育ったことであろう。彼女は一二歳で賀茂《かも》斎院《さいいん》に卜定《ぼくじょう》され、以後、円融・花山・一条・三条・後一条天皇までの、例をみない五代五七年間その任にあり、「大斎院」と称される。長元四年（一〇三一）六八歳で退下し、出家した後、同八年に七二歳で亡くなっている。平安朝の主要な時代を、賀茂の地から見続けた女性であったともいえよう。

『枕草子』では、

宮仕へ所は、内裏《うち》。后の宮。その御腹の、一品の宮など申したる。斎院、罪深かなれど、をかし。まいて、このころはめでたし。また東宮の女御の御方。（二二四段）

とし、女房としての仕え先としては、宮中、中宮定子のような后の宮、その御腹に生まれ一品《いっぽん》という位階を賜った親王、斎院、さらに東宮に入内した女御のもとに、などと列挙する。斎院は神に仕えるため、仏道とは縁を切る必要があるだけに、罪が深いとはするが、とりわけ今の斎院（選子）の御所はすばらしいと称賛する。清少納言自身、斎院をはじめ、そこに仕える女房たちは文化的にすぐれた場所にいる存在だとして一目置いていた。

長徳四年（九九八）一二月の大雪が降った日、清少納言が自分の部屋に帰ろうとしていると、役人が「青き紙の松に付けたるを」手にし、寒そうにしている。「それは、いづこのぞ」と尋ねると、「斎院より」と言う。彼女はすぐに「ふとめでたうおぼえて、取りてまゐりぬ」と、中宮定子に渡しに行く。「斎院」と聞いただけで、彼女はすぐさま「すばらしい」と反射的に思うほど、風流な御所として知られていた。

斎院には、これより聞こえさせたまふも、御返りも、なほ心ことに、書きけがし多う、御用意見えたり。（『枕草子』八三段）

中宮も斎院に返事をするとなると、めったなことは書けないと身構え、「書きけがし多う」と、入念に書こうと思えば思うほど書き損じをしてしまう。汚れた反故紙が多くなってしまうというのである。

斎院のもとで詠まれた歌を集めた『大斎院前御集《だいさいいんさきのぎょしゅう》』という作品には、女房たちが活動していた姿が留められる（ここで解釈していく都合上、番号を付しておく）。

二十日のほどに、歌の頭《かみ》に次官《すけ》なさせ給ふに、次官《すけ》になりて

実《み》はなれど先だたざりし花なれば木高《こだか》き枝《え》にぞおよばざりける（1）

ときこえさせたれば、御《おほん》

下枝《しづえだ》といたくなわびそ末の世は木高き実《み》こそなりまさるべき（2）

かく司々《つかさづかさ》なりて後、「物語の頭《かみ》、歌の次官《すけ》は歌司《うたづかさ》こそ書くべけれ」とて、物語の頭《かみ》、歌の次官《すけ》に

うちはへてわれぞ苦しき白糸《しらいと》のかかる司《つかさ》は絶《た》えもしななむ（3）

かへし

白糸のおなじ司にあらずとて思ひわくこそ苦しかりけれ（4）

物がたりの清書《きよがき》せさせ給ひて、古きは司の人に配らせたまへば、物語の頭《かみ》、民部《みぶ》のもとにやるとて

四方《よも》の海にうち寄せられてねよければかき捨てらるる藻屑《もくづ》なりけり（5）

民部《みぶ》、久しう参らぬころなりければ

かき捨つる藻屑《もくづ》を見ても嘆くかな年へし浦を離《あ》れぬと思へば（6）

斎院のもとでの女房たちの日常生活とともに、平安朝における物語や和歌の流布した実態を知る貴重な資料がとどめられている。(1)の詞書に、いきなり「二十日のほどに」と具体的な日にちが書かれているが、何年の何月のことかはわからない。注釈書などの考証によると、永観元年(九八三)六月かとされており、それをめどとすると、選子内親王は二〇歳のころとなり、円融天皇が譲位する前年、定子が一条天皇に入内する七年前となる。

六　物語を収集する大斎院選子

選子内親王は女房たちを「歌の司《つかさ》」「物語の司」と呼ぶグループに分け、それぞれ作業をさせていたようである。「司」は役所の意味だが、ここでは私的に名をつけて女房を班に分け、効率よく任務を遂行していたことを示すのであろう。それぞれの「司」には、班長とも呼ぶべき「かみ」と「すけ」を置き、選子の意向を受けながら女房たちに指示していた様子がうかがわれる。賀茂神社を担当する斎院司《さいいんのつかさ》では、長官《かみ》・次官《すけ》とするので、そのように表記するのが妥当かもしれない。『大斎院前御集』ではかな書きであるため、確定はできない。四等官は、国司では守《かみ》、介《すけ》と表記する。

斎院選子が、これまで「すけ」だった人を「歌のかみ」に昇任させ、その後任として私が「すけ」になったため、

（1）花が咲いて実がなるように、私の身は「歌のすけ」になったとはいえ、これまでのほかの方にくらべて遅く咲いた花ですので、木高い枝に咲いていた方にはとても及ばないことです。

と謙遜する。これまで「歌のかみ」だった人が退任して空席となったため、ポストが埋められたことが知られる。

（2）に「御《おほん》」とするのは、斎院選子で、

まだ下枝の実だと嘆くことはありませんよ。いずれあなたも、木高い枝に実をつけるようになることでしょう。

と、将来の昇進をことほぐように慰める。

問題は次の（3）の詞書で、この文章のままでは分脈がたどれず、解釈ができない。女房たちは、それぞれ「歌グループ」と「物語グループ」に分けられ、斎院選子の命によって与えられた

仕事を分担していた。別の歌の詞書からすると、歌集や物語を集め、書写する作業が中心だったようだ。注釈書によっては、本文に誤写がある前提で、「物語の頭《かみ》・歌の次官《すけ》は歌司《うたづかさ》こそ掛《か》くべけれ」とし、「物語の頭・歌の次官は歌司を兼ねるべき」と解釈するが、なぜ「物語の頭と歌の次官」だけが「歌司」を兼ねなければならないのか、兼任するのであれば、二つの班に分けた理由もわからなくなる。

私は、写し誤りも考慮し、「物語のかみ」が「歌のすけ」に、「この歌物語に関する作業は歌司が担当するべきではないか」と、申し入れたのだと考えたい。現代では「歌物語」とは、純粋な「物語」ではなく、かといって「歌集」でもない作品を分類する都合上、便宜的なことばとして用いる。平安の当時は、「歌」の範疇だったのか「物語」なのかわからないが、「物語のかみ」としては、この作品は「歌司」が書写すべきではないかと、作業を押し返したのではないかと思う。

次々と仕事が入って来て、「かみ」としての私は忙殺されて苦しいことです。「白糸」が引っかかるではないが、このような「司」は糸が切れるようになくなってほしいものです。(3)

「物語司」が担当する作業はかなり多かったようで、チームに所属する女房たちに、次々と命じて書写させなければならない。その上、今度は「歌」とも「物語」とも判別しようもない作品が数多く届き、もう私のほうでは支えきれないと、「歌のすけ」に訴えたのである。かなり大胆にも、「司」はなくなってほしいとまで言うのは、それほど物語作品が膨大で、大量に斎院のもとに寄せられてきたというのであろう。

白糸の緒ではないが、あなたと同じ司でないからといって、私どもを分け隔てておっしゃるのこそ、つらいことです。(4)

(4)では「物語司」ばかりが忙しく、私たちの「歌司」はさも仕事が楽なような偏見をもっていわれるのは苦しいことだとする。「歌司」にとっても、物語に負けないような分量の作品があると抗弁する。

(5)によって明らかなのは、物語の清書がなされ、古くなって斎院選子が必要でないと判断したのは、それぞれのグループの女房に下賜されていた。物語は、「物語司」に与えたというわけでもないのだろうが、「物語のかみ」はその作品を民部に与えたという。斎院の女房でもある民部は、このところ事情があるのか、しばらく出仕していなかった。和歌には解釈できない語句もあるが、「あちらこちらから波が打ち寄せるように、この物語は斎院のもとに寄せられた物語の一部なのです。海辺の藻屑を捨てるように、この物語も払い下げられたものです」といったところであろう。

斎院のもとには、「四方の海」ではないが、各方面から物語が寄せられてくる。物語だけではなく、さまざまな歌集も同じように集められ、担当する者たちがつぎつぎと清書していくことになる。「物語のかみ」が「われぞ苦しき」と表現するように、書写作業はとどまることなく、連日続けられていた。藻屑を捨てるように、これは捨てられる中の一部にすぎないという。民部が出仕していない間に、女房たちは歌と物語のグループに分けられ、選子が読み終えて必要がなくなると手離していたのであろうか。

(6)からすると、同僚の女房たちはこのような新しい仕事をしているのかと、民部は長く出仕をしていないだけに、自分は見捨てられた身になったような思いがする。「払い下げになった物語の草子といっていただくのをみるにつけ、私はすっかり長い間斎院の御所から離れてしまっていると思うばかりです」と詠む。

民部はみずからの意思で女房をやめたわけではなく、病気なのか、長い間御所に行きたくても行けない事情にあった。「物語のかみ」は民部の心を思いやり、同僚の女房たちの現在の状況を知らせようと、慰めるためにも物語を送ったのであろう。

七　あふれるような物語の流布

「四方の海にうち寄せられて」とあるように、斎院のもとにはあふれるように大量の物語が集まって来ていた。担当の女房たちは、毎日清書を続けても追いつかないほどの分量だった。

このことから連想されてくるのは、仏教説話集『三宝絵《さんぼうえ》』の序文である。冷泉天皇第二皇女の尊子《そんし》は三歳で斎院となり、一〇歳で退下し、天元三年（九八〇）の一五歳の年に円融天皇に入内して女御となる。おじ藤原光昭《みつあき》が亡くなるなどして世をはかなみ、寛和元年（九八五）に出家し、ほどなく二〇歳で亡くなるという、薄幸の女性であった。みずから髪を削いで仏門に入った折、その入門書としたのが、仏・法・僧の三巻からなる源為憲《ためのり》撰進の『三宝絵』で、その序文には次のようにある。

物語といひて、女の御心をやるものなり。大荒木《おほあらき》の森の草よりも繁く、有磯海《ありそうみ》の浜の真砂よりも多かれど、木草山川鳥獣魚虫などなづけたるは、もの言はぬものにものを言はせ、情けなきものに情けをつけたれば、〔中略〕伊賀のたをめ、土佐のおとど、今めきの中将、長居の侍従などいへるは、男女《をとこをんな》などに寄せつつ、花や蝶やといへれば、罪の根、言葉の林につゆの御心もとどまらじ。

「女の御心をやるものなり」と、当時の若い女性はとかく物語に心を奪われ、夢中になっていたようである。「世の中の物語は、大荒木（地名）にある森の下草よりも数が多く、ごつごつした岩からなる海辺の浜の砂よりも無数にある」とする。世に流布する物語には、大きくは二つの流れがあったようで、一つは、木や草、山、川、鳥、獣《けもの》、魚、虫などを主人公にし、人間と同じようにしゃべり、感情を持って登場する。現代でも、熊やタヌキ、魚や虫といった生き物が活躍し、人間と同じように話をする、いわば幼児向けのおとぎ話に類するといえよう。

もう一つは、「伊賀のたをめ」などとする以下の物語で、いずれも現実離れをした恋物語が中心で、浮薄な「花」とか「蝶」といった歌やことばを用いて互いに思いを訴える。はらはらしながらも、最後はめでたく幸せな生活が訪れる、といった内容だったのだろう。為憲はそれらの物語を一蹴し、世に大量に流布する物語は、仏の教えからすると、読めば読むほどかえって罪の報いを受けるにすぎず、さまざまに語られていても、ほんのわずかも真心にしみるものではない、と断じる。

女性たちが夢中になって読む物語が、いかに罪悪の根源になるかを説いて目を背けさせ、平易な仏教の説話集を示すことによって、仏道へと導き入れようとする。仏門に入った尊子に、これまで親しんできた物語の放棄を求めたのである。世の少女たちは物語にどっぷりとつかり、深窓の姫君になると、現実とはかけ離れた物語の世界にあこがれの思いさえ抱いていた。世の中にはあふれんばかりの物語が流布し、大斎院選子のもとにも「四方の海」から物語が押し寄せていたとする時期と、為憲のことばとは重なってくる。

道長の兄、道兼が粟田に山荘をもったのは正暦元年（九九〇）の春のころだったようで、彼はそこに通って風雅な調度品を揃え、姫君が誕生するのを心待ちにしていた。

そこに通はせたまひて、御障子の絵には名ある所々を描かせたまひて、さべき人々に歌詠ませたまふ。世の中の絵物語は書き集めさせたまひ、女房数も知らず集めさせたまひて、ただあらましごとをのみ急ぎおぼしたるも、をかしく見たてまつる。（『栄花物語』巻三「さまざまの喜び」）

道兼の山荘には、絵師に命じて「名ある所々」の名所絵を衝立《ついたて》障子に描かせ、「さべき人々」とする、名のある歌人たちには歌を詠ませていた。それだけではなく、「世の中の絵物語は書き集めさせたまひ」と、当時流布していた大半の絵物語を書写させて収集していた。「女房数も知らず」と、多くの女房を集め、そこで待っていたのは姫君の誕生である。美麗な山荘を準備したのも、女房たちに囲まれて理想的な姫君を養育するためで、それには多数の絵物語も必要であった。姫君が成長するには、絵物語なり物語が必須の教科書のような存在であったと知られる。

道兼には師輔女繁子《もろすけのむすめはんし》（藤典侍）との間に、すでに七歳になった姫君尊子《そんし》（のちに一条天皇女御となる）がいたが、あまりかわいがることなく、本妻（遠量女《とおかずのむすめ》）腹に姫君が生まれていないのを残念に思っていた。今は男君ばかりなので、姫君が誕生すれば山荘で姫君教育をし、将来は宮中へ入内させる后がねにしたいと考えていたのであろう。生まれてもいない姫君の誕生を心待ちにし、山荘には多くの女房をそろえ、大量の絵物語も書写して待っていたというのだから、滑稽というほかはない。このように物語は姫君にとって有用な存在であり、需要もあって世に満ち溢れてもいた。しかし、待ち望んでいた姫君は生まれることなく、道兼はすでに述べたように、長徳元年（九九五）に関白になりながら、三五歳であっけなく亡くなってしまった。

八章

紫式部の宮仕え

和暦	西暦	天皇	関白	紫式部の年齢（推定）	できごと
安和二年	九六九	冷泉／円融	（摂政・関白）藤原実頼	―	三月二六日、源高明（五六歳）、謀反の疑いで大宰権帥に左遷（安和の変）。
長徳四年	九九八	一条	―	二九歳	春、紫式部、越前から帰京。宣孝（四六歳か）と結婚し、翌年には賢子誕生。
長保二年	一〇〇〇		―	三一歳	一二月一六日、皇后定子崩御（二五歳）。 この年冬から翌年にかけて疫病が流行し、多数の死者発生。
同三年	一〇〇一		―	三二歳	三月ごろ、為時（五五歳か）、越前守の任を終えて帰京。 四月二五日、紫式部の夫、宣孝没（四九歳か）。 一〇月九日の東三条院詮子四十の賀に際し、為時、屏風和歌を詠進。 閏一二月二二日、円融院后東三条院詮子（四〇歳）崩御。 このころ『枕草子』成る。
寛弘元年	一〇〇四		―	三五歳	このころ、藤原惟規、少内記として出仕する。
寛弘二年	一〇〇五		―	三六歳	春、東三条院花宴で為時（五九歳か）は漢詩を献上する。 一二月二九日、紫式部、中宮彰子（一八歳）に宮仕えか。
同五年	一〇〇八		―	三九歳	九月一一日、中宮彰子（二一歳）、敦成親王御産。 一一月一七日、中宮彰子は皇子とともに内裏還啓。その直前に、道長邸では『源氏物語』の書写がなされる。
寛仁元年	一〇一七	後一条	（摂政）藤原道長／藤原頼通	四八歳	菅原孝標女（一〇歳）、父の赴任地上総国で、「光源氏」の物語を聞く。
治安元年	一〇二一		藤原頼通		孝標女（一四歳）、「源氏の五十余巻」を手に入れる。

一　絵を見て心を慰める

紫式部が父藤原為時《ためとき》を残して越前から帰京したのは長徳四年（九九八）の春、ほどなく藤原宣《のぶ》孝《たか》と結婚し賢子《けんし》も生まれるが、長保三年（一〇〇一）四月には夫に先立たれるという、彼女にとってはあわただしくも不幸が訪れた数年だった。この年には為時も任を終えて都に戻り、そのころには弟の藤原惟規《のぶのり》は大学を経て、父のたどった官僚の道を歩み始めており、親子三人を中心とする生活を過ごすことになる。紫式部が中宮彰子《しょうし》に仕えたのは寛弘二年（一〇〇五）とされるが、それまでの間、紫式部はどのような生活を送っていたのであろうか（以下、歌番号を末尾に記す引用は『紫式部集』より）。

絵に、物の怪のつきたる女のみにくきかた描《か》きたる後《うしろ》に、鬼になりたるもとの妻《め》を、小法師のしばりたるかた描《か》きて、男は経読みて物の怪《け》せめたるところを見て

亡き人にかごとをかけてわづらふもおのが心の鬼にやはあらぬ（四四）

夫を失って寂しく過ごしている日常の風景のようで、紫式部は「紙絵」を見ながら、心のつぶやきを吐露する。物の怪が憑《つ》いて苦しみ醜くなった女の後ろには、小法師が縛りあげた、鬼になった先妻がおり、傍らでは夫が読経して物の怪の退散を祈る場面である。紫式部と結婚する前に、宣孝には息子や娘がおり、すでに成人していた。結婚してのちも、宣孝はほかの女性への思いは絶えなかったようで、紫式部には悩みの種であった。

女性が物の怪で苦しんでいるのは、先妻の怨霊によるとの祈禱師のお告げにより、夫は経典を手にして一心に読経する。僧たちの祈りの効験によるのか、現実には見えない世界が描かれているのだろうが、小法師が鬼に変じた先妻を縛り、その力を封じ込めようとする。今の妻は先妻に嫉妬し、先妻の物の怪によって苦しめられてもいた。

今の妻が悩み苦しんでいるのは亡き先妻のせいだとし、てこずりながら祈っているのも、実は物の怪によるのではなく、自分自身の心の鬼がそうさせているのではないだろうか。（四四）

紫式部は絵の場面から、当時の人々が信じていた物の怪の存在を否定し、自分が悩み苦しむのは、「心の鬼」ともいうべき疑心暗鬼状態から生じていると、冷静な判断を下す。『源氏物語』にはしばしば「心の鬼」のことばが特有の表現として用いられ、「良心の呵責」とか「心のやましさ」の意味をもち、登場する人物の心の内を表現する。たんに絵を見て感想を述べたというのではなく、葵上《あおいのうえ》が生霊《いきりょう》に苦しみ、六条御息所《ろくじょうのみやすどころ》が無自覚ながら物の怪に変じてしまったという、おぞましい物語の場面の創出に苦慮している、紫式部の姿が彷彿としてくる。

絵に、梅の花見るとて、女の、妻戸《つまど》押し開けて、二三人居たるに、みな人々寝たるけしきかいたるに、いとさだすぎたるおもとの、つらづゑついて眺めたるかたあるところ

春の夜の闇のまどひに色ならぬ心に花の香をぞしめつる（四六）

絵に描かれているのは、梅の花を見ようと、女房であろうか、二、三人が庭に面した両開き扉を開けて座っている場面である。見ているうちに日もすっかり暮れ、女房たちは心地よさそうに眠ってしまった。ところが、すこし年嵩《としかさ》の婦人（女主人か）だけは、頬杖をついてまだ外を眺め、もの思いに沈んでいるようである。

春の夜の闇にまぎれて花の色は見えないけれど、心には梅のすばらしい香りがしみこむように、深く味わうことだ。（四六）

凡河内躬恒《おおしこうちのみつね》の「春の夜の闇はあやなし梅の花色こそ見えね香やはかくるる」（『古今和歌集』巻一、春上）を連想しての歌だが、「さだすぎたるおもと」とはまさに紫式部自身に仮託しての思いを述べてもいるのだろう。闇夜ながら、時の過ぎるのも忘れてぼんやりとする姿、夫を失っての歳月をいとおしんでの感慨だろうか。両手を頬に当ててもの思いにふけるしぐさだが、同じ意味ながら『源氏物語』では「頬杖《つらづえ》」のことばが用いられる。彼女の想念には、

屏風に終夜《よもすがら》もの思ひたる女、つらづゑをつきてながむるに
よもすがらもの思ふときのつらづゑはかひなたゆさもしらずぞありける（『伊勢集』）

とする歌を思い出していたのかもしれない。屏風絵に、頬杖《つらづえ》を突き、一晩中もの思いに沈む女性が描かれていた。

夜通しもの思いをしてぼんやりしているときの頬杖《つらづえ》は、腕のだるさも気がつかないものですよ。

意識的に頬杖をすると、すこしの間でも腕がしびれるなどだるくなってしまうが、もの思いにふけっていると、痛さも気づかないままになってしまう。梅の花も見えない暗闇に向かい、ぼんやりとしている「さだすぎたるおもと」の絵は、わが身の姿と思ったことだろう。紫式部は何かをしていると、ふと宣孝がいたころを思いだし、現実も忘れて呆然自失してしまう。

世のはかなきことを嘆くころ、陸奥《みちのく》に名ある所々《ところどころ》かいたる絵を見て、塩釜

見し人のけぶりとなりし夕べより名ぞむつましき塩釜の浦　(四八)

夫に先立たれ、世の無常を嘆いているころに、陸奥の名所の絵(屏風であろうか)を見ていたところ、塩釜が描かれた場面にふと目が寄せられる。松島湾を臨む塩釜は塩の産地としても知られ、塩焼きの煙が立ち上っているのだ。

連れ添った夫が亡くなって荼毘《だび》の煙となった夕べからは、いつも煙が立ち上っている塩釜の浦は、名を聞くだけでも親しみがもてる。(四八)

「塩釜の浦」から連想されるのは塩焼く煙であり、その煙から荼毘に付された夫の姿が思い出さ

れてくる。物語の筆を執りながら、さまざまな夫への思いが去来し、また何も考えないで時を過ごすこともあった。

二　子の成長を願う親心

紫式部は夫を失って以降、ただ毎日悲しみに沈み、ぼんやりと過ごしていたわけではなく、喪の期間が終わり宮仕えに出るまでの数年間、新しい生き方を模索し、歩み始めたことであろう。世の動きを見聞きするにつけ、夫を死に追いやった疫病は人々を一層不安にさせるし、政治的な状況も大きく移り変わっていった。

世の中の騒がしきころ、朝顔を同じ所へたてまつるとて
消えぬまの身をも知る知る朝顔の露とあらそふ世を嘆くかな（五三）

世の中が騒然としているころ、朝顔を人のもとに遣わし、それに添えて歌を詠む。直前の歌の詞書に「八重山吹を折りて、ある所にたてまつれたるに」とあり、ここでも「同じ所へ」とし、

「たてまつる」のことばを用いていることから、相手は身分の高い方だったことが知られる。

露のようにはかない命とは知りながら、朝顔に置いた露とどちらが先に落ちるのかを競うような、世の中のはかなさを嘆くことです。（五三）

夫が亡くなったことへの弔問があったのか、それに対して紫式部が返しをしたという背景なのだろう。長保三年（一〇〇一）四月に宣孝は亡くなるが、同年の『日本紀略』には、

去冬より始まり、今年の七月に至り、天下の疫死大いに盛んなり。道路の死骸その数を知らず。況《いはん》や、斂葬《れんそう》の輩《やから》においては、幾万人とも知れず。

と記され、すさまじい状況が都を襲っていた。前年の長保二年一二月には皇后定子が、長保三年閏一二月二二日には、『紫式部集』四〇番歌にあったように（六章参照）、一条天皇の母東三条院詮子《せんし》が崩御して天下は諒闇となった。

世を常なしなど思ふ人の、幼き人のなやみけるに、唐竹《からたけ》といふもの瓶《かめ》にさしたる女房の祈りけるを見て

若竹のおひゆく末を祈るかなこの世をうしといとふものから（五四）

紫式部は、すっかり世の中は無常と感じている折に、幼い賢子が病気になってしまい、ますます不安になってくる。女房が唐竹を瓶に生けて、娘の病気の快癒を一心に祈っているのをみて、

若竹のような幼い娘が無事に成長するのを祈ることです。この世はつらいものだと自分では思っているけれど、娘はすこやかに育ってほしい。（五四）

と、賢子が無事に全快することを祈る。

「唐竹」がどのような竹なのか不明だが、現在の唐竹は観賞用として栽培され、背は高くなく、葉が茂るとされる。『源氏物語』ではどう描かれたのだろうか。四町からなる六条院が竣工した、少女巻の場面をみてみよう。現在、『源氏物語』の本文テキストとして一般に用いられている藤原定家が校訂したとされる青表紙本では、

西の町は、北面《きたおもて》築きわけて、御倉町《みくらまち》なり。隔ての垣に松の木しげく、雪をもてあそばむたよりによせたり。

とする。これに対し、定家本と対抗した写本の河内本の一部によれば、

西の町には、北面築きわけて、御倉町のやうなり。隔ての垣に、唐竹植ゑて、松の木しげく、雪をもてあそばむたよりによせたり。

と、唐竹が植えられていたとする。どちらが正しいとも判断できないが、鎌倉時代から読まれていた『源氏物語』の本文には、たしかに六条院に唐竹の垣根が存在していた。竹は成長が早いだけに、現在の疾病の多い世の中ながら、娘はすくすくと育ってほしいとの願いでもある。

身を思はずなりと嘆くことの、やうやうなのめに、ひたぶるのさまなるを思ひける

数ならぬ心に身をばまかせねど身にしたがふは心なりけり（五五）

「夫を失い、わが身は思い通りにいかない不遇だと嘆いていたのに、いつの間にか悲しみも薄らぎ、一途な思いになっているのに気づいた」とし、

ものの数でもない私は、思い通りにすることはできなかったとはいえ、今の私の身のふり方に、むしろ心の方が従ってきたのですよ。（五五）

と、心と身とのかかわりを詠む。悲しみにふけっていると、体も悲しみに震える思いだったのに、今ではひたすら打ち込んでいることに、むしろ心が順応しているのか、悲しみもそれほどではなくなってしまった。心に身が反応するのではなく、身に心がついてきているのか、以前のように放心状態になるとか、嘆きに涙することなく、平常な生活にもどっているのだ。彼女の「ひたぶるのさま」とは何なのか、ひたすら夢中になって日々を過ごしているため、かつての心は失われてしまった自分の心の変化を見つめる。

すでに記したように、皇太后詮子が崩御した年には、宮中に仕えている女房からであろうか、宣孝を失って喪中だった紫式部に弔問の便りがあった。喪が明けると、彼女はいつもの生活に戻り、何かに没頭して悲しみを忘れ、人々との交流も以前と同じようになってきた。父為時は越前から帰京すると、具平親王の家司として同じように仕えていただろうし、紫式部も訪れて姫君の相手をしていた。

具平親王を通じて、かねて紫式部の文才を聞いていた大斎院選子から、何か物語を書かないかとの誘いがあったのではないかと想像してみることもできる。大斎院のもとでは、物語や歌集の収集に努め、新しい作品も求めていた。紫式部は、娘のすこやかな成長を願っていただけに、「若竹」ならぬ、幼い子をめぐる物語を構想したのではないか。紫式部は「若竹のおひゆく末を祈るかな」と表現したように、若竹の賢子の将来に夢を託し、少女が登場する理想的な世界の物語、それが「若紫」巻になったと解釈したいところである。具平親王の身近な姉の大斎院選子内親王とのかかわりが、思い描かれてくる。

三　若紫物語の広がり

古くから『源氏物語』の成立事情について、大斎院選子からの要請があったためとする説がある。南北朝時代成立の注釈書『河海抄《かかいしょう》』（四辻善成《よつつじよしなり》）には、次のような事情が記される。

この物語の起こりに説々ありと言へども、西宮左大臣、安和二年大宰権帥《ごんのそち》に左遷せられたまひしかば、藤式部幼くよりなれたてまつりて思ひ嘆きけるころ、大斎院選子内親王、村上女十宮より、上東門院へめづらかなる草子やはべると尋ね申させたまひけるに、宇津保・竹取やうの古物語は目なれたれば、新しく作りいだして奉るべきよし、式部におほせられければ、石山寺に通夜《つや》してこのことを祈り申しけるに、おりしも八月十五夜の月、湖水に映りて、心の澄みわたるままに、物語の風情空に浮かびけるを、忘れぬさきにとて、仏前にありける大《だい》般若《はんにゃ》の料紙を本尊に申し請《う》けて、まづ須磨・明石の両巻を書き始めけり。これによりて、須磨の巻に「今宵は十五夜なりけりとおぼしいでて」とははべるとかや。後に、罪障懺悔のために、般若一部六百巻をみづから書きて奉納しける。今にかの寺にありと云々。

かなりさまざまな話が入り混じり、今日ではたんなる伝説として扱われ、内容はほとんど顧みられない。ことの発端は、西宮左大臣源高明《たかあきら》が安和二年（九六九）に、謀反《むほん》の嫌疑で九州の大宰府に流罪となったこと（安和の変）に始まる。紫式部にとっては幼いころから親しんできた方だけに、事件を知り悲しんでいたところに、大斎院選子から上東門院彰子のもとに、珍しい物語の本はないかと問い合わせがあった。『宇津保《うつほ》物語』や『竹取物語』は読み古されているので、中宮彰子は紫式部に「新しく物語を作って差し出しなさい」との命を下す。彼女は石山寺に参籠して事情を訴えて祈っていると、おりしも八月一五夜の月が琵琶湖を照らし、思い浮かんだのが「今夜《こよひ》は十五夜なりけり」のことばで、すぐさま仏前に置かれていた大般若経の裏に書きつけ、それが須磨・明石の巻になったというのである。仏典を汚したことにもなりかねず、罪障を恐れ、紫式部は後日六百巻を書写して奉納するが、それは今でも石山寺に残されるという。

これらの情報は、確実な資料がないことに第一の難点がある。紫式部が幼いころ、源高明に仕えていたというのは、まずは年代として整合性がない。安和の変が起こった年、中宮彰子はまだ生まれておらず、紫式部が女房であったはずもない。時代を下げ、大斎院選子から中宮に新しい物語を求めたのが事実だとしても、紫式部が女房であった保証はなく、まして石山寺以下の話になると作り話としか考えようがない。石山観音の霊験を喧伝する意図もあっただろうし、経典の紙背に書いたというのは、裏返せば『源氏物語』は仏教の教えの書でもあるとする解釈にも繋がってくる。ともかく、奈良時代にすでに現在の場所にあった石山寺から、どのように工夫したところで琵琶湖を見ることはできない。

『源氏物語』はどの巻から書き始められたのか不明だが、須磨の巻に「月のいとはなやかにさしいでたるに、今宵は十五夜なりけり」との表現が存するのは確かである。こういった話からさまざまな説が付会し、現実とないまぜになって伝説は肥大していく。時代とともに、事実と虚構が融合し、複雑な説話となって語り継がれたのであろう。

想像が許されるならば、宣孝の喪の明けたころから、紫式部が成長する娘賢子の理想的な将来の姿として筆を執ったのが「若紫物語」ではなかったかと思う。具平親王の求めがあったのかもしれないし、自発的に書き始めたのかもしれない。その物語は短編として書かれ、具平親王を通じてか、友達の宮中勤めをする女房を通じてかは不明だが、話題として広がり、道長の耳にも入った。早くから父為時の漢学の才も知っていただけに、紫式部を中宮彰子の女房として強く求めたという道筋が考えられる。そのように話を紡ぐと、当然のことながら大斎院選子も紫式部の物語の存在を知り、弟の具平親王を通じて収集本の一つにしたのではないか。これが執筆要請説に変じていったのかもしれない。

四　弟惟規の宮廷出仕

父為時が越前から帰京したのは長保三年（一〇〇一）三月ごろ、四月二五日に宣孝が亡くなり、父と婿という立場もさることながら、遠縁であり、早くからつきあっていた仲だっただけに、娘とともに悲しみはひとしおであった。為時の事績は越前での宋人への対応、漢詩による応酬など、のちに『本朝麗藻』に収録された詩によっても、それなりに世には評価されたはずである。道長はみずからの判断によって為時を越前に赴任させただけに、その働きには一応満足な思いをしたことであろう。

先にみたように、長保三年一〇月九日には東三条院詮子の「四十の賀」が道長の土御門邸で催され、一条天皇の行幸、中宮彰子の行啓など、世にも評判の盛儀であった。詮子や天皇を迎えるため、道長は「御屏風の歌ども、上手ども仕うまつれり」（『栄花物語』巻七「鳥辺野」）と、新作の屏風を作製し、歌人たちに歌を詠ませ、色紙にして絵の部分に貼り込ませる。道長の息子の頼《より》宗《むね》が「納蘇利《なそり》」、頼通が「陵王《りょうおう》」の童舞《わらわまい》を披露し、船楽が奏され、上達部《かんだちめ》、諸大夫《しょだいぶ》、殿上人《てんじょうびと》の参列のもとにはなやかに慶事が進められる。

二日前には「御賀の試楽」があり、藤原行成《ゆきなり》は一条天皇の命によって参上し、

勅ありて、右少弁輔尹《すけただ》・伊賀守為義・前越前守為時・蔵人道済《みちなり》等の進《たてまつ》る所の御屏風の和歌を見る。（『権記』一〇月七日）

と、すでに呈上されていた各人の屏風和歌を拝見する。こののち藤原公任や道長、藤原実資なども訪れ、「四十の賀」の舞や行事次第の相談をし、舞や楽も奏し、遊宴になって人々は興じる。退出するとき、道長などが「御屏風の和歌を詠む」と朗詠もしたようだ。

「四十の賀」の屏風の歌人として「前越前守為時」も召され、和歌を天皇に奉呈していたと知られる。為時は、右大臣藤原道兼の粟田山荘《あわたさんそう》にも召されて歌を詠んでいるので、それなりの評価はあったのであろう。為時ら歌人たちは、直接、屏風絵を見て歌を詠んだのではないため、どのようにして画題を知ったのか、いつ歌が集められたのかなどはわからない。

翌八日に、行成は道長邸を訪れ、新たに二首の歌が託され、大中臣輔親《おおなかとみのすけちか》からも一二首の提出がある。その後参内して源道済に事情を説明し、弘徽殿《こきでん》の東廂《ひがしびさし》の間で「御屏風四帖の和歌十二首を書く」とする。これによると、一帖には三カ月ごとが描かれた四季図屏風だったようで、集められた和歌から一二首を選び、それぞれの場面に色紙を貼り付けるように行成が書写することになる。選ばれたのは、「左大臣三首、輔尹一首、兼澄三首、輔親一首、為時一首、為義二首、道

済一首」とあり、左大臣道長と源兼澄《かねずみ》の歌が三首の採用であった。数多くの歌が集められたはずで、その中の一首に為時の歌も用いられた。

寛弘元年（一〇〇四）正月一五日の『御堂関白記』には、

去《いん》ぬる年の晦夜、殿内に盗入る。為職・為時等捕《とら》ふ。

と、前年長保五年の晦日に、「殿内」とするのは道長邸を指すのか、盗人が入り、為職や為時が捕えたとする。宿直《とのい》をしていたとすると、為時は道長に近侍していたのであろうか、このあたりの事情はわからない。

寛弘二年（一〇〇五）一一月一三日の内裏の火災により、天皇と中宮彰子は道長邸の東三条院に移り住む。翌年の三月四日に一条院邸に遷御《せんぎょ》するが、その前に東三条邸の南殿（寝殿）で「花宴」が催される。詩会もあり、勅命によって道長以下の公卿、文人たちが詩を献じる。「水渡り、落花舞ふ」の題で、その後に舞楽などがあり酒宴の運びとなった。行事の様相は、『御堂関白記』などに詳細に記される。

『本朝麗藻』に収められた道長の詩（テキストによって、本文が一部異なる）は、

花落ち、春の風、池の面《おもて》に清し。舞ひ来りし水を渡りて歌鶯を伴ふ。流れを超《よぎ》りて、粧《よそお》ひ

玉簪《ぎよくしん》の乱るるが似し《ごと》（後略）

と詠み、最後に「此の地古今の趣きありて、再び沛中《はいちゆう》臨幸の情有ることを」と、「沛中」は「あふれるような心中」を意味するのであろうか、再びの帝の訪れを願うことばで結ぶ。この「花宴」に為時も招かれ、作品は同じく『本朝麗藻』に収載される。

寛弘四年四月二五日に、具平親王は三品から二品親王に叙せられる。一条院内裏で詩宴が催され、帝から盃が右衛門督斉信《うえもんのかみただのぶ》の手を経て具平親王に献ぜられるという晴れの日でもあった。酒宴となり、具平親王は琵琶を弾じ、源経房が笙《しよう》を吹き、文人たちも召され、大江匡衡《まさひら》が講師となって文が講じられる。その中に「為時」の名も記される（『御堂関白記』は四月二六日の記述）。寛弘六年正月一〇日に、行成は参内して蔵人などの人事を行ったのち、「藤惟通〈為時の男〉を雑色に補す」（『権記』）と、為時次男に任務の命が下されるなど、以後も長く諸記録に為時の名をみいだす。

惟規についての初見は、寛弘元年正月一一日の条に、

女御尊子の位記を作るべき由を、少内記惟規に仰す。（『御堂関白記』）

とあり、尊子に関する文書作成を惟規に求めている。尊子《そんし》の「位記」の内容は不明だが、少内記

は中務省に属し、正八位上の位階をもつものが記録や文書の作成を担当した。尊子は道兼女《むすめ》、長徳四年（九九八）二月一一日に「今夕、故関白右大臣道兼女尊子掖庭《えきてい》〔後宮〕に入る」（『日本紀略』）と、一条天皇に入内し、長保二年八月に女御となった。

以下、職務に関する記録を数点、示しておく。

少内記惟規に、土師朝兼の内給・藤原延高の法性寺礼堂作料の位記を作るべきを下す（『御堂関白記』寛弘元年五月一三日）（1）

省丞惟規をして仁王経一部を奉らしむ。仰せに依りて、書き奉る所。金泥なり（『権記』寛弘四年七月二二日）（2）

蔵人惟規来たり。止観・玄義・文句、合はせて三十巻の外題を書き奉るべき勅を伝ふ。即ち書きて、自ら持参す。召しに依りて、御前に候ず（『権記』同年七月一五日）（3）

内裏より御書有り。蔵人兵部丞藤原惟規、御使と為りて参入す（『御産部類記』寛弘五年七月一七日）（4）

先日、内より給はる所の続色紙《つぎしきし》六巻に書く所、楽府二巻、先日二巻を献ず。坤元録詩二巻、詩合一巻、其の日記一巻、後撰集五巻先日進《たてまつ》る所、八巻。村上御記の天徳四年夏の巻等を書く。惟規に付して奏せしむ（『権記』寛弘七年六月一九日）（5）

『小右記』（寛弘五年一二月二五日）には、「蔵人、故実を失するに似る」などと、蔵人としての惟規の失態を非難するなど、いくつか興味深い記事をみいだす。（1）は土師朝兼《はじともかね》の俸給、藤原延高《のぶたか》による法性寺礼堂《ほっしょうじらいどう》建立費用の「位記」の作成、（2）は兵部省《ひょうぶしょう》の丞《じょう》（三等官、従六位上）惟規を通じて、行成が書写した仁王経《にんのうきょう》を奏上する任務。（3）によると惟規は蔵人所《くろうどどころ》に所属しており、『摩訶止観《まかしかん》』『法華玄義《ほっけげんぎ》』『法華文句《ほっけもんぐ》』の合計三〇巻の外題《げだい》を書くようにとの天皇の勅命を、行成に伝えている。（4）も同じで、（5）は天皇から「継色紙《つぎしきし》」（染紙による豪華な料紙）六巻が行成に下賜され、『楽府《がふ》』（漢詩集）などの書写が求められるが、その伝奏《でんそう》をしたのが惟規であった。中に『後撰和歌集』五巻もあり、一条天皇の仏典、和漢の書、和歌への関心のほどを知る資料としても興味深い。惟規がこのように宮中に出入りしているころは、姉の紫式部も中宮彰子に仕え、内裏での奉仕をしていたはずで、父為時の親子ともに有意義な生活を過ごしていた時期であった。

五　中宮彰子の女房となる

紫式部がどのような事情によって中宮彰子の女房として出仕するようになったのか、それを知る資料はない。すでに引用した『河海抄』では、大斎院選子から中宮彰子に物語の求めがあり、中宮は女房として仕えていた紫式部に、新しく物語を作って差し出すようにと命じたことにより、石山寺に参籠して書き始めたとの伝説があった。別の話としては、

いまだ宮仕へもせで里にはべりける折、かかるもの作り出でたりけるによりて、召し出でられて、それ故紫式部といふ名をつけたる、とも申すは、いづれかまことにてはべらむ。

（『無名草子』）

とする、自発的な執筆説も存する。作品が評判となり、中宮彰子に仕えて女房名「藤式部」となるが、「紫上」がすばらしく書かれているため、「紫式部」と呼ばれるようになったという。その当否は措くとして、紫式部が『源氏物語』を書いたのは出仕後か、それ以前に書いていたのかに分かれてくる。

紫式部が女房となったのは、寛弘二年（一〇〇五）一二月二九日とする説が有力で、寛弘五年九月、中宮彰子は敦成親王を道長邸で出産し、一一月に内裏へ還啓するに際して一条天皇に奉呈しようと、かなりの分量に及ぶ『源氏物語』の書写作業が道長邸で行われている。紫式部が物語を出仕後に書いたとすると、実質、三年足らずの間に書き上げたことになる。現存する五四帖ではなかったにしても、その大分の巻々を執筆することができたのか、時間的にかなり厳しいと思わざるを得ない。宮中の典礼故実、数々の行事、公卿たちの動向など、出仕によって得た知識を

利用した内容も多いだろうが、とりわけ前半の物語は、具平親王から得た大量の知識や技能もあるだけに、家にいても十分に書けたに違いない。

娘賢子が病気となり、母親としては祈るような思いで「若竹のおひゆく末を祈るかな」と詠み、成長と将来の幸を祈り、夢を託して「若紫物語」を書いたのではないかと想像されることはすでに述べた。具平親王を通じて、姉の大斎院選子に紫式部の物語が渡され、コレクションの一つになった可能性もあるだろう。それがきっかけとなって伝承も加わり、大斎院選子の物語執筆要請説になったこともすでに触れた。

『花鳥余情《かちょうよじょう》』に引かれる一一世紀中ごろに成立した『宇治大納言物語』によると、『源氏物語』の大綱は為時がつくり、詳細な内容は娘の紫式部が書いたのだとする。また先ほど引用した南北朝時代の『河海抄』には、石山寺参籠伝説に続いて、道長が一部は補筆したとも伝えるなど、『源氏物語』が評判になればなるほど、さまざまな作者が登場してくる。紫式部は為時の漢学を受容しており、道長は物語の流布に関与したのは確かなだけに、執筆に加わったとの説も生じてきたのであろう。

紫式部が、娘のすこやかな成長への祈りを込めて書いた「若紫物語」が存在したとすれば、周辺の人々の手を経て世に広まり、評判になったはずである。紫式部は夫宣孝への追慕に暮れることなく、心はいつの間にか物語を書く「ひたぶるのさま」になってしまった。「若紫物語」から始まった物語は、紫式部の心を夢中にさせ、宣孝を失った悲しみも薄れ、今ではひたすら賢子が理想的な物語の世界で育つ姿を見守っていく。二、三年も過ぎると、「若紫物語」を長編に組み直した光源氏と紫上の物語となり、世に流布していくようになる。

菅原孝標女《たかすえのむすめ》が父に伴われて上総国《かずさのくに》に下ったのは一〇歳、寛仁元年（一〇一七）の春だった。赴任地には継母や姉も一緒で、「つれづれなる昼間、宵居《よひゐ》などに」は、

その物語、かの物語、光源氏のあるやうなど、ところどころ語るを聞くに、いとどゆかしさまされど、わが思ふままに、そらにいかでかおぼえ語らむ。（『更級日記』）

と、さまざまな物語の話をしてくれた中でも、彼女には「光源氏のあるやう」などが最も興味が深かった。一日も早く上洛し、物語の「あるかぎり見せたまへ」と祈り、帰京して後には、三条の宮（脩子《しゅうし》内親王、母は皇后定子）に女房として仕えている親族の衛門の命婦から「御前のをおろしたる」と物語の冊子本が届けられる。内親王が読み親しんできた物語を、仕えている女房がいただいたのである。物語は、このように上流貴族から、受領階級へと広がっていった様相を確認することができる。彼女が手にした中には「紫のゆかり」の一篇があり、その後の望みは、続きが読みたいとの一心であった。田舎から上洛した「をばなる人」から、「源氏の五十余巻」をもらうことによって、長年の願いは実現する。

「継母なりし人は、宮仕へせしが下りしなれば」とするので、孝標女の継母はもともと宮中に仕

える女房であり、孝標が上総守になったのに伴い、宮仕えをやめて下向することにした。寛仁元年以前に女房であったとなると、後一条天皇とか中宮彰子などの可能性もあり、想像は膨らんでくるが、当時の宮中で女房たちが話題にしていたのは『源氏物語』であった。女房が本文を所持していたはずはなく、断片的な内容を互いにつなぎ合わせるとか、女主人に女房が物語を読むのを聞いていたのかもしれない。女房たちの話題となると、若紫の物語がとりわけ人気だった。

孝標女が上総国で「光源氏」の物語を聞いたのは、道長邸で『源氏物語』の書写がなされて九年ばかり後にすぎず、継母が物語の存在を知ったのは寛仁元年よりも数年前のことになる。宮中や女房の世界では、『源氏物語』の噂でもちきりだったのであろう。紫式部が中宮彰子の女房として仕えていたころと同時期になる。すさまじいばかりの早さで、上流貴族社会から受領層にまで『源氏物語』は広がりをみせたことになる。

継母は、宮仕え先での、同僚の女房たちの間で話題になっていた『源氏物語』や身近な紫式部のことなど、上総に下って懐かしい思いとともに、せがまれるまま孝標女に日々語って聞かせていたのであろう。すでに評判の物語であったか、また女房たちに語られることによって流布していったのか、その実態を如実に示している。孝標女が「紫のゆかり」とするように、「若紫物語」は早くから単独で広がり、紫式部が長編物語に組み込んで手を加えた後にも、一篇の物語として読まれていたのかもしれない。

紫式部は、若紫の成長物語として前後の物語も加えながら、熱中するように書いていったであろう。中宮彰子のもとに才能のあるすぐれた女房を集めていた道長は、紫式部の存在を放置しておくはずはなく、為時や惟規を通じて説得しただろうし、あるいは具平親王が後見となっての推挙があったとも考えられる。道長が、紫式部に「そなた〔具平親王〕の心よせある人」とするのは、背景に常に具平親王が存在していたと考えられる。

九章　紫式部の宮中生活

和暦	西暦	天皇	関白	紫式部の年齢（推定）	藤原道長の年齢	できごと
寛弘二年	一〇〇五	一条	—	三六歳	四〇歳	一二月二九日、紫式部は中宮彰子に宮仕えか。
同三年	一〇〇六		—	三七歳	四一歳	正月、行成、道長に新楽府一巻を奉呈。夏ごろ、紫式部、中宮彰子に「楽府」進講か。
同四年	一〇〇七		—	三八歳	四二歳	四月一九日、賀茂祭の使者頼宗（道長次男、一五歳）に、紫式部は挿頭の桜の歌を詠む。

一　初出仕の不安

紫式部が中宮彰子の女房となったのは、『紫式部日記』寛弘五年（一〇〇八）一二月二九日の条に「師走の二十九日に参る、初めて参りしも今宵のことぞかし」とあり、これ以前の年の一二月末には参上したことはすでに指摘した（八章）。『紫式部集』には、初宮仕えのころであろうか、

初めて内わたりを見るに、もののあはれなれば

身の憂さは心のうちにしたひきていまここのへぞ思ひみだるる（九一）

まだいとうひうひしきさまにて、ふるさとに帰りて後、ほのかに語らひける人に

とぢたりし岩間《いはま》の氷うちとけばを絶《だ》えの水も影みえじやは（九二）

かへし

み山べの花咲きまがふ谷風にむすびし水もとけざらめやは（九三）

正月《むつき》十日のほどに、「春の歌たてまつれ」とありければ、まだいでたちもせぬ隠れがにて

み吉野は春のけしきにかすめどもむすぼほれたる雪の下草（九四）

とする一連の歌をみいだす。「初めて内わたりを見る」とは、まさに出仕したばかりの感慨深さを表現しており、人からの強い慫慂《しょうよう》によって女房になる決心はしたものの、いざ内裏を訪れてみると、「もののあはれなれば」と、複雑な思いにとらわれる。これからは、この場所で生活しなければならないのかとの不安が先に立つ。

わが身のつらさは、身体とともにこの場所についてきて、いま宮中（九重）にいるように、幾重にも思い乱れていることよ。（九一）

何が「身の憂さ」なのか。宣孝の死という悲痛な人生を味わい、幼い賢子を慰めにこれまで過ごし、自分の書いた物語が人々に読まれて評判を立て、同僚の女房たちにどのようにみられるのか、宮仕えも断り切れないままとなっただけに、複雑な境地なのであろう。

年末の出仕は、顔見せのようなもので、「うひうひしきさま」のまま、里に帰って来る。女房の中でどうにか親しく話を交わした人に、

山の岩間に固く閉ざしていた氷も、春の訪れとともに、紐がちぎれるように解けて水となっ

て流れ、そこに姿が映らないことがありましょうか。気を許して親しくしてくだされば、姿をみせることでしょう。(九二)

と歌を詠み送る。紫式部を迎える同僚の女房たちは、具平親王との関係や、道長が鳴り物入りで迎えたことなどを知っており、「あの方が、評判の物語を書いた方」「とても学才があるらしい」などと噂をし合い、用心して近づいて話しかけようともしない。紫式部が声をかけても、新参ということもあり、口をきいたこともないだけに、女房たちはとまどってしまう。不用意な発言をすると軽蔑されてしまうのではないか、などといささか恐れてもいる。かろうじて親しく話をした女房が、「ほのかに語らひける人」であり、「皆さんが打ち解けてくだされば、私も出仕しないことがありましょうか」と呼びかける。

奥山にも春とともに暖かい風が吹き、花が咲き乱れるように、春の谷風が吹くようになると、固く結んでいた氷も解けないことがありましょうか。(九三)

「ほのかに語らひける人」から、「冷たいと思う女房たちも、春が訪れて氷が解けるように、こだわりなくなごやかにお迎えすることでしょう」と、紫式部への心遣いとともに、参内を促す。
里に下がって新年を迎え、正月一〇日のころ中宮彰子から、「春の歌たてまつれ」とのことばがあった。参上するようにとの誘いなのだろうが、紫式部はまだ出仕する思いに至らないまま、隠れ家のようにしている家から歌を献上する。

雪深い吉野の山にも春が訪れて霞でおおわれていますけれど、私はまだ雪の下の草が芽を出さないでいるようにしております。（九四）

暮に初出仕したときの女房たちの冷たい目つき、それは紫式部自身の自意識の過剰さにもよっているのだが、多くの人の中で勤めた経験のない身には、喜び勇んで出向く気にはなかなかなれない。その不安な思いを汲んでの、中宮彰子の心遣いでもあった。

この後にも、また別の箇所には、次のような歌が続く。

やよひばかりに、宮の弁のおもと、「いつかまゐりたまふ」など書きて

うきことを思ひ乱れて青柳のいと久しくもなりにけるかな（五七）

返し

つれづれとながめふる日は青柳のいとどうき世に乱れてぞふる（定家本によって補う）

かばかりも思ひ屈《くん》じぬべき身を、「いといたうも上衆《じやうず》めくかな」と人のいひけるを聞きて

わりなしや人こそ人といはざらめみづから身をや思ひすつべき（五八）

紫式部の出仕拒否は、とうとう正月を過ぎても続き、三月になってもぐずぐずと家に籠もっていた。たまりかねたのか、中宮彰子の意向もあったのであろう、宮の弁という女房から、「いつおいでになるのですか」などといった文が届く。

つらいことを思い出し、心も乱れて出仕するのをためらっているのでしょうが、青柳の芽が長く伸びるように、里に下がったまま、すっかり長くなってしまったことです。（五七）

宮の弁は上臈《じょうろう》（年功を積んだ身分の高い人）の女房なのであろう、早く出仕してほしいとの願いを込めての思いを寄せる。『枕草子』には、「宮にはじめてまゐりたるころ」の記述があり、恥ずかしさで涙も落ちそうだったと告白していた。諸本によって本文が異なるが、『伊勢大輔集《いせのだいふしゅう》』の最古の写本とされる伝後京極良経筆本（鎌倉時代初期写）によると、

和泉式部、院にはじめて参りたりしに、「もの言へ」とおほせられしに、「はづかしき人にこそさぶらふなれ、いかでか」など申ししかども、よもすがらもの言ひ明かして、つとめて御前におこせたりし

思はむと思ひし人と思ひしに思ひしことも思ほゆるかな

とある。和泉式部が院（中宮彰子）に初めて参上したおり、中宮が「なにかおっしゃい」とことばをかけるが、「恥ずかしくなるような方がおいでになるので、どうして話すことができましょうか」と、初めはものもいえなかった。そのうち和泉式部は平気になったのか話し始め、結局は一晩中話をし、翌日歌を差し出したという。

お慕いしたい方と思っていましたが、お会いしてやはり私の思っていたとおりのお方だったと思われることです。

この歌だと、和泉式部は初めこそ恥ずかしがっていたが、そのうち中宮彰子と懇意になり、夜通し語り明かしたという。ところが、『和泉式部続集』では、

宮にはじめて参りたりしに、祭主輔親がむすめ大輔といふ人を、いださせ給ひたりしと、
物語などして、局におりて、大輔のもとに

思はんと思ひし人と思ひしに思ひしごとも思ほゆるかな

とあって、実態はかなり異なってくる。中宮に初めて参上した和泉式部は、恥ずかしがってものもいわない。中宮は伊勢大輔を呼び出して話をさせると、和泉式部は心を許して一晩中話をしたという。すると話をしたのは伊勢大輔であり、「思はんと」の歌も彼女への歌となり、場面がまったく異なってくる。

周囲の環境の違いや中宮の前という緊張もあり、清少納言や和泉式部に限らず、紫式部もとまどい、女房たちの冷ややかなまなざしに出仕をためらい、ずるずると日が重なり、ますます顔を出すのがむつかしくなってしまう。

　所在のないままぼんやりと長雨をながめていると、青柳の糸ではないが、ますますもの思いに心も乱れ、出仕しないでいる日が長くなってしまったことです。（定家本）

紫式部も、さすがに退出したまま日数を重ねたことを反省し、そろそろ決断して出仕しなければとの思いにもなっていた。ところが、これほどまでに私が気落ちしているのに、「すぐに実家に帰ってしまい、しかも長々と休んでいるのは、上臈でもないのに上品ぶっていること」と、誰かが非難がましくいっているという。

　困ったことです。私を人並みな者とは言わないかもしれませんが、そうかといって、自分か

らわが身を駄目だと見捨てることができましょうか。（五八）

出仕して気の合う女房もいたようで、その人から宮仕え先の様子なども聞き、ときには「身分の高い方ならともかく、中宮さまが催促なさっても、紫式部はいまだにお高くとまって出てこようともしない」といった噂話も伝えてくる。

『紫式部日記』によると、彼女は宮仕え先では、処世術として人前では言いたいことも言わず、「惚《ほ》け痴《し》れたる人」の態度で過ごしていた。人からみると、まるで「ぼけて、ものの道理もわからない」者としか映らない。すると、

こんな方だったとは、思いもしませんでした。紫式部が出仕すると聞いて、「とても風流で、こちらが恥ずかしくなるほどの方で、お相手するのも気が引け、近寄りがたい様子をして、物語好きで、風情があり、何かというとすぐに歌を詠みかけ、人を人とも思わず、いまいましそうに人を見下す方に違いない」とばかり、女房たちは皆そのように口々に言ったり思ったりして、はじめから憎らしく思っていたのに、お会いすると、不思議なくらいおっとりとし、想像していたのとはまるで別人ではないかとまで思うほどです。（かうは推《お》しはからざりき。いと艶に恥づかしく、人見えにくげに、そばそばしきさまして、物語好み、よしめき、歌がちに、人を人とも思はず、ねたげに、見落とさむものとなむ、みな人々言ひ思ひつつ憎みしを、みる

には、あやしきまでおいらかに、こと人かとなむおぼゆる。）

と、親しくしている女房なのであろう、紫式部の出仕前と出仕後の印象をあけすけにうち明ける。まさかこれほどまでに自分のことを悪く思っていたとは、彼女はあらためて驚いたことであっただろう。といっても今の姿は、本当の自分ではなく、仮面をかぶり、人前では「惚け痴れたる人」を演じているのだ。

「紫式部が近く参上する」と聞いただけで、大半の女房は、「あの源氏物語を書いた方が」との思いで、これは大変なことになったと、いささか驚愕と不安にとらわれたことだろう。「何かというと物語の話をし、歌を詠みかけ、すぐに返しができないと、きっと馬鹿にするに違いない」との思いになり、「そのような方と同僚になるのはいやなことだ。高慢な人柄なのだろう」と、会わない前から紫式部を否定的な存在としてのイメージに作りあげてしまう。宮仕えした当初から、女房たちが自分を警戒し、話しかけようともしない雰囲気を感じ取った紫式部は、里に下がったままで過ごしてしまい、なかなか出仕する気になれなかった。

二　奈良の都の八重桜

紫式部の出仕拒否は、道長をはじめ、具平親王や父為時も頭をかかえ、なだめすかして出仕をうながしたことであろう。道長が女房たちに、「このたび中宮彰子に仕えるようになったのは、あの物語で名の知られた紫式部だ」と、吹聴していたことに原因があるのかもしれない。彼女は、なんとか気を取り直して再出仕することにした。

『伊勢大輔集』に、次のような歌が収められる。

女院の中宮と申しける時、内におはしまいしに、奈良から僧都の八重桜をまゐらせたるに、「今年の取り入れ人は今参りぞ」とて紫式部のゆづりしに、入道殿きかせたまひて、「ただには取り入れぬものを」とおほせられしかば

いにしへの奈良の都の八重桜けふ九重《ここのへ》ににほひぬるかな

殿の御前、殿上に取りいださせたまひて、上達部、君達ひき連れてよろこびにおはしたりしに、院の御返し

九重ににほふを見れば桜がり重ねてきたる春かとぞ思ふ

上東門院（彰子）がまだ中宮と申して、宮中においでの折、奈良の興福寺の扶公僧都《ふこうそうず》から八重桜が献上された。「今年の桜を受け取る役は、新参の女房なのよ」といって、紫式部が伊勢大輔に譲ったのを、入道殿（道長）がお聞きになり、「何も言わないで取り入れることはしないものなのに」とおっしゃったので、

古い奈良の都の八重桜が、今日はさらに重なりを表すように九重《ここのえ》の美しい色を見せることです。

と、伊勢大輔はその場で歌を添えた。毎年恒例になっていたのか、桜の取り入れは新参の女房の役割だったようで、紫式部に命ぜられたが、「新参は、私ではなく伊勢大輔ですよ」といって、急遽、交替することになった。紫式部は伊勢大輔より少し早く女房となっていたのであろうか。桜の取り入れに歌が詠まれるのが恒例だったのかは不明だが、道長は新しく仕えた伊勢大輔にいわばテストを課したのかもしれない。

桜を手渡された殿（道長）は殿上の間に桜を持ち出し、上達部や君達を引き連れてよろこびを申し上げげに帝の前に進んだところ、院（彰子）から御返しの歌があった。

九重（宮中）で美しく咲き匂っている桜をみると、花見見物の春がふたたびやってきたのかと思われることです。

八重桜は、春になって咲く一般の桜よりも遅れて咲くだけに、二度目の春が訪れたのかと、浮き立つような喜びの思いを表現する。中宮彰子が女院の上東門院と号するのは万寿三年（一〇二六）正月、道長が入道となったのは寛仁三年（一〇一九）なので、伊勢大輔は、ずっとのちに回想して書いたことになる。

もっとも『伊勢大輔集』には異本が多く、紫式部の名はなく、いきなり伊勢大輔に奈良の桜が手渡され、礼の歌を添えるものだといわれ、その場で詠んだことになっている本文も多い。

この話は説話集にも採られており、『古本説話集』には、

〔紫式部は〕いよいよ心ばせすぐれて、めでたきものにてさぶらふほどに、伊勢大輔まゐりぬ。それも歌詠みの筋なれば、殿〔道長〕、いみじうもてなさせたまふ。奈良より、年に一度、八重桜を折りてもて参るを、紫式部取り継ぎて参らせなど、歌詠みけるに、式部「今年は、大輔に譲り候はむ」とて、譲りければ、取り継ぎて参らするに、殿「遅し、遅し」とおほせらるる御声につきて、

いにしへの奈良の都の八重桜けふ九重ににほひぬるかな
取り継ぎつるほどほどもなかりつるに、いつの間に思ひ続けけむと人も思ふ、殿もおぼしめしたり。

と、ここでの話の内容はすこし異なる。毎年、紫式部が桜の取り継ぎの役をしていたのだが、伊勢大輔が新しく仕えるようになったので、「今年は新参の女房へ」とその役を譲り、「いにしへの」の歌を詠んだというのである。定家による『百人一首』にも収められており、そこでも伊勢大輔の歌としている。平安時代後期の歌学書である、藤原清輔《ふじわらのきよすけ》の『袋草紙』では、

殿をはじめたてまつりて、万人感嘆、宮中鼓動すと云々。

と、伊勢大輔の歌に、道長をはじめ、宮中の人々は感動で震えるばかりだったとする。大きな反響を呼んだ歌となるが、これだと伊勢大輔は紫式部の手柄を奪ったことになりかねない。
『紫式部集』には、

卯月に八重咲ける桜の花を、内裏《うち》わたりにて見る
九重ににほふを見れば桜狩《さくらがり》かさねてきたる春のさかりか（九八）

卯月の祭の日まで散り残りたる、使ひの少将の挿頭《かざし》にたまはすとて、葉に書く
神代にはありもやしけん山桜けふのかざしに折れるためしは（九九）

とあり、『伊勢大輔集』と同じ状況で詠まれた歌と思われる。桜は弥生の花ながら、八重桜は遅く咲くため四月になってもみることができる。『伊勢大輔集』によると「九重に」の歌は、中宮彰子が詠んだことになっているが、『紫式部集』によると紫式部の歌だったことになる。桜を持って殿上の間に行った道長に、後を追うように遣わしたのは、紫式部が中宮彰子の代わりに詠んだ歌だったのであろう。

同じ興福寺から献上されたときなのか判断はつきかねるが、桜の花が賀茂の祭の日まで散り残っていたのをみて、紫式部は祭の使者少将の挿頭《かざし》（草花を髪や冠に挿す）として渡そうと思い、葉に歌を書きつける。

神代にもあったのでしょうか、今日の賀茂祭の使者の挿頭《かざし》として、この日まで散り残った山桜を折り取ろうとは。（九九）

賀茂祭があったのは寛弘四年（一〇〇七）四月一九日、『権記』によると「左府に詣づ。頼宗《よりむね》少将、使なり」とあり、道長のもとに祭の使いとして頼宗があいさつにうかがったとする。頼宗

の母は源明子《めいし》、道長の正妻の子ではないが道長次男である。このとき一五歳の近衛少将で、『御堂関白記』の当日条にも「近衛使頼宗、東対より立つ」と道長邸を訪れたことが記される。

これらの一連の記述から、興福寺の桜の取り入れ役を紫式部が新参の女房の伊勢大輔に譲ったとすると、紫式部は寛弘四年四月以前に女房になっていたことになる。それが寛弘三年なのか、二年までさかのぼるのか、この資料からだけでは明らかでない。それに『紫式部集』の歌の配列も諸本によっては異なりを示すため、これ以上の臆測は避けることにする。大まかには、寛弘四年当時、紫式部はすでに女房であったとしかいえないであろう。

三　紫式部の宮中生活

紫式部の宮中勤めは、親しく話をし、愚痴《ぐち》を言い合う仲間もできるなど、大過なく過ごしてはいたのだろう。女房集団の中にあって、処世術のような心得も生じてくる。

ましで人の中にまじりては、言はまほしきこともはべれど、「いでや」と思ほえ、心得《う》まじき人には言ひて益《やく》なかるべし、物もどきうちし、「われは」と思へる人の前にてはうるさければ、もの言ふこともものの憂くはべる。（『紫式部日記』）

大勢の女房がいるだけに、口に出していいたいことがあっても、「さあ、いったところでどうしようもない」と思われ、とてもわかってくれそうにない人には、話をしたところで無駄にちがいないと思ってしまう。何かと文句を言い、「私がもっともすぐれている」などと思っている人の前では、わずらわしいだけなので、しゃべることまで鬱陶《うっとう》しい思いになるため、気を晴らすときがない。人からは、「惚《ほ》け痴《し》れたる人」と思われるのがもっとも都合がよく、少しくらい軽蔑されるような扱いを受けても、やり過ごすのが一番との思いである。それはありのままの紫式部の姿でもないため、本当の自分の心と、表面的な見られ方とのギャップに悩みはつきなかった。

紫式部は物語の作者と知られているだけに、宮仕えする前から学才をひけらかし、高慢で敬遠すべき人物とのレッテルが貼られ、居心地の悪いことだった。「一といふ文字をだに書きわたしはべらず」と、人前では「一」という漢字でさえも、もちろんほかの文字も含めて、書けないふりをしていた。「御屏風の上《かみ》に書きたることをだに読まぬ顔をしはべりし」と、屏風絵の上部に漢詩などが書かれて貼られているが、それなども「とても読めない」といったふりをする。

『枕草子』の例では、遅く参上した清少納言を目にした中宮定子が「こち」といって傍《そば》に招いてくれたことを、さも自慢そうに「うれし」と書いていた。女房集団は競争社会といってもよく、少しでも主人から目をかけてもらいたいとの思いの人ばかりである。その場にいた女房たちは、得意そうにする清少納言の姿をどのような思いで見ていたのだろうかと思ってしまう。

　すべて人に一に思はれずは、なににかはせむ。ただいみじう、なかなかにくまれ、あしうせられてあらむ。二、三にては、死ぬともあらじ。一にてを、あらむ。（九七段）

「すべて、人から第一番に思われないのならば、どうしようもない。第一番でなければ、むしろ憎まれ、ひどい扱いを受けたほうが、まだましなこと。二番目、三番目なら死んでもいや。ともかく第一番というのが、私の望むこと」との考えの清少納言にとって、中宮定子は絶対的な存在でなければならなかった。「さすがに中宮から大切にされる、才能のある方」と賛美する者もいれば、むしろ「どうして清少納言だけが優遇されなければならないのか」と、反発する女房もいたはずである。紫式部にとって、清少納言のふるまいは横柄といわざるを得ず、評判を耳にするにつけ、肌合いの違いをおぼえたであろう。

四　中宮彰子への「楽府」進講

女房の役割としては、主人の衣食住の世話をするとともに、日常的に話をすることによって教養を高め、文化的サロンの評価を世に広める必要があった。大斎院選子の名を聞いただけで、清少納言が「ふとめでたうおぼえて」と風雅な思いを寄せたように、大斎院は女房集団としてもすぐれた世評を得ていた。中宮定子の父道隆も、一条天皇が文学を好み、高雅な趣向だけに、それに合わせた女房を集め、結果として清少納言のような人物も育ったといえる。

道長にとっても、先行する大斎院や中宮定子に対抗する上でも、彰子に仕える女房の質を高め、文化の横溢した社交場にする必要があった。そのために女房の採用には基準を設け、つぎつぎと世に名のある伊勢大輔、紫式部、赤染衛門《あかぞめえもん》、和泉式部などといった人物を求めていったといえる。

女房が四〇人いたとしても、常時すべてが仕えているわけではなく、雑用は下仕《しもづかえ》がするにしても、昼夜の交替、複数からなる責任者のもとでの行動、行事への参列など内容は多様であった。教養ある者は中宮の話し相手となり、歌を詠み、物語の話をし、来訪者への応対や消息、文書の処理もするなど分担する必要がある。里に下がって休みをとる者、結婚して女房をやめる者がいれば、その補充もしなければならない。紫式部は物語の作者という才識が認められていただけに、道長からは中宮の家庭教師的な役割が与えられ、御産にあたっては記録することも課せられる。

宮仕えしてしばらく後のことなのか、

宮の、御前にて文集《もんじふ》のところどころ読ませたまひなどして、さるさまのこと知ろしめさまほしげにおぼいたりしかば、いとしのびて、人のさぶらはぬもののひまひまに、をとどしの夏ごろより、楽府《がふ》といふ書《ふみ》二巻をぞ、しどけなながら教へたてきこえさせてはべる、隠しはべり。宮もしのびさせたまひしかど、殿も内《うち》もけしきを知らせたまひて、御書《ふみ》どもをめでたう書かせたまひてぞ、殿はたてまつらせたまふ。

と、紫式部は中宮彰子に『白氏文集《はくしもんじゅう》』の「楽府」を、一昨年の夏から教えるようになったという。寛弘四年か五年の夏か、中宮への個人指導は、道長の求めるところでもあった。

中宮が『白氏文集』のあちらこちらを私に読ませなどするので、漢詩文を知りたそうになさっていると思い、こっそりと、ほかの女房が仕えていない隙々《ひまひま》に、「楽府」という書物二巻を、本格的というわけではなく、お教えしていた。内密のままである。中宮もお隠しになっていたが、殿（道長）も帝もその様子をお知りになり、殿は漢詩文をすばらしく書写させて、中宮にさしあげなさった。

「楽府」は、『白氏文集』収載の「新楽府」二巻を指すようで、紫式部にとっては、父為時が弟の惟規《のぶのり》に教えていた教科の一つでもあり、なじみの作品だったと思われる。中宮彰子が紫式部から漢籍を学んでいることは、一条天皇も道長も知るところとなる。道長はすぐさま能書家に、漢籍なのであろう、書写させて中宮にさしあげる。

『権記』の寛弘四年（一〇〇七）六月二六日の条に、

内に参る。夜前の仰せに依りて、自抄の『漢書伝』三帙十巻を献《たてまつ》る今、一巻と為す。

と、一条天皇の命によって行成がみずから抄出した『漢書伝』一巻を献上しているが、あるいはこれが道長の手を経て中宮に渡されたのではないかと考えてみたい。一〇巻の本を、抄出して一巻にまとめたという。

帝も深い学識を持つだけに、中宮の勉学には強い関心を示していた。行成の書写本の存在からすると、紫式部の「楽府」進講は、寛弘四年四月ごろから始めたのであろうか。『紫式部日記』の後半部は、年月順に配列されていないだけに、「おととしの夏ころ」とする年は確定できない。

また、同じ『権記』の寛弘三年正月九日には、寺より左府〈道長〉に参る。行幸の送物料《おくりもの》の六帖、道風の書二巻を奉る。亦《また》、新楽府本一巻を奉る。

とするのをみいだす。行成が道長に献上した「六帖」とは『白氏六帖』であろうか、また『新楽府』の名もみえる。「楽府」の進講となると、紫式部は所持していた書物で教えたにしても、中宮彰子の手もとにも必要で、それが道長の求めによって行成が書写した本だったのではないかと思う。藤原行成が『権記』に記す「楽府」が中宮彰子の手に渡ったとすると、紫式部の宮仕えは寛弘三年正月以前ということになってくる。

一〇章　中宮彰子御産による敦成親王誕生

和暦	西暦	天皇	関白	紫式部の年齢(推定)	できごと
長徳三年	九九七	一条	—	二八歳	四月五日、配流中の伊周（二四歳）・隆家（一九歳）に恩赦による召還の宣旨。伊周は、一二月に帰洛する。
寛弘二年	一〇〇五		—	三六歳	一二月二九日、紫式部、中宮彰子（一八歳）に出仕か。
同五年	一〇〇八		—	三九歳	三月、中宮彰子（二一歳）、懐妊の兆候に、道長の喜び。 四月一三日、中宮彰子、内裏から土御門邸に退出。安産祈願の法要のため。 五月五日、「法華三十講」の五巻の日。多数の参列者あり。 六月一四日、中宮彰子は内裏へ還啓する。 七月一六日、中宮彰子、御産のため道長の土御門邸に退出。 七月、『紫式部日記』冒頭。 九月一一日、道長邸で中宮彰子の御産。敦成親王誕生。

一　中宮彰子の懐妊の情報

寛弘四年（一〇〇七）の一二月ごろから、中宮には変化が見られるようになる。彰子は入内して八年目にしてのおめでたである。

中宮もあやしう御ここち例にもあらずなどおはしまして、物もきこしめさずなどあれど、おどろおどろしうももてなし騒がせたまはねど、おぼしつつみて、十二月《しはす》も過ぎさせたまひにけり。（『栄花物語』巻八「初花」）

長保元年（九九九）一一月に一二歳で入内し、すでに二〇歳となった中宮彰子の懐妊の兆候に女房たちは気づく。道長が知ると大騒ぎになりかねないため、母親の倫子《りんし》にだけこっそりと知らせる。

かかるほどに三月〔寛弘五年〕にもなりぬれば、中宮の御気色《けしき》奏せさせたまふべきを、ついたちには御灯《ごとう》の御清《きよ》まりなべければ、それ過ぐして奏せさせたまふべきなりけり。殿の御ここち世に知らずめでたううれしうおぼしめさるることもおろかなり。今吉日《いまよきひ》して山々寺々に御祈りどもいみじ。里へ出でさせたまふべきに、四月にをと止《と》めたてまつらせたまへば、そのほどなど過ぐさせたまふ。

この御事今は漏り聞こえぬれば、帥殿《そちどの》〔伊周〕の御胸つぶれておぼさるべし。世の人も、もし男におはしまさば疑ひなげにこそは申し思ひためれど、そのほどは定めなし。されど、「殿の御幸《さいは》ひのほどを見たてまつるに、まさに女におはしまさむや」とぞ、世人騒ぎためる(同前)

このようにしているうちに寛弘五年(一〇〇八)三月となり、中宮のご懐妊を正式に帝に奏上すべきところ、月初めには御灯という、北斗(北斗七星)に灯火を献じる行事があり、精進潔斎《しょうじんけっさい》の必要もあるため、しばらく内密にする。懐妊を知った道長の喜びようはたとえようもなく、吉日には早速山々寺々に安産祈願を派遣する。

藤原伊周《これちか》、隆家《たかいえ》兄弟は左遷を許されて帰京し、皇后定子の第一皇子敦康《あつやす》親王を将来の頼みにして、思うにまかせない身を過ごしていた。彰子が入内した年に生まれた敦康親王は、すでに九歳に成長している。中宮彰子懐妊の報はすでに世に広まり、伊周にとっては胸の潰れる思いだった。世の人は、「男皇子が誕生すれば、次の皇太子になるに違いない」と噂をするが、そうはいっても定かなことではない。「だが、道長のこれまでの幸運なめぐりあわせからすると、どうして女子が生まれることがあろうか」というのが、もっぱらの世評であった。

『権記』の寛弘五年三月一九日に、

此の夜、夢に陣の辺りに在り。諸僧・宿徳、多く参入し、中宮の御懐妊の慶《よろこ》びを申す。自ら男女を問ふに、答ふ、「男也」と云々。

とあり、筆者の藤原行成《ゆきなり》は男子誕生の夢をみる。宮中警護の陣のあたりにいると、多くの僧や高僧、それに人々が参内《さんだい》し、中宮にご懐妊のお祝いを申し上げている。生まれるのは男女いずれかと尋ねると「男なり」といった。毎日のように道長邸を訪れている行成は、すぐさまめでたい夢の話をしたことであろう。道長としても、まわりから「男皇子の誕生に違いない」といわれるたびに、願望が現実になるように思ったかもしれない。

懐妊五カ月となった中宮彰子は、四月一三日に父道長の土御門《つちみかど》邸（京極殿《きょうごくどの》）に退出する。中宮は一条院内裏から道長邸へと向かい、多数の上達部《かんだちめ》たちが従い、道長からは身分に応じての禄が与えられる。『御堂関白記』には、天皇に仕える内侍所《ないしどころ》の典侍《ないしのすけ》三人、中級女房の命婦《みょうぶ》、掌侍《ないしのじょう》のほかに、

内の女房の御供に候ずる十一人に、絹十疋《ひき》・綾二疋を給ふ。

とあり、それぞれに絹や綾が与えられる。「十一人」の上﨟《じょうろう》女房の中に、紫式部も含まれていたのであろう。

二 「法華三十講」の「五巻の日」

道長邸では寛弘五年（一〇〇八）四月二三日から「法華三十講」が始まり、五月五日が「五巻の日」、結願は五月二二日だった。『法華経』八巻二八品を、朝座《あさざ》、夕座《ゆうざ》と一日二回の読経《どきょう》を連続して行うことで、四日間で終える「法華八講」の法会《ほうえ》が一般的だが、道長は中宮の安産を願って、開経《かいきょう》の「無量義経《むりょうぎぎょう》」と最終日の結経《けっきょう》である「観普賢経《かんふげんきょう》」を加えて三〇日間の法要を営む。とりわ

け五巻目の「提婆達多品《だいばだったぼん》」（第一二）は、女人成仏《にょにんじょうぶつ》の功徳《くどく》が説かれるなど、「五巻《ごかん》の日」として重要視された。特別な日だけに、第一一の「見宝塔品《けんほうとうほん》」の朝座と、第一二品の夕座の二座が催されることになる。

道長の日記（『御堂関白記』）によると、

上達部、多く来たる。来たらざる人、右府〈右大臣顕光《あきみつ》〉・内府〈内大臣公季《きんすえ》〉・民部卿〈大納言懐忠《かねただ》〉・尹《いん》中納言〈時光〉・新中納言〈忠輔〉等なり。自余は帥《そち》〈伊周〉を初めとして、皆来たる。池の頭《ほとり》を巡《めぐ》りて立ち加ふる人、僧、百四十三人。講を初むる間、御使有り。

と、「五巻の日」だけに大半の公卿が参列しているにもかかわらず、藤原顕光以下は「来たらざる人」として記録される。流罪に処され、許されて官職に復帰した伊周も出席していながら、顔をみせないのは不届きな態度とする思いがあったとすれば、道長の執念深い性格を示す例である。池の周囲に並んだのは公卿や僧など一四三人と、その確実な人数まで記すほどであった。法要の間、宮中からは使者が遣わされるなど、道長にとっては晴れがましいことである。

伊周は復権したといっても、道長の支配下にあり、思うにまかせないまま、寛弘七年（一〇一〇）正月に三七歳で亡くなっている。

『栄花物語』（巻八「初花」）には、この日の盛儀について、以下のように詳細に記述する。

五月五日にぞ五巻の日に当りたりければ、ことさらめきをかしうて、捧物《ほうもち》の用意かねてより心ことなるべし。御堂《みだう》に宮も渡りておはしませば、続きたる廊《らう》まで、御簾《みす》いと青やかに懸け渡したるに、御几帳《みきちやう》の裾《すそ》ども、河風《かはかぜ》に涼しさまさりて、波の文《あや》もけざやかに見えたるに、五巻のそのをりになりぬれば、さきざきの年などこそわざとせさせたまひしか、今は常のことになりたれば、ことそがせたまへれど、今日《けふ》の御捧物はをかしうおぼえたれば、こと好ましき人々はおのづからゆゑゆゑしうしたり。

（五巻の日が五月五日に当たるのは、日を合わせたようで興味深く、仏前に捧げる品々は、あらかじめ用意がなされていたようで、格別な趣向である。御堂に中宮がお出ましになると、そこまでの廊下には御簾が青やかに掛け渡してあり、几帳の裾も河風に吹かれて涼しさを添え、池の波紋もくっきりと浮かんで見え、五巻の当日になると、以前は特別な行事としてことさらすばらしくなさっていたが、今では、平常の法要として、簡素になさってはいたが、今日の捧物は関心が高いだけに、風流好みの人々は、それぞれ趣深く仕立てていた。）

五巻の日の行事は一晩中続き、「夜になりて、宮また御堂におはします」とあり、「暁に御堂より局々《つぼねつぼね》にまかづる女房たち」と、明け方に長い廊下を渡って、女房たちはそれぞれの部屋に帰って行く。紫式部も、この行事に参加していた。

このたびの中宮彰子の帰邸は出産のためではなく、法要に参加するのが目的であったため、「三十講」が結願した後、六月一四日に内裏へ還啓する。女房たちも、牛車を連ねて道長邸から引き上げる。

三 『紫式部日記』の目的

中宮彰子に仕える身の紫式部にとって、「法華三十講」は無事の出産を祈る上で重要な行事だけに、宮中から道長邸にお供をすることになった。滞在したのは屋敷の細殿をいくつかに仕切り、数人ずつが同居するような部屋であった。

現存する『紫式部集』の一部の伝本の巻末に、「日記歌」として一七首の歌が収められる。『紫式部集』の編纂者は、彼女の歌を集成しようと思ったのか、『紫式部日記』から重複しないように歌を抜き出して追記する。厳密ではなかったようで、『紫式部集』にある歌までも取り込み、また必ずしも『紫式部日記』から順に採録したのでもなかったようだ。

不徹底さはともかく、注目すべきは、「日記歌」として次の歌が取り込まれていることである

（「日記歌」の歌は共通するものの、伝本によって詞書は異なる）。

土御門殿にて、三十講の五巻、五月五日にあたれりしに

妙《たへ》なりやけふは五月《さつき》の五日とていつつの巻にあへる御法《みのり》も（一）

その夜、池の篝火《かがりび》に、御灯明《みあかし》の光りあひて、昼よりも底までさやかなるに、菖蒲《さうぶ》の香《か》、いまめかしうにほひくれば

かがり火の影もさわがぬ池水にいくちよすまむ法《のり》の光ぞ（二）

おほやけごとに言ひまぎらはすを、向ひたまへる人は、さしも思ふことものしたまふまじきかたち、ありさま、よはひのほどを、いたう心深げに思ひみだれて

すめる池の底まで照らすかがり火のまばゆきまでもうきわが身かな（三）

やうやう明けゆくほどに、渡殿《わたどの》にきて、局《つぼね》の下より出づる水を、高欄《かうらん》おさへて、しばし見ゐたれば、空のけしき、春秋《はるあき》の霞にも霧にも劣らぬころほひなり、小少将《こせうしやう》の隅《すみ》の格子《かうし》をうちたたきたれば、放ちておしおろしたまへり、もろともにおりゐてながめゐたり

影見ても憂きわが涙落ちそひてかごとがましき滝の音かな（四）

返し

ひとりゐて涙ぐみける水の面《おも》にうき添はるらむ影やいづれぞ（五）

明かうなれば入りぬ、長き根を包みて

なべて世のうきになかるるあやめ草けふまでかかるねはいかがみる（六）

返し

何ごととあやめは分かでけふもなほたもとにあまるねこそたえせね（七）

ここに示した七首は、『紫式部日記』にはまったくみられない歌である。『紫式部日記』は一般に「秋のけはひ入り立つままに、土御門殿のありさま、いはむかたなくをかし」から始まるとしてよく知られる。中宮が御産のため道長邸に七月に帰参した場面から語り出され、五月の記事はない。ただ「日記歌」とあるからには、編纂者が利用した『紫式部日記』には現存本と異なる「法華三十講」の記事が書かれていたことになる。歌の説明をするため、本文を要約して詞書としたようだが、それを試みているうちに複数の異文が生じてしまったのであろう。日記が「法華三十講」の五巻の日から書かれていたとすると、冒頭は現存本と異なった表現になっていたことであろう。

（一）の詞書では、「土御門殿で、法華三十講の五巻の日が、五月五日という日に当たったので」と簡略に記し、

不思議なことにも、今日の五月五日に、「五巻の日」の法会にめぐり会ったことです。（一）

とする。五の数が重なる男の子を祝う端午の節句、宮中でも端午の節会《せちえ》の行事が行われた。道長は意図して五巻の日が五日になるよう計算していたはずだが、紫式部だけではなく、人々も男皇子の誕生を望み、また確信もしていたのではないだろうか。

この詞書は、別系統の本によると、

三十講の五巻、五月五日なり。今日しもあたりつらむ提婆達多品《だいばだったぼん》を思ふに、阿私仙《あしせん》よりもこの殿の御ためにや、木《こ》の実《み》をひろひおかせけむと、思ひやられて

と、かなり詳細な説明がなされる。こちらのほうが、本来あった日記の記述をそのまま引用したのであろうか。『法華経』の五巻に収められる「提婆達多品」が、今日の法会に偶然にも取り上げられるとは、釈尊の素晴らしい加護があるはずだと称賛する。前世の釈尊は、阿私仙《しせん》（提婆達多の前世の姿）から『法華経』の教えを受けようと、木の実を拾い、水を汲み、薪を背負って奉仕したという。今日の盛儀を目にするにつけ、釈尊は阿私仙のためではなく、道長のために拾っていたのではないかと思われると称えるのである。

『源氏物語』御法《みのり》巻には「薪《たきぎ》こる讃嘆《さんだん》の声も、そこらつどひたる響き」と、紫上の法華経千部供養の折にも、薪を背負い、水桶を手にし、行基作という「法華経をわが得しことは薪こり菜つみ水汲み仕へてぞ得し」と唱えながら僧たちが行道したと記される。釈迦が阿私仙に仕えて奉仕し

た姿を、ドラマのように再現する「薪の行道」と呼ばれる行事だが、「提婆達多品」に記されていることでもあり、紫式部たちが見ている前でも荘厳になされたはずである。

道長邸に造作された御堂で法要が催され、一晩中中宮彰子たちも祈り続けた。池の廻りに焚く篝火《かがりび》に、仏前の灯明が光り、昼に見るよりも池の底まではっきりと見え、今日は端午の日だけに軒に葺《ふ》く菖蒲の香りがはなやかに香ってくる。

篝火の光が静かに池水に映り、そこに灯明の明かりも照り映え、仏法の光は、幾千年も池水に宿ることでしょう。（二）

紫式部はもの思いに沈みながらも、目の前の法要にかこつけてなにごともなかったように歌を詠みはするが、向いに座っている方は、もの思いなどまるでない顔容貌《かたち》、ありさまで、それなりの年配でもあるのに、読経になると心深そうに思い乱れて一心に祈っている。

澄んで池の底まで照らす篝火は、まぶしいほどですが、とてもまぶしくて見られないほど、私は恥ずかしくつらいわが身なのですよ。（三）

「日記歌」では相手の名を記さないが、別の本文では「大納言の君」とし、道長妻倫子とは親族

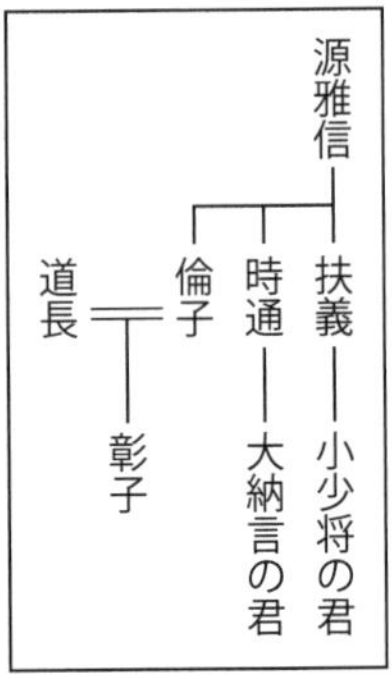

図9　倫子・彰子に仕えた女房の出自

にあたる女性とする。つらい心のわが身が、かがり火の明るさによってさらけ出されるような思いだった。

法会が終わり、中宮や女房たちが御堂から退散するころには、すでに暁になっていた。夜の明けるころに紫式部は部屋の渡殿《わたどの》まで帰り、建物の下を流れる遣水《やりみず》を、高欄にもたれかかってながめていると、明るくなってくる空の気配は、春のあけぼのの霞や秋の霧にもひけをとらないほどのすばらしさである。小少将《こしょうしょう》のいる部屋の隅の格子戸《こうしど》を叩くと、格子を降ろしなさった。彼女も部屋から出てきたのであろう、二人で廂《ひさし》の間に出て、ぼんやりと並んで遣水をながめていた。小少将の君は倫子の姪にあたる女房で、紫式部とは心を通わせた仲のようで、先ほどの大納言の君とは従姉妹になる。主人に仕える女房の中心には、血縁に当たる者が多くいたようで、雇用する立場からすると、もっとも信頼することができたはずである［図9］。

遣水は、庭の池に水を引き入れる小さな水路で、多くは東側から建物や廊下の下を流れる配置にしていた。水が滞留しないように、段差を設け、滝のように水を落として流してもいた。

遣水に映る私の姿をみても、つらい思いで涙が落ち加わり、水嵩《みずかさ》がましたといわんばかりに、わざとらしく滝の音がしてくることですよ。（四）

中宮彰子の懐妊による晴れやかなめでたい行事が続くとはいえ、紫式部は鬱々とした思いで満ちていた。小少将の君も、紫式部と同じ思いなのか、心を寄せるような歌を返す。

一人で涙ぐみながら座って流れをみている水の上に、私も悲しくなりつらさが添うことです。私の「憂き」の姿はどこに流れているのでしょう。（五）

すっかり夜も明けたので、部屋に入った。端午の日だっただけに、小少将の君は、長い菖蒲の根を包んで寄こしてきた。菖蒲は邪気を払うといわれ、贈り物にされ、また長い根を競うこともあった。

この世のつらさに泣かれてしまい、菖蒲の生える「泥土《うき》」からも流れ、菖蒲の行事も終わった今日も「音《ね》を泣く」ではないけれど泣いていますが、この「根」をどのように御覧になりますか。（六）

紫式部の返しは、

なにごとも「菖蒲」ならぬ、分別もつかない「文目《あやめ》」わかぬさまの私は、袂に余るような長い根をいただき、泣く音が絶えることなく、袂を濡らすことです。（七）

と詠む。

紫式部の深刻な悲しみは、小少将の君と交わす歌によって、菖蒲の根のことば遊びに変質してしまうが、どうしてこれほど憂愁な思いに彼女はとらわれるのだろうか。『紫式部日記』の全体に流れるトーンでもあり、紫式部は女房生活をしていても晴れやかな気持ちにはなれず、胸の底にはいつも重荷を引きずっていた。

問題となるのは、「日記歌」として引かれた七首の存在で、『紫式部集』にもみえない歌を含むだけに、かつての『紫式部日記』の冒頭は、「法華三十講」の記事から始まっていたと考えられる。紫式部は、寛弘五年四月一三日に内裏から土御門殿へ退出した日から書き始めたものの、事故による脱落でなければ、旧作の冒頭を削除し二度目の七月の退出に変更したと考えざるをえない。

藤原定家の『明月記』天福元年（一二三三）三月二〇日に、式子内親王（後白河天皇第三皇女）筆の一二カ月の月次《つきなみ》絵の内容について記す。たとえば「二月、清少納言斉信《ただのぶ》卿、参梅壺之所、但無歌」と記され、「返る年の二月廿余日」（『枕草子』七九段）が絵画化されたものと知られる。五月は「五月、紫式部日記、暁景気」と記され、『紫式部日記』を材料にし、「暁景気」とする、先ほどの歌の場面が描かれていた。『紫式部日記』の冒頭は五月の「五巻の日」から書き始められていたが、定家の時代にはまだその部分が存在していた傍証になるであろう。

四　かなの御産記録

中宮彰子は出産を控え、内裏を離れて道長邸に帰ることになった。四月に続く二度めなのだが、日程が決まるまでには曲折があった。

内に参る。「此の夜、中宮、出で給ふべし」てへり。而《しか》るに今日、大将軍、遊行《ゆぎやう》の間なり。仍《よ》りて本、択《えら》び申しし光栄・吉平・奉平を召して問はるるに、勘申《かんじん》を忘却せる由を申す。仍りて改めて、来たる十六日、御出すべき由を勘ず。仍りて罷り出づ（『権記』寛弘五年七月九日）

中宮は寛弘五年（一〇〇八）七月九日に土御門殿《つちみかどどの》入りすることになっていたため、行成は参内し、道長邸まで従駕するつもりでいた。ところが、直前になって陰陽師の光栄などに吉凶を尋ねると、占ったことを上申するのを忘れていたという。失態というほかはなく、予定していた日は、一条院内裏から道長邸は大将軍がいる方角にあたるため凶となり、一六日に延期することになった。「大将軍」は陰陽道における方位を司る神の一人で、三年ごとに同じ方角に居を構えて遊行しているという。

『御堂関白記』寛弘五年七月九日条には、

中宮、内より出で給はんと欲するに、大将軍、遊行の方なり。而るに陰陽師等を召し問ふ所、申す所、分明ならず。仍《よ》りて御出時に及び、留まり給ふ。

とあり、明確な判断ではなかった。実資の『小右記』には「行啓、俄かに以て延引す」(寛弘五年七月一〇日条)とするので、出立間際の中止だった。すぐさま陰陽師を召して尋ねたところ、「申す所、分明ならず」とするため、用心のため延期することにした。七月一六日の戌剋《いぬのこく》(午後八時ごろ)に出立したのは、人々の目を避けるためで、貴人の外出は早朝とか夜に行われた。

七月も中旬を過ぎると、さすがに秋の気配が感じられるようになった。先にみたように現存する『紫式部日記』は、「秋のけはひ入り立つままに」と書き始められる。

彰子は入内して八年目、道長にとって懐妊の吉報は喜びどころではなく、しかも男皇子との噂がかけめぐるだけに、期待がもてるとの思いもしていたであろう。慎重にことを運び、さまざまな準備をし、誕生に合わせての祝賀行事など、つぎつぎと夢を紡いでもいたはずである。御産にあたっては、当然のことながら『御産部類記』などの公的な漢文の記録がなされるにしても、それ以外に、『枕草子』によって定子後宮の文化サロンの存在が広く知られたように、中宮彰子の御産の前後について「かな書き」の記録を道長は望んだのではないか。道長がその執筆を求めるには、女房の中では紫式部しかいない。

紫式部は、寛弘二年一二月末に女房として参上して以降も、道長は評判の『源氏物語』の続きを書くように強く求めていたに違いない。紫式部には、中宮の教養担当とともに、物語を継続して執筆するよう課したのだと思う。寛弘五年ごろになると、具体的には判断できないが、少なくとも光源氏が准太上天皇という、現実には存在しない栄花の位をきわめる、三三帖目の「藤裏葉《ふじのうらば》」巻あたりまでは終えたのではないかと想像する。道長一族の繁栄をことほぐ物語でもあった。宮仕えの体験や、知りえた情報も吸収し、源氏の成長する長編の物語が徐々に形成されていく。

道長が紫式部に与えたのは、道長邸でのめでたい出産から、その後の祝賀の数々を自由にかな文字で書くというテーマであった。紫式部には、できるだけの情報の提供と助力がなされたはずである。

現存の『紫式部日記』はこれまでみてきたように、寛弘五年七月から始まり、中宮の出産を見守る人々の姿、御産の場、その後の産養《うぶやしない》の行事、一条天皇の行幸、「五十日《いか》の祝い」、一条院内裏への親王を伴っての還啓、という一連の記事が緊密に綴られ、一篇のかな日記としてできあがっている。ここまでは、少なくとも道長が求めた内容だったと思われる。その後は一貫したテーマもないまま、宮中の行事、清少納言などの女房批判、女性にとっての処世術、出家の思い、消息文体による雑多な記事、断片的な第三皇子敦良親王関係の記事が続いていく。後半になると時間的な配列もあいまいで、随想的な内容を中心にまとめられる。独立した作品として執筆したのではなく、幾篇かの紫式部の作品が、和歌の集成を試みたように、年次不明なまま後人によってまとめられたのではないかと思う。

出産を前にしての道長邸の人々の姿がさまざま点描されるのは、『枕草子』の表現方法と変わることがない。

紫式部が、ふと目覚めて部屋の外をながめると、目に飛び込んできたのは、

殿ありかせたまひて、御随身《みずいじん》召して遣水《やりみづ》払はせたまふ。(『紫式部日記』)

と、道長は中宮彰子を自邸に迎え、出産までの日を指折り数えながら、まんじりともできず、まだ外の暗いうちに目が覚め、所在のないまま庭を散歩し、ふと目についた遣水のごみなどを随身に命じて取り除かせる姿だった。普段はそのようなことなどしないのだろうが、落ち着かない道長のふるまいが、男性の漢文日記には描かれることのない姿が女性の目からとらえられている。道長は紫式部が起きているのを知ったのであろう、すぐに池の橋のたもとの女郎花《おみなえし》を折って、几

帳の上からのぞき込むようにして差し入れる。紫式部は起きたばかりで、顔を見られるのもいやで困っていると、「これ、遅くてはわろからむ」と歌を催促する。急いで硯に向かい、

女郎花盛りの色をみるからに露の分きける身こそ知らるれ

と書いて渡す。「美しい女郎花の盛りの色を見ますと、露が分け隔てして女郎花の美しさをさらに増すけれど、露のない私は衰えて醜いことです」とする。さすがに道長は「あな、疾《と》」と、紫式部の早さに驚き、自らも筆を執って、

白露はわきてもおかじ女郎花心からにや色の染むらむ

と返しをする。「白露は分け隔てすることなどはない、女郎花は自ら進んで美しくなろうとしているのだ」と詠む。

それから二カ月足らずののちに皇子の誕生、「殿、いでさせたまひて、日ごろうづもれつる遣水つくろはせたまひ、人々の御けしきども心地よげなり」と、水の流れをよくしようとするのを描くことによって、道長の心の内のさわやかさ、また人々の喜びを表現しようとする。

道長にとって紫式部は、数多くいる女房の一人にすぎないのではなく、具平親王との縁が深く、

『源氏物語』の執筆の継続を求めて出仕させた者であり、今は中宮彰子の御産について作品を書かせているのである。女房の視線からの「御産部類記」の執筆を求められたように、紫式部は日常のありのままの姿を描くことによって、漢文日記には記されない、一人の親としての道長像を効果的に浮かび上がらせた。御産が近づくにつれて緊迫してくる邸内の人々の動静は、紫式部の筆によって高度なドキュメンタリー作品になったともいえよう。

またある日のこと、

しめやかなる夕暮に、宰相の君とふたり物語してゐたるに、殿の三位の君〔頼通〕簾《すだれ》のつま引きあげてゐたまふ。年のほどよりは、いとおとなしく心にくきさまして、

と、同僚の女房宰相の君（道綱女豊子、敦成親王乳母）と話をしていると、そこに道長長男の頼通が訪れる。中宮彰子の四つ年下の弟である。話をして立ち去る姿は、「物語にほめたる男のここちしはべりしか」と、物語から抜け出たような男の姿と絶賛する。

雪の日に中宮定子のもとを訪れた伊周に、「道もないほどなのに、どうしてわざわざ」とおっしゃると、

「あはれともや御覧ずるとて」などのたまふ御有様ども、これより何ごとかはまさらむ。物

語にいみじう口にまかせて言ひたるに違《たが》はざめり、とおぼゆ。（『枕草子』一七九段）

と、清少納言は、中宮定子と二つ違いの兄伊周とのやりとりの情景をみて「物語でべた褒めする場面とすこしも違わない」と、これまた物語の世界と現実とを重ねて驚くばかりであった。清少納言が中宮定子や伊周はまるで物語のようだと描くことによって、定子後宮のすばらしさが、ますます喧伝されることになる。「物語に登場する人物のようだ」とか、「まるで絵に描かれているのと変わらない」などとする表現が、しばしば清少納言や紫式部の口から出される。当時の人々のものを見る眼は、物語の内容とか絵の場面がまず先に想念に浮かび、その基準で現実の姿を判断していたのであろうか。それほど、日常生活の中に、物語や絵が普通に存在し、人々に共有されていたのであろう。

五　ドキュメンタリーとしての『紫式部日記』

紫式部の筆致は、緊迫した御産を前にしての道長邸の人々の姿を、別世界のように描いていく。寝ていた宰相の君は絵物語の姫君にたとえ、御産に立ち会う女房たちが、白一色の衣に長く垂らした黒い髪をみて「墨絵に髪どもを生《お》ほしたるやうに見ゆ」と、絵画的に表現するなど、各所に紫式部の独自の視点で筆を進める。人々があこがれるのは物語の世界であり、そのさまがまさに目の前に展開しているというのである。

中宮御産前の静かな中にも、不安と期待とをおり交ぜたような人々の動静をとらえ、御産後になると急にあわただしくなる邸内の動きを活写する。ただ不思議にも思うのは、七日の産養《うぶやしない》での禄の品など、「くはしくは見はべらず」と、詳細にみていないので、ここには書けないとわざわざ釈明する。自発的な自分の作品ならば、このようなことを書く必要はない。同じような例を示すと、「沈の懸盤《かけばん》、白銀《しろがね》の御皿などくはしくは見ず」「奥にゐて、くはしうは見はべらず」などと、本来はよくみて記録すべきなのだが、それができなかった事情を説明する。

さらに驚くのは、御産以降に続く詳細な記述で、具体的に自らの目で確かめ、事実を記し、感想までも書き加える。『小右記』などになると、後世の家の故実書にする意図もあり、行事などは可能な限り詳細に書き留める方法をとる。道長はそれほど細かく記録しないのだが、それでも九月一一日の御産の当日は、

午時《うま》、平安《やすら》かに男子を産み給ふ。候ずる僧・陰陽師等に禄を賜ふこと、各《おのおの》差有り。同じ時、御乳付《ちつけ》し、臍《へそ》の緒《を》を切る。御湯殿《ゆどの》を造り具《そな》へ初む。酉《とり》時、右少弁広業、読書《とくしょ》す。孝経。朝夕同じ。内より御剱《つるぎ》を賜ふ。左近中将頼定。禄を賜ふ。触穢人《しょくえびと》に依るなり。御湯の鳴弦《めいげん》、

五位十人、六位十人。（『御堂関白記』）

と、事実を淡々と描きながら、内容は細部にわたる。

出産の兆候は九日から始まり、一〇日は「邪気を人々に駆り移す」（『小右記』）と、物の怪にも苦しめられたようだが、一一日の昼にはやすらかに男子誕生となり、一晩祈っていた僧や陰陽師に禄を与える。すぐさま乳付けをし臍の緒を切り、湯殿の準備が始まる。酉《とり》の時（夕刻六時ころ）には藤原広業《ひろなり》が『孝経』の一節を読み上げる「読書の儀」があり、翌日からは朝夕の二回になる。宮中からは、源頼定《よりさだ》が使者となって守り刀としての「御佩刀《みはかし》」が遣わされる。湯殿では弓の弦を鳴らして邪気を払う「鳴弦」が、五位、六位の一〇人ずつによってなされる。

『権記』では、

巳剋《みのこく》、左府に参る。午剋《うまのこく》、中宮、男皇子を誕《う》む。仏法の霊験なり。御乳付、橘三位。読書、伊勢守致時《むねとき》朝臣・右少弁広業・挙周《たかちか》朝臣等なりと云々。

と簡略な記述にとどまる。藤原行成は男皇子の誕生を「仏法の霊験なり」とするのは、かつてみた夢との符合に不可思議な霊妙を覚えたのであろう。

紫式部になると、さすがに物語の作者らしく、午《うま》の時に、空晴れて、朝日さしいでたる心地す。たひらかにおはしますうれしさの、たぐひもなきに、男《をのこ》にさへおはしましけるよろこび、いかがはなのめならむ。(『紫式部日記』)

と、道長が求めたのはここにあったといってもよいほどの、皇子の誕生を自然の雄大さの中で表現する。中宮彰子に近侍し、道長の屋敷で生活する、内部からしかできない、女性の立場からの発信ともいえる。

昨日しをれくらし、今朝のほど朝霧におぼほれつる女房など、みな立ちあかれつつやすむ。御前には、うちねびたる人々の、かかるをりふしつきづきしきさぶらふ。(同前)

漢文の記録にはない、前日からの人々のあわただしさが時間を追って刻々と記されていく。山々寺々の大勢の修験者《しゅげんじゃ》や陰陽師が集められ、物の怪の退散を声高に祈り、寺院への使者はひっきりなしに出入りするという騒ぎが一晩中続く。几帳《きちょう》で囲われた、物の怪が駆り移された多くの人々には、一人一人に験者がつき従い、声を嗄《か》らして祈りを続け退散を迫る。中宮の御帳台《みちょうだい》の近くの狭い場所には、「四十余人ぞ、後に数ふればゐたりける」(同前)というありさまである。身動きもできなく、自分の衣の袖や裾はどこにあるのかもわからないほどで、普段は落ち着きのある女房でも涙を流す者もいたという。

翌朝も大勢の人で混み合い、祈りの声は一段と激しく、男女の区別なく入り混じったようになってしまう。つくろっていた化粧なども、泣き濡れて顔などはすっかり変わってしまったようになる。物の怪は執念深く、なかなか調伏できないのもいるようで、騒然としたところに、昼になり、急に空が晴れて朝日がかがやくような思いがしたというのが、皇子誕生であった。このような息づまる迫真性のある描写は、漢文日記ではとても表現できないであろう。同僚の女房たちの、安堵するような雰囲気も伝わってくる。

道長が「候ずる僧・陰陽師等に禄を賜ふ」(『御堂関白記』)とするのも、二日にわたる祈禱の奮闘に対する感謝であり、庭に降りて遣水をつくろうのも、不安で鬱積していたような心のやすらぎを覚えるためでもあった。

それにしても紫式部は、どこにいてこの場面をみていたのであろうか。「四十余人」という女房集団の中に身を置いていたわけではなく、物の怪騒動状況も詳細に追い、まるで現代のTVレポータが実況するように書いていく。それが紫式部に課せられた任務でもあった。

「御ほぞの緒は殿の上〔倫子〕、御乳付けは橘《たちばな》の三位〔徳子〕」(『紫式部日記』)などと具体的に記し、湯殿の場面でも時間を追っての詳細さで、女房の衣装の模様までも留意し、「弦打《つるう》ち二十人、五位十人、六位十人、二なみに立ちわたれり」(同前)と、二列に並んで弦打ちをした人数と位階を記す。

紫式部にとっては初めての御産の行事で、その後続く産養《うぶやしない》などのさまざまな儀式における部屋のしつらい、衣装、諸道具、食器、殿上人の位置、さらには参加者の名前、官職など、基本的な行事次第を知っていたにしても、すべて知っているはずはなく、当日の観察だけでは得られない知識である。それぞれの記録や感想はメモにしていたにしても、具体的な進行内容、参加者名、人数などは、道長とかその周辺から資料が与えられ、「中宮彰子御産仮名記」といった作品に仕立てたのであろう。たんに個人の能力と努力では、とても書くことはできない複雑さである。紫式部の感想か随筆だけなら、これほどまでに行事内容を具体的に詳細に書く必要はなかった。

一一章　献上本『源氏物語』

和暦	西暦	天皇	関白	紫式部の年齢（推定）	藤原道長の年齢	できごと
寛弘二年	一〇〇五	一条	―	三六歳	四〇歳	一二月二九日、紫式部、中宮彰子（一八歳）の女房として出仕か。
同五年	一〇〇八		―	三九歳	四三歳	春ごろ、『源氏物語』は光源氏の六条院竣工あたりまで書き終えたか。 五月ごろ、中宮彰子（二一歳）に『源氏物語』を呈上。 九月一一日、道長邸（土御門殿）で敦成親王誕生。その後の三日・五日・七日・九日の産養。 一〇月一六日、一条天皇、道長邸へ行幸。 一一月一日、敦成親王の「五十日の祝い」、藤原公任が「このわたりに、若紫やさぶらふ」と呼びかける。 中宮彰子の指揮のもと、『源氏物語』の大々的な書写作業がなされる。 道長は、紫式部の部屋から物語本をすべて盗み出し、妍子（一五歳）に渡す。 一一月一七日、中宮彰子、皇子とともに内裏還啓。 一一月一八日、中宮彰子のもとで、紫式部は道長から贈られた『古今和歌集』などの冊子本をみる。
同六年	一〇〇九		―	四〇歳	四四歳	一条天皇は、『源氏物語』の作者を称賛する。

同七年	一〇一〇		―	四一歳	四五歳	二月二〇日、道長次女妍子（一七歳）、東宮居貞親王（三条天皇、三五歳）に入内。
同八年	一〇一一	一条／三条	―	四二歳	四六歳	六月一三日、一条天皇（三二歳）の譲位により、居貞親王が即位（三六歳、三条天皇）、敦成親王（四歳）が東宮となる。 六月二二日、一条院崩御（三二歳）。
長和二年	一〇一三	三条	―	四四歳	四八歳	四月一三日、中宮妍子（二〇歳）は、出産を前に土御門殿に退出。
同五年	一〇一六	三条／後一条	（摂政）藤原道長	四七歳	五一歳	正月二九日、三条天皇（四一歳）の譲位により敦成親王（九歳）、後一条天皇として即位する。

一　『源氏物語』を書き上げる

紫式部が娘の賢子《けんし》を理想のモデルとして書いた「若紫物語」は女房たちの評判となり、さらには藤原道長を含め宮中でも知られる存在となった。紫式部は、源高明《たかあきら》が流罪になった「安和の変」や、身近に見聞きした藤原伊周《これちか》の運命なども心にとめ、光源氏の須磨《すま》行きあたりまでを書き進めていたかもしれない。道長は女房になるように求め、父藤原為時《ためとき》や具平《ともひら》親王の薦めもあり、中宮彰子に参上したのが、今のところ寛弘二年（一〇〇五）一二月二九日であったとしたい。ただ、女房たちとの交流は、紫式部が想像していた状況にはなく、物語の作者という評判と、道長による特別待遇ということもあり、かなり厳しい環境にあった。里に下がってしまい、懇願されてやっと再出仕したのは、翌年の春から夏になってのことであったと考える。

道長は紫式部に中宮の世話係とともに、『源氏物語』をさらに書き続けるようにと強く求めたはずである。まとまりのある巻々を書き終えたのは、寛弘五年（一〇〇八）の春ごろであろうか。

源氏の物語、御前にあるを、殿の御覧じて、例のすずろごとども出できたるついでに、梅の下に敷かれたる紙に書かせたまへる。

すきものと名にし立てれば見る人の折らで過ぐるはあらじとぞ思ふ

たまはせたれば、

人にまだ折られぬものをたれかこのすきものぞとは口ならしけむ

めざましう、ときこゆ。（『紫式部日記』）

この記事は、日記後半部の、年次不明の雑多な中に挿入された一文だが、内容的には寛弘五年五月のころと思われる。『紫式部集』にも、ほとんど同文の記述が納められる。「『源氏物語』が中宮の御前に置かれているのをみて、道長が御覧になり、いつものようにとりとめもない冗談ごとをおっしゃったついでに、梅の実が敷かれていた紙を手にし、次のような歌をお書きになった」とする。

梅の実は酸っぱいものだが、その「酸い」ではないが、あなたは好色な「好き者」という評判が立っているので、みる人は梅の枝を折るように、口説かないでそのまま通り過ぎる人はいないでしょう。

紫式部は、あまりにも冗談が過ぎると思わずにはいられなかった。中宮彰子の部屋なのであろう、そこには紙の上に梅の実が置かれていた。一条天皇が一二月に病気になって青梅を求め、勝算僧正《しょうさんそうじょう》が庭の梅の木に祈ると、白雪の降る中ながら梅が実ったとか、平安時代末期になるが、禅林寺の永観律師が梅の実を病人に食べさせていたなどといった説話も残されるように、薬用としての効用があった。また、梅と妊婦との関係は古くからも伝えられており、五月には懐妊六カ月目になった中宮彰子も口にしていたのであろう。四月から五月にかけて、中宮が道長邸に帰っていたことはすでに述べたところである。

紫式部はどうにか書き終えた『源氏物語』を自邸から道長邸に持ち込み、中宮彰子と巻の次第や内容などについて相談していたのかもしれない。紫式部は、中宮彰子に「楽府《がふ》」の進講をするなど、二人は主従ながら急速に親密な関係が生じ、互いに何事も相談する仲になっていたのであろう。道長は、男女の別はともかく、御子の誕生をみすえ、中宮が宮中へ帰るにあたっての贈り物にすることを思いつき、すべてを提出するようにと厳命していた。これまでも少しずつ巻を書き進めるたびに、道長や彰子は故実を含めてアドバイスし、紫式部の作品を読んでいた可能性もある。現存の巻順ではなく、別に存在したかともされる、「かがやく日の宮」とか「さくら人」

といった巻も加えられていたと想像すると、興味はさらに増してくる。

紫式部が中宮彰子と『源氏物語』を傍らにして話をしていると、道長が急に部屋を訪れ、重ねられた冊子本をみて満足な思いをするとともに、光源氏が多くの女性に通う物語の一部は、すでに世に広まって評判にもなっていただけに、梅にひっかけて「好き者」と揶揄したのであろう。「名にし立てれば」とあるように、紫式部の物語は人々が噂するほどであった。紫式部はすぐに、

私はまだ人から口説かれたことはありませんのに、どなたが「好き者」などと評判を立てているのでしょうか。


と言い返す。物語の光源氏の振る舞いと、私とは別だと主張する。紫式部は、このように道長と冗談を言い合えるような関係になっていたともいえよう。

中宮と道長の目の前に『源氏物語』が置かれていたというのは、このころにひとまとまりの作品としてできあがっていた証左といえる。その場で道長は感想を述べるとか、今後の方針なども明かしたに違いない。紫式部としては、当面、中宮の御産のことがあり、落ち着いた思いはしないものの、まだ手を入れる必要を覚えていたであろう。それが具体的になるのは、一一月の中宮の内裏還啓の直前になっての大々的な書写作業であった。

二　産養と五十日の祝い

紫式部は、ふと思いついて書き始めた「若紫物語」から、若紫の成長ぶりを書き続けてみようと思い、道長からの求めもあり、宮仕え後は宮中の行事や殿上人の姿なども目にして知見も多くなり、ますます執筆にいそしむようになる。私的に書いた物語が世間の人々の評判となり、道長の企てにより宮中にまで献上するとなると、紫式部は困惑するだけではなく、光源氏の存在が身にはね返り、憂鬱な思いもしてくる。光源氏は表面的には「好き者」と呼ばれるような好色な行動をとり、その繁栄を描くことに筆を費やしたとはいえ、それは紫式部の本意ではなく、いずれは無常をはかなみ、人生を沈静し、出家へと導かせたい思いがあった。それは現在の紫式部の心境であり、光源氏は紫式部と同化していた。女房たちも含めて、公卿たちは表面的な光源氏を読み、新しい物語と興じているのだ。

若宮誕生後の、三日、五日、七日、九日という産養《うぶやしない》は、主催者を替えながら毎夜のように盛大に催される。現代では「お七夜」が存し、その日までに名前をつける風習が残る。

九月一五日は道長主催の五日目の夜、「傅大納言《ふのだいなごん》已下、悉《ことごと》く参入す」(『小右記』)とするように、

「東宮傅《とうぐうふ》」（東宮職の事務）藤原道綱《みちつな》以下の公卿、殿上人の参列である。銀製の食器、采女《うねめ》たちの接待、庭には屯食《とんじき》（にぎり飯）が持ち出され、酒宴ののち人々はつぎつぎと歌を詠む。解散は真夜中の子《ね》の刻ばかり、道長は帰る「上達部・殿上人・諸大夫及び宮司等」にそれぞれ身分に応じた差のある禄を与える。人々は祝いの品を贈呈するだろうが、道長はそれ以上の膨大な出費をしたに違いない。

さすがに九日の夜にあたる九月一九日になると疲れてしまったのか、実資は人々に問い合わせながらも、「物忌の由を称し、参入せず。毎夜、欠かざるは、便宜無かるべし。仍りて参入せざる所のみ」（『小右記』）と、今日は「物忌」と称して休むことにした。「毎晩欠かさず参加するのは、不都合なことだ」というのが理由である。

中宮彰子は、一〇月一〇日過ぎまで御帳台《みちょうだい》で休まれていたので、紫式部ほか女房たちは昼も夜も傍らにお仕えしていた。道長は、日々成長する若宮をみるのが楽しみで、夜中であっても訪れ、乳母が若宮と寝ているところを、探って抱き上げる。寝ていた乳母が驚いて目を覚ますのも気の毒なことである。

道長が抱きとった折、若宮が尿を漏らし、衣装を濡らすこともあった。それを道長は、「あはれ、この宮の御しとに濡るるは、うれしきわざかな。この濡れたるあぶるこそ、思ふやうなる心地すれ」（『紫式部日記』）と、好々爺ぶりが描かれ、漢文日記には記されない、紫式部ならではの描写となる。

盛儀となったのは、一〇月一六日の一条天皇の道長邸への行幸で、若宮は親王の宣下がなされ、これで次の東宮としての地位が固まる。庭上での公卿や大夫たちの拝舞、池では舟楽が催され、酒宴となる。はなやかな儀式が一日続く。このあたりは、漢文日記以上に、『紫式部日記』には詳細な人々の姿を含めて描写されていく。

配流先から許されて帰京していた伊周《これちか》にとっては、頼りにしていた皇后定子はすでに亡く、残るは一条天皇の第一皇子である、一〇歳になった敦康《あつやす》親王の存在であった。中宮彰子に男皇子が生まれなければ、敦康親王が東宮となる期待を持つことができた。だが現実には、道長の権勢下での敦成《あつひら》親王の誕生は、もはやその望みも消失したに等しく、一族の再興は潰えてしまったと、意気消沈したに違いない。

天皇の行幸に続く道長邸での盛事が、一一月一日の敦成親王の誕生五〇日の「五十日《いか》の祝い」であった。『御堂関白記』を引くと次のように記録する。

御五十日。若宮の御前の物、新宰相幷びに殿上四位、之《これ》を取り、女房に授く。大納言、陪膳す。宮の御前、殿上人、取り、女房に授く。戌《いぬ》二点、余、餅を供す。其の後、又、座に就きて数献あり。後に籠物《こもの》五十捧《ほう》、折櫃《をりびつ》五十合を御前に奉る。公卿を御前に召す。女房の簾の下に進む。数巡の後、殿上人、御遊、数曲。後に禄を賜ふ。大臣に女装束。織物の褂《うちかけ》を加ふ。大納言に織物の褂・袴。中納言に綾の褂・袴。宰相に綾の褂。殿上人に疋見（「絹」か）。

立明《たちあかし》の主殿寮《とのもづかさ》の者に疋絹。事了りて、大臣二人に馬を引き出す。右府・内府。留まりて、和歌の事有り。

多数の公卿、殿上人が参集し、さまざまな儀式と酒宴がなされ、親王の下がり物が女房たちに渡されるというのは、禄の褒美であろうか。籠にいれた献上品、折櫃にいれた食べ物など、親王の誕生した日から五十日目に合わせて五〇の数が運び込まれる。戌二点（午後八時ころ）に、親王に道長の手によって餅を食べさせる。本当に食べさせるのではなく、口のあたりに添えるだけの「食い初《ぞ》め」の儀式である。人々はかなり酩酊もしたようだが、管弦の音楽があり、例によって人々に身分の差による禄が下される。多くは退散したのだが、右大臣顕光《あきみつ》と内大臣公季《きんすえ》がとどまって、道長とともに和歌を詠じたという。藤原実資《さねすけ》によると、「其の後、和歌有り。是より先、右府、早く出づ。今日の事、左府、奉仕する所なり。子剋ばかり、事了んぬ」（『小右記』）とし、残って歌を詠んだのは実資だったようで、終わったのは真夜中になっていた。

実資などの記述と『紫式部日記』とではかなり内容が異なる印象を受けるのは、紫式部はこれらに倍するその日の記録をし、自身とのかかわりを書いたことによる。まさに物語作者としての才筆をいかんなく発揮しており、道長の狙いは期待した以上だったに違いない。

三　公任の呼びかけ

女房たちは廂《ひさし》の間にいて、御簾《みす》や几帳《きちょう》を隔てた簀子《すのこ》（廊下）には酔った殿上人たちが歩きまわっている。実資はすっかり酩酊して座り込み、御簾の下から出された女房の衣の褄《つま》（裾）や袖口の衣を数え、何枚着ているのか、色や模様は、とみているようである。そこに、

左衛門督〔公任〕、「あなかしこ。このわたりに、若紫やさぶらふ」とうかがひたまふ。源氏に似るべき人も見えたまはぬに、かの上はまいていかでものしたまはむと、聞きゐたり。

（『紫式部日記』）

と、少し酒に酔った公任が「恐れ多いことですが、このあたりに、若紫さんはお控えでしょうか」と、紫式部を探して部屋の前をうろうろする。「ここには光源氏に似た人もいらっしゃらないのに、ましてあの紫上が、どうしてこの場においでになりましょうか」と、返事もしないで黙って聞いていた。そのうち公任は、紫式部がいないものと思ったのか、別の場所に行ってしまっ

た。
『源氏物語』に「若紫」のことばはなく、少女のころは「若草」「若君」「紫の君」で、源氏に引き取られて「対の姫君」となり、結婚後は「二条の上」「対の上」（蓬生・朝顔以下）、「殿の上」（玉鬘）「春の上」（胡蝶）などと呼ばれる。巻名としての「若紫」は当初から付されていたのか、ほかの巻々の名とともに明らかでない。『更級日記』では待望の「源氏の五十余巻」を手にし、孝標女は「一の巻よりして」読んでいったとし、「桐壺」の巻とはしていない。もっとも女主人の名を便宜的に「紫上」と統一して呼ぶようになったのは、注釈がなされるようになる鎌倉時代以降のことであろう。

公任は道長から、一一月に中宮が親王を伴って還啓するに際し、女房紫式部の長編の物語を書写して一条天皇に差し上げるという話を聞いたはずである。公任は、紫式部のおじの為頼の死を悲しんで具平親王と歌を交わしたように、古くから歌仲間として親しくしていただけに、為頼の優れた姪の存在を彼女の子供のころから知っていたであろう。公任は、為頼邸に出かけていたとすると、同じ敷地内の少女紫式部の成長も楽しみにしていたかもしれない。

そのうち紫式部は具平親王邸に通うようになり、当然公任とも懇意になり、越前から帰洛して結婚、賢子の誕生、宣孝の死なども身近な話題であった。公任は、紫式部が書き始めた物語の当初から知っており、部分的には読みもしていた。

「五十日《いか》の祝い」の日、公任はすこし酒に酔ったふりをしながら、「若紫さんはいますか」と呼びかけながら近づいてきた。「若紫物語」は、少女が源氏の二条院に引き取られる、数奇な運命の物語である。公任はその少女のイメージを子どものころから知っている紫式部と重ねて声をかける。光源氏はさまざまな教育をほどこし、少女若紫が理想的な女性に成長するように願い、ほどなく「上」と呼ばれる正妻格の女性となる。『源氏物語』にはそのようなすばらしい光源氏が登場するとはいえ、中納言で四三歳の酔った公任とはあまりにも違いすぎる。物語で若紫はその後「上」となったが、自分を若紫にたとえたところで、ここではそのような方がどうしておいででしょうか、『源氏物語』の中での話にしかすぎないのに、といった思いなのであろう。

少女のころからすれば、長い年月が過ぎ、現実の私は「上」どころではないと、いささか紫式部は反発した思いでいたともとれよう。公任としては、少女のころから知っているだけに、親しみの思いで声をかけ、紫式部と思い出を語りたかったのかもしれない。そのように想像してくると、公任が「若紫やさぶらふ」と声をかけたというのは、たんに『源氏物語』の一部なりとも読んでいるとの表明だけではなく、紫式部とは遠縁にもあたり、幼いころから知っていたと周囲に表明したとすれば、この場面はまた異なった読み方ができそうである。

「五十日の祝い」の日に、道長は自慢そうに『源氏物語』の書写を宣言し、参加した能筆家には、後日書写の依頼をするなどと伝えていたかもしれない。

参加者たちの酔態がひどくなってきたのと、宴遊も終わりかけになったため、紫式部は宰相の君と御帳台の後ろに隠れていると、道長がやってきて几帳を取りのぞき、二人を前に座らせ、

いやいやながら、

「和歌ひとつつかうまつれ。さらば許さむ」とおっしゃる。道長が酔っているので恐ろしくなり、

いかにいかがかぞへやるべき八千歳《やちとせ》のあまりひさしき君が御代《みよ》をば

と詠む。「今日は五十日《いか》の祝いの日ですが、若宮はこれから何千年もという末長き世までお生きになるので、どのようにしてそれを数えることができましょうか」と、道長の心を喜ばせるような歌を作る。道長は満更でもない思いで、二度ばかり復唱し、すぐに返しの歌を詠む。

あしたづのよはひしあらば君が代の千歳《ちとせ》の数もかぞへとりてむ（『紫式部日記』）

（鶴は千年というが、そのような寿命が私にあれば、若宮の千年もの先も見とどけることができるのに）

道長はかなり酔っているようだが、若宮の誕生がうれしいのか、機嫌のよいことであった。

敦成親王は、道長の願いどおりに寛弘八年（一〇一一）に四歳で東宮となり、長和五年（一〇一六）に九歳で後一条天皇として即位するが、二九歳の若さで崩御する。道長はすでにそれ以前、九年前に亡くなっていた。

四　献上本『源氏物語』作成の大わらわ

九月一一日に若宮誕生、その後の産養《うぶやしない》、一〇月一六日には一条天皇の土御門殿《つちみかどどの》への行幸、一一月一日には「五十日の祝い」と女房たちは休む間もない連日の行事だった。いよいよ一七日には、二カ月余に成長した親王とともに、中宮が内裏へ還啓《かんけい》する日が近づいてきた。

入らせたまふべきことも近うなりぬれど、人々はうちつぎつつ心のどかならぬに、御前には御冊子《みさうし》作りいとなませたまふとて、明けたてば、まづむかひさぶらひて、いろいろの紙選《え》りととのへて、物語の本どもそへつつところどころに文《ふみ》書きくばる。かつは綴ぢあつめしたたむるを役《やく》にて、明かし暮らす。「なぞのこもちか、つめたきにかかるわざはせさせたまふ」と聞こえたまふものから、よき薄様《うすやう》ども、筆、墨など持てまゐりたまひつつ、御硯《すずり》をさへ持てまゐりたまへれば、とらせたまへるを惜《を》しみののしりて、「もののくにてむかひさぶらひて、かかるわざしいづ」とさいなむ。されどよきつぎ、墨、筆などたまはせたり。（『紫式部日記』）

中宮が宮中にお帰りになる日が迫り、女房たちも道長邸から引き上げるため、日々忙しくしていただけに、身の回りの整理もまだできていない。ところが落ち着く間もなく、今度は中宮の意向で、「御冊子作り」という作業が加わることになった。朝早くから中宮の御前に参上し、さまざまな色の紙を選び、物語の冊子に添え、書写していただく方々に手紙を書いて送るのである。道長からかねて計画を聞かされ、五月以来手直しや追加もしてきた紫式部の物語である。まだまだ気になる部分などもあるが、ともかく清書した『源氏物語』の揃い本を、といっても現存本のどの巻までかは不明だが、自宅から運び込んでいた。清書したとはいえ、気になる点も残り、一度清書した本は自室に置いて、暇な折には読み直しもしていた。自宅に置いている草稿本とは、書き直すたびに表現なども少しずつ違ってきていた。

天皇への献上本となるだけに、普通の料紙ではなく、染色した紙を用いる特製本である。すでに道長が能筆家に書写の依頼をしているため、もとの冊子と、それに見合う料紙、簡単な事情を説明した文を添えてその人々に送る作業である。中宮が還啓する日は決まっており、それほど時間があるわけではなく、急ぐ必要があった。

分量の多い巻もあれば、現在の「花散里《はなちるさと》」や「関屋《せきや》」などのように、わずかな料紙で済むものもある。早く書写した人からは、物語が返送されてくるため、女房たちはすぐに次の巻を依頼するとともに、「かつは綴ぢあつめしたたむるを役」として、書写されて戻って来た料紙を整理し、冊子本に綴じて製本をしていく。休む間もなく一日を過ごすことになる。凝った表紙をつけ、装丁も丁寧にしなければならない。

道長は作業の進捗状況を見に訪れ、「どうして子持ちのあなたが、この寒い時期に、中心になって必死になってなさっているのですか」と、産後の身を案じて注意もする。手筈はすべて整えられているので、中宮が必死になって作業をする必要はないというのであろう。かといって中止を求めもしないのは、書写は道長の意向で進められているからで、手配などもすべてお膳立てがなされていた。

道長は冷やかし半分に言いながら、鳥の子紙の薄様《うすよう》や筆、墨など、それに硯までももってくる。中宮はすぐに紫式部に渡すので、道長は「それはとても貴重な筆や硯なのに、惜しげもなく紫式部に渡している」と大仰に言い立てる。「もののくにてむかひさぶらひて」の解釈は研究上、意見の分かれるところだが、「もののく」は「ものの奥」とし、紫式部は物陰に隠れるように奥を向いて作業をしながら、いかにも目立たないふりをして、「こんな物をいただくのは、ちゃっかりしている」とでもいいたいのであろうか。道長が紫式部にあけすけにいうのも、それだけ親しみをもっているからであろうし、普通の女房とは違う待遇であったことによる。それで終わるわけではなく、さらに道長はすぐれた筆や墨を下さる。引用部分の末尾の「よきつぎ」は不明なことばだが、「立派な墨挟み」かともされる。ともかく、道長が『源氏物語』の書写には全面的な支援をし、早くから相談を受けている中宮彰子も、なんとか立派な冊子本を一条天皇にお見せしたいとの強い思いがあった。

なお、『紫式部日記』は、諸本によって本文の違いも多く、右に引用した部分も、テキストによって解釈の分かれるところではある。

中宮彰子には、父道長の意向もあったのだろうが、生まれたのが男皇子でもあっただけに、東宮候補として育て、将来の帝王として宮中文化の栄華を現出する必要があったし、『源氏物語』はその恰好の物語であるとの強い思いをもっていた。紫式部から教えを受けた白居易《はくきょい》の「楽府」にも、社会と「文」との大切さが説かれており、『源氏物語』は治世において歴史意識を確かにもつ重要性を説いた作品と認識していた。中宮彰子は産後の一一月という寒い時季ながら、書写を果たさなければとの意志により、早朝から女房たちに命じて作業を進め、紫式部は当然のことながら最前線に立って努力する必要があった。

つぎつぎと書写した料紙が返却され、女房たちはあわただしく製本へと向かわざるをえない。ところが、

　　よろしう書きかへたりしは、みなひき失ひて、心もとなき名をぞとりはべりけむかし。

と、紫式部の『源氏物語』の原本ともいうべき冊子は、すべてが返却されてくるわけでもない。道長と関係の深い、書に巧みな行成や公任などといった人々も書写を依頼されていたのだろうが、

求めに応じて書写したとはいえ、届けられたもとの冊子を、これは興味深い物語だと、手もとに残してしまう。このようにして、紫式部がせっかく書き換えて書写していた冊子は、人々の手に渡り、すべての冊子が戻ってきたわけではなかった。このままでは、それぞれの人の手から、断片的な物語が世に広まってしまう恐れもある。今でさえ、宮中を中心とする女房たちに読まれ、さまざまな批評を受けているのに、これ以上の不名誉な噂を立てられるのかと、紫式部は不安な思いもする。

五　物語の書写と製本作業

清少納言が中宮定子の前で、「世の中の腹立たしう、むつかしう、かた時あるべきここちもせで、ただ、いづちもいづちも行きもしなばや」と、腹が立ってむしゃくしゃし、少しの間もこの世にはいたくなく、ともかくどこにでもよいので行ってしまいたい、などと思っていても、

ただの紙のいと白うきよげなるに、よき筆、白き色紙、陸奥紙《みちのくがみ》など得つれば、こよなう慰みて、さはれ、かくてしばしも生きてありぬべかんめり、となむおぼゆる。（『枕草子』二六

二段）

と、心のほどを打ち明ける。ただ白い紙とすぐれた筆、白い色紙、陸奥紙などを手にすれば、この上なく心も慰み「ともかく、これでしばらくは生きていてもよいように思われる」というのだ。中宮定子が、「大したことでもないものに、心が慰められるのですね」というのは、もっともなことである。

長徳元年（九九五）に父道隆が亡くなり、翌年には兄の伊周などが流罪になる一方で道長の権力が増す現実に、中宮定子には厳しい宮中生活が訪れる。清少納言は同僚の女房たちから、道長に通じていると噂され、宮仕えもしづらくなって里に帰り、長く出仕もしなくなってしまった。そこに中宮から、「参れ」とのことばはないものの、先日の話を覚えていたようで、「めでたき紙二十を包みて賜はせたり」と、二〇枚の料紙であろうか、清少納言に送ってくる。それで心もなごみ「この紙を草子に作りなど持て騒ぐに、むつかしきこともまぎるるここちして」と、ほどなく中宮のもとに参上する。清少納言は、料紙を「草子に作りて」と、すぐに冊子本に仕立てているのだ。

これは今日のノートといってもよく、料紙をそのままにしておくのではなく、仮綴《かりとじ》の冊子に仕立て、日ごろの思いを書きつけていた。書き終えると、書き損じた料紙はとり除いて体裁を整え、本格的な冊子本として整本をし直す手順だったと思われる。

『源氏物語』梅枝巻にも明石姫君《あかしのひめぎみ》が入内するにあたって、光源氏は調度品を専門家に依頼し、書画などは、能書家とされる蛍兵部卿宮《ほたるひょうぶきょうのみや》や左《さ》衛門督《えもんのかみ》に求める場面がある。源氏側が用意するのは、「まだ書かぬ草子ども作り加へて、表紙、紐などいみじうせさせたまふ」と、何も書いていない白紙の冊子本を作り、立派な表紙や紐を用いて装丁したものである。ここまでになると、書写する者は、書き損じなどできず、届けられた冊子に緊張して筆を入れなければならなくなる。

さらに、

墨、筆、ならびなく選り出でて、例の所どころに、ただならぬ御消息あれば、人びとかたきことにおぼして、返さひ申したまふもあれば、まめやかに聞こえたまふ。(『源氏物語』梅枝)

と、「まだ書かぬ草子」とともに、墨や筆まで添え、源氏自らが手紙を書くという熱の入れようである。依頼された中には、「これはとてもむつかしいこと」と、名誉な仕事ながら、辞退する者も出るありさまであった。それを源氏は、引き受けて書写するようにと熱心に説得する。

『紫式部日記』は、古くから伝わる本文はなく、いずれも近世以降の写本しか残されておらず、しかも敦成親王誕生記は緊密な構成がなされているとはいえ、後半の記述になると年次不明とか順序が乱れた内容となり、本文には書写の誤りや意味不通の箇所もある。道長が筆、墨、硯を中

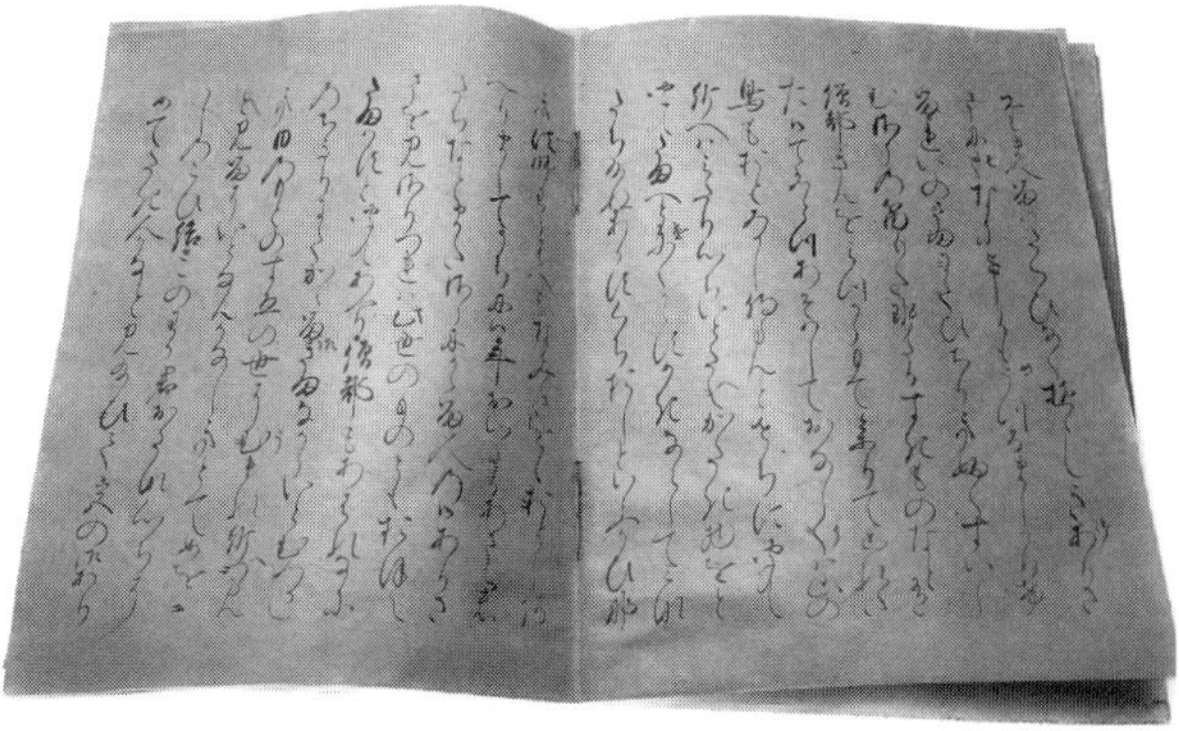

図10　『源氏物語』本文（著者架蔵、「若紫」巻）

宮彰子の部屋にもってきたというのも、書写をする者に渡すためで、料紙を送っただけで済ませ、筆写の用具はすべて自前でするというのではなかったのかもしれない。そうすると、均一の墨と筆によって冊子本は書写され、統一された揃い本ができあがってくる。

当時の写本は、列帖装《れっちょうそう》という製本の方法で仕上げられた。五枚の紙であれば半分に折り、中央の折り目を糸で綴じると、裏表で二〇ページ分となる。それを一束とし、二束以上重ね、表紙をつけて全体を糸で括る［図10］。半分に折った紙をすべて束ね、右端を糸で綴じる「袋綴じ本」もあるが、平安時代は一般的でなく、分量が多いと分厚くなり、開いて読むには不便である。

与えられた料紙に書写したものが戻ってくるだけでは、製本する上では都合が悪い。半分に折って書写したとしても、順序が乱れかねない。清少納言の『枕草子』や『源氏物語』にみるように、まだ書いていない列帖装の白紙ノートをあらかじめ作成し、その冊子本を渡して書写の依頼をするのが一般的な手順であった。書写する人によって一面の行数が不揃いにならないように、統一しておく必要がある。それには、本と同じ大きさの紙を細工して行数分切り抜き、空白部分に筆を入れるようにしたか、天地に糸を張って行分けにしたのかもしれない。書写者は、送られてきた『源氏物語』の原本を横に置いて見ながら、天地も揃えて、白紙の冊子本に同じ行数で写す必要がある。

中宮彰子の女房たちは、「かつは綴ぢあつめしたたむる」とあり、初めから完成した冊子本を作っていたのではなく、仮綴じ本を人々に渡し、返送されてくると本格的な装丁作業をしたのであろう。

六　盗まれた物語

紫式部は、『源氏物語』の大々的な書写作業の中心人物でもあるだけに、朝早くから中宮彰子の御前に参上し、一日中女房たちの手順を確認し、最終的な製本の段階も監視しなければならない。部屋を留守にしている間、局《つぼね》に、物語の本どもとりにやりて隠しおきたるを、御前にあるほどに、やをらおはしまいて、あさらせたまひて、みな内侍の督《かん》の殿〔妍子《けんし》〕にたてまつりたまひてけり。(『紫式部日記』)

と、道長が部屋に忍び入り、隠しておいた『源氏物語』を探し出し、すっかりもち去ってしまった。「とりにやりて」とあるので、紫式部は自分でも確かめなければと思い、家に人を遣わし、整理していた揃い本を、道長邸に運ばせていた。中宮の御前で作業をしながら、「はたしてこのような表現でよかったのか」「登場する人物は、中将だったのか、前の巻では大将であったように思うが」などと、気になると、確かめるために部屋に戻って確認をしていたのかもしれない。

紫式部の作業が一段落したとみて、道長はすべてをもちだし、中宮彰子の妹妍子に渡してしまった。当時一五歳だった妍子は、最も物語に心引かれる年齢であり、部分的にしか読んでおらず、評判になっているだけに、父親になんとかしてほしいと求めていたのかもしれない。二年後の寛弘七年(一〇一〇)に東宮の居貞《いやさだ》親王(即位して三条天皇となる)に入内し、のちに中宮になる。和歌を好み、勅撰集には八首入集し、女房にも歌人がいるなど、姉彰子に続いて宮中における文化サロンを形成することになる。

大々的な『源氏物語』の書写をすべて終えたところで、紫式部は数日の休みを得て里に下がる。なにげなく書き始めた自分の物語が、これほどまでに評判となり、ついには内裏献上本にまでなってしまい、いまさらながらとまどいを覚える紫式部であった。

こころみに、物語をとりて見れど、見しやうにもおぼえず、あさましく、あはれなりし人の語らひしあたりも、われをいかに面《おも》なく心浅きものとや思ひおとすらむと、おしはかるに、それさへいと恥づかしくて、えおとづれやらず。心にくからむと思ひたる人は、おほぞうにては、文や散らすらむなど、うたがはるべければ、いかでかはわが心のうちあるさまをも深うおしはからむと、ことわりにていとあいなければ、中絶《なかた》ゆとなけれど、おのづからかき絶ゆるもあまた。（『紫式部日記』）

かつて夢中になって書いた物語とはいえ、今では情熱が冷めたように興味も失われてしまい、手にしても感興をおぼえなくなってしまった。家にあるのは草稿本だとすると、妍子の手に渡った一揃い、中宮彰子のもとで書写のため人々に配布した作品と、『源氏物語』は紫式部の手元ですでに三種存在したことになり、さらに内裏に持ち込まれた一種も加わってくる。現代のようなコピーではないため、作者の紫式部とて、書写をくり返すたびに、多少の描写や表現の違いが生じてしまう。鎌倉時代になって本文の乱れがあったというのも、紫式部の原本そのものの違いが、転写によってさらに拡大したのかもしれない。

宮仕えに上がる前は、紫式部は書き終えた物語を親しい友人に見せて感想を求め、さらに励まされて若紫の成長と光源氏のかかわりを、夢の世界のように書き綴っていた。宮仕え後は、道長から強く慫慂《しょうよう》されてシリーズの物語のようになってしまい、ますます世間ではとやかく批評されてしまう。それでも紫式部は書きながら、いつの間にか女性の姿のありようや、政治に翻弄されながら運命に生きる光源氏を追い求め、自らの心のうちを登場人物に重ねてさらけ出し、ともに苦悩もしていった。内裏への献上本になると知り、驚愕しながらも、道長の命のもと書写作業に没頭してきた。終わってみると、紫式部には満足感ではなく、むしろ虚しさが沸々とする。すっかり自分の内面がさらけ出されたようで、恥ずかしく思うばかりであった。

「紫式部は、これほどまでに厚かましく浅薄な人だったのか」と、仲のよかった友人からは尊敬どころか、むしろ軽蔑されてしまうだろうと、推察するだけでも耐えられなくなってしまう。「今は家に帰ってきているので会いたい」などと、気軽に手紙も出せず、出したところで、これまでとは違って相手はつれない返事をするとか、無視されるかもしれない。そう思っただけでも、連絡などできなくなってしまう。

私を奥ゆかしく思ってくださる人でも、ありふれた消息が紫式部の手に渡ると、「このような内容だ」などと、すぐ人に見せるのではないかと疑われかねない。今の私の複雑な苦しい心の内など、とても深く汲み取ってくださりはしないであろう。これまで親しく話をし、文を通わせていた人々からも、紫式部は高慢で偉い人になってしまったと、かえって浮薄な人物として見なされるのではないかと、不安な思いが先に立つ。いくら悲しみの深い憂いを説明したところで、誰も理解はしてくれないであろう。相手が一方的に私を悪く考えたとしても、仕方のないことかもしれない。紫式部はそのような思いにつぎつぎととらわれ、想像すればするほどあじけなくなり、仲が途絶えたわけではないが、多くの人と自然に交流が途切れてしまう。

具体的に「あはれなりし人」や「心にくからむと思ひたる人」に、紫式部から手紙などを出したわけではなく、その前に結果を予想して連絡もできないのだ。紫式部は、一人で想像し、一人で悩み、孤独な寂寥感に陥っているといわざるを得ない。紫式部にとって、後はひたすら現世から逃避して仏道に入りたい思いであった。

中宮彰子が敦成親王と内裏へ還啓する前に、紫式部は暇を得て里に下がり、自分がますます評判になることに苦悩していたとすると、『源氏物語』をこれ以上とても書き続けることなどできないであろう。祝賀の品として書写した物語だけに、女三宮と柏木の密通事件、紫上の死による光源氏の苦悩、仏道の世界の横溢した「宇治十帖」は、そのころはまだ書かれていなかったと思われる。彼女は不安な精神をどのように克服したのであろうか。

『紫式部日記』は今日の日記のような個人的な内密な記録ではなく、公開が前提となって書かれていた。紫式部は、『源氏物語』が書写されるに至った事情を明らかにし、清少納言のように自慢したい思いで自分の物語を流布させたのではない、と世の人々への釈明のことばであった。紫式部は物語への自負はあっても、献上本となり、天皇の権威を得た作品になったのは、みずからの意思によってではない、との卑下する思いを前面に出して言い訳する。高慢にも知識をひけらかし、人を見下すような人間ではなく、あくまでも紫式部は謙虚で、仏道に精進したい思いをもつ存在だと主張したかった。

七　道長の贈り物

一一月一七日の夜九時ころ、中宮彰子は若宮を伴い、道長邸を出発して内裏への還啓となった。『御堂関白記』には「中宮、大内に参り給ふ。御輿《こし》。若宮、金造《こがねづくり》の御車。別当以下四位・五位、燭《あかり》を挙《あ》ぐ。抱き奉りて御車に候ずるは、母々、并びに御乳母。織部司《おりべつかさ》の下にて車より下り、内に着すこと、常のごとし」とし、『紫式部日記』には車に乗る女房は「三十余人」、それに「内裏《うち》の女房も十余人」とする。女房の乗る順番、誰と同車したかなど、これまた煩雑な手続きもあったのであろう。中宮彰子は宮の宣旨と輿《こし》に乗り、「母々」とする倫子（道長室）と、若宮を抱いた少輔の乳母とが同車した。

宮中の部屋に落ち着き、翌朝に中宮彰子の前に女房たちが集まり、贈り物の品々を広げてみる。

よべの御おくりもの、今朝ぞこまかに御覧ずる。御櫛《くし》の箱のうちの具どもいひつくし見やらむかたもなし。手箱一よろひ、かたつかたには、白き色紙つくりたる御冊子《さうし》ども、古今、後撰集、拾遺抄、その部どもは五帖につくりつつ、侍従の中納言と延幹《えんかん》と、おのおの冊子ひとつに四巻をあてつつ、書かせたまへり。表紙は羅《ら》、紐おなじ唐の組《くみ》、かけごの上に入れたり。下には能宣《よしのぶ》、元輔《もとすけ》やうの、いにしへいまの歌よみどもの家々の集書きたり。延幹と近澄《ちかずみ》の君と書きたるはさるものにて、これはただけ近うもてつかはせたまふべき、見知らぬものどもにしなさせたまへる、いまめかしうさまことなり。

道長から中宮へ贈られた品々、櫛の箱には髪を整える道具類の数々、手箱一対の一つには白い色紙に書写した冊子本、それは『古今和歌集』『後撰和歌集』『拾遺抄』を五冊仕立てにし、中納言藤原行成と延幹とに依頼し、一冊を四巻ずつにして書写させてある。表紙は薄絹、表紙にかける紐は同じ絹の唐組という豪華さである。箱は二段になっていて、これらは上の段に収め、下の段には身近に使用できるようにと、昔や今の、大中臣能宣《おおなかとみのよしのぶ》とか清原元輔《きよはらのもとすけ》といった歌人の家集が入れられていた。こちらは普段用なので、とりわけ能筆家の筆跡というわけでもなかった。一対となったもう一つの箱については触れられていないが、中は書写本ではなく、日常の調度品だったのだろう。

『古今和歌集』などの勅撰集の書写者は、行成と延幹の二人だったようで、三作品を五冊仕立てにし、それぞれは四帖にしたというので、冊数からすると一五帖か、あるいは二〇帖になるのか、いずれにしてもかなりの数量になる。道長は、いつこのような和歌集の書写の手配をしていたのであろうか。私家集も含めるとかなりの数になるため、『源氏物語』の書写は中宮彰子にまかせ、道長は別途早くから準備していたことになる。

『権記』の寛弘五年八月一五日の条に、

左府に詣づ。去ぬる月二十八日に給はる所の『後撰和歌集』を奉る。新たに書くなり。

とあり、行成は道長邸を訪れ、先月の二八日にいただいた『後撰和歌集』を差し上げたとする。「新たに書くなり」とするので、かねて依頼されていた『後撰和歌集』を書写したと知られ、底本に用いたのは道長の所持本であった。行成は、新写本を呈上するとともに、道長本も返却したのか、譲渡されたのかはわからない。若宮が誕生したのは九月一一日なので、道長はそれ以前から内裏還啓をみすえ、中宮への贈り物の準備をしていたと知られる。

もう一人の延幹は、大納言源清蔭《きよかげ》の孫で、能書家として知られた僧だった。寛弘八年（一〇一一）六月一三日に一条天皇は譲位（九日後に崩御、三二歳）し、東宮居貞親王が三条天皇として即位、翌年には妍子が中宮となる。中宮彰子の敦成親王が東宮となることによって、道長の栄華はますますきわまってくる。妍子が懐妊し、東宮大夫藤原斉信《ただのぶ》邸の大炊御門《おおいみかど》に下がっていたが、出産も間近になったこともあり、長和二年（一〇一三）四月一三日に、道長の土御門《つちみかど》邸に移ること

になった。斉信が、中宮への贈り物として準備した品々の中に、

村上の御時の日記を、大きなる冊子《さうし》四つに絵にかかせたまひて、ことばは佐理の兵部卿の女《むすめ》の君と、延幹君とに書かせたまひて、うるはしき筥一双《はこひとよろひ》にいれさせたまひて、さべき御手本など具して奉りたまひければ、宮はよろづのものにまさりてうれしくおぼしめされけり。

（『栄花物語』巻一一「つぼみ花」）

と、ここにも延幹の名がみえる。村上天皇時代の儀式や風俗などをまとめた日記が存在したのであろうか、斉信は大きな絵入の冊子四冊に仕立て、三蹟の一人とされる藤原佐理の女《むすめ》と延幹に詞書を書かせて差し上げたとする。漢文による日記を仮名にしたものか、妍子中宮は、ことのほか喜んだとあり、彼女の文化的な好みが知られる。

このほか、延幹は『権記』の寛弘八年八月一一日条に一条院の供養において『法華経』の分担書写者となっていることがみえ、源経頼《つねより》の日記『左経記』の寛仁四年（一〇二〇）一二月三〇日条には諸寺の別当の人事において「法隆寺、延幹」と記され、法隆寺の別当となっていることがわかる。

『紫式部日記』に戻ると、「延幹と近澄の君と書きたるはさるものにて」と、『古今和歌集』以下の延幹らの書写した本の豪華さはいうまでもないが、私家集もそれなりにすぐれているとする。

行成と延幹の二人であったはずが、後段では「延幹と近澄の君」となっており、「近澄」は「侍従」とか「行成」の誤写ではないかとされる。「近澄」の名は、当時の記録にみいだすが、同一かどうか判断はできない。

八　「日本紀の御局」

中宮彰子の内裏還啓にともない、道長が用意した贈り物は和歌集であり、紫式部の物語の『源氏物語』と対《つい》をなしていた。和歌の聖典ともいうべき『古今和歌集』と、一個人の書いた『源氏物語』が対等に扱われ、ますます紫式部としては面はゆい思いもしたことであろう。紫式部が、中宮とともに宮中入りし、再びかつてのような生活に戻った寛弘六年（一〇〇九）になってのことであろうか、

左衛門の内侍といふ人はべり。あやしうすずろによからず思ひけるも、え知りはべらぬ、心うきしりうごとの、おほう聞こえはべりし。内《うち》の上の、源氏の物語人に読ませたまひつつ聞こしめしけるに、「この人は日本紀をこそ読みたまふべけれ。まことに才《ざえ》あるべし」との

たまはせけるを、ふと推しはかりに、「いみじうなむ才ある」と、殿上人などに言ひ散らして、日本紀の御局《みつぼね》とぞつけたりける、いとをかしくぞはべる。このふる里の女の前にてだにつつみはべるものを、さる所にて才さかし出ではべらむよ。（『紫式部日記』）

と、左衛門の内侍のことばが耳に入る。「変なことだが、私をむやみに不快に思っていたようで、まったく心あたりのない悪口を、あれこれといっているのが数々と聞こえてきた」とする。一条天皇に近侍する女房なのであろう、『源氏物語』を読ませてお聞きになりながら、「この物語を書いた人は、日本の歴史をよく読んでいるようだ。まことに漢学の学識がある方だ」とおっしゃったのを、当て推量に「紫式部は、とても学識がある」と、殿上人などにいいふらし、私を「日本紀の御局」とあだ名をつけて呼んでいた。「とてもおかしなことで、私は実家の女房たちの前でさえ、慎んで表面に出さないようにしているのに、まして宮中などで自分の学識をひけらかすことがありましょうか」と、紫式部は腹立たしい思いであった。

『更級日記』の菅原孝標女が、「源氏の五十余巻」を手に入れ、「昼は日ぐらし、夜は目のさめたるかぎり」読み耽ったとするのは、音読か黙読かはともかく、書写によってしか本が流通しない時代にあっては、まれな例なのであろう。『源氏物語』には、中君が妹の浮舟《うきふね》を慰めようと「絵など取りいでさせて、右近に詞《ことば》読ませて見たまふ」（東屋）とする場面がある。上流社会における絵物語などは、女房が詞書を読み、姫君は絵を見るという、いわば紙芝居的な享受が実態だったようだ。『源氏物語』は絵巻ではないため、女房が物語を語るように読み、天皇が聞くという方法がとられた。女房集団においても、誰か一人が本文を読み、他の者は聞きながら感想も述べるといったスタイルであったろう。それだけに、読み手は人々が聞き入るような、独特の語りを必要とした。

一条天皇自身も和漢の学殖が深く、『源氏物語』を聞きながら、物語の背景に流れる歴史観を読み取り、作者の書きぶりに称賛の感想が漏れ出たのであろう。それを聞きかじった左衛門の内侍が、日ごろから憎らしくも思っていたのか、紫式部は「いみじうなむ才《ざえ》ある」と、悪意をにじませて、人々に吹聴してまわったというのだ。「才」は、とくに漢学・漢詩文の学識を指し、日本の『日本書紀』以下の国の歴史は漢文で書かれていることから、作者はそのような歴史書をよく読みこなして物語を書いているといったのである。紫式部には、出仕した当初から、物語の作者という評判により、さまざまな毀誉褒貶《きよほうへん》を浴び、口惜しい思いもしてきた。

紫式部の仕える中宮彰子のもとには、道長の方針もあり、才能のある女性たちが数多く集められていた。『紫式部日記』によれば心を許しあう女房もいたであろうし、反発する者もいたはずである。道長から、具平親王と縁の深い者とする扱いであり、『源氏物語』は一条天皇にまで読まれるという、権威のある作品になっただけに、何かと妬まれる立場にあり、身の置き所がなかった。

当時の物語や女性たちの日記は、どのようにして人々が読むようになったのか、流布の実態は不明である。そのような中にあって『源氏物語』だけは明確で、語りを聞く形態であった。一条天皇は感想を述べ評価までしている。『源氏物語』ははじめから道長や中宮彰子とかかわりをもち、きわめて上流の宮中社会から広まった物語で、いわば文学史上、稀有な存在だったといえる。

九　清少納言への批判

女房の中でも、紫式部は年上の赤染衛門《あかぞめえもん》を尊敬していたようで、『紫式部日記』には、「まことにゆゑゆゑし」と品のある趣深さだとし、歌を詠み散らすようなことはしないが、「恥づかしき口つき」、こちらが恥ずかしくなるほどすばらしい歌詠みだ、と評する。『栄花物語』の前半の作者ともされ、『紫式部日記』の敦成《あつひら》親王誕生の記事などは、そのまま取り込むなど、関係もよかったのであろう。

和泉式部が中宮彰子の女房になったのは、赤染衛門の紹介によるのかもしれない。和泉式部は恋多き女性として、早くから世間では浮名を流していた。冷泉天皇皇子で、三条天皇弟の為尊《ためたか》親王と恋仲になり、親王は長保四年（一〇〇二）六月に疫病により二六歳の若さで亡くなってしまう。一年後には、さらに弟の敦道《あつみち》親王と親密になり、親王邸の南院に入っての生活となる。それも長く続かず、寛弘四年（一〇〇七）一〇月に親王が二七歳で亡くなり、和泉式部は宮邸を離れることになる。父は大江雅致《まさむね》で、赤染衛門は雅致の兄弟の大江匡衡《まさひら》と結婚しているので、同じ大江氏として関係が近いのであろう、『赤染衛門集』にも『和泉式部集』にも二人の親密な交流の歌が残される。敦道親王との死別後、寛弘五年か六年ころに、中宮彰子の女房となり、紫式部と同僚となる。

紫式部は和泉式部と文を交わす仲となったようだが、「けしからぬかたこそあれ」と、書くものは軽薄で、ことばの背景には彼女の醜聞も込められているのか、尊敬すべき女性ではないとした。赤染衛門と違って歌を詠み散らし、趣向を凝らした点も見受けられるが、和歌の本格的な知識はなく、「恥づかしげの歌詠みとはおぼえはべらず」と、すぐれた歌人でもないとする。同僚の女房だけではなく、外部の女房についても言及していくのは、紫式部とはあまりにも違った存在だけに、口をつぐむわけにはいかなかったのであろうか。

清少納言こそ、したり顔にいみじうはべりける人。さばかりさかしだち、真名《まな》書きちらしてはべるほども、よく見れば、まだいとたへぬこと多かり。かく人に異ならむと思ひこのめる人は、かならず見劣りし、行く末うたてのみはべれば、艶《えん》になりぬる人は、いとすごうすずろなるをりも、もののあはれにすすみ、をかしきことも見すぐさぬほどに、おのづからさるまじくあだなるさまにもなるにはべるべし。そのあだになりぬる人の果て、いかでかはよくはべらむ。（『紫式部日記』）

清少納言に対するあまりにも辛辣なことばで、有名な一節だが、なぜこれほどまでに追及しなくてはならなかったのか、奇異な感じさえする。「清少納言ほど、いかにも得意顔をし、これほどあわれな方はいない」と、書き始めから全面否定をする。

あれほどかしこぶり、自分はいかにも何でも知っているかのように、漢字を書き散らしているが、書いたものをよくみると、まだまだ不足な点が多いことです。このように、自分は人と違ってすぐれているのだと思い、それを得意がっている人は、必ず見劣りがするもので、将来は悪くなるばかりです。風流気取りがすっかり身についてしまった人は、まったく何でもないときでさえ、いかにも情趣があるふりをしてしまう。何かすこしでも興趣のあることは、見逃さないようにしているうちに、人としてありえない、誠実さに欠けてくるものです。その軽薄になってしまった人の行く末は、どうしてよいことがありましょうか。

紫式部の清少納言に対する評価は異常といってもよく、すでに五、六年前に清少納言は宮仕えをやめているため、現実に対面したことはなく、それでも執拗に厳しいことばを連ねる。紫式部はもっぱら『枕草子』と女房からの話が情報源であったはずで、直接交流したことのない彼女に対し、感情的とまで思われるような口吻《こうふん》で批評する。

『枕草子』の「山は」とか「海は」とか、「すさまじきもの」「あはれなるもの」などとして並べる知見は、紫式部には浅薄な内容にしかすぎないと映る。中宮定子が、「少納言よ、香爐峰《かうろほう》の雪、いかならむ」と尋ねると、『白氏文集』の詩を誰しも思い浮かべ、「簾《すだれ》を撥《かか》げて看《み》る」と素直に答えればよいものを、いかにも漢詩を知っていると言わんばかりに、格子戸を上げさせ、「御簾《みす》を高く上げ」るという行動で示す。「一といふ文字」でさえも、人前では知らないふりをする紫式部にとって、清少納言のふるまいには我慢ができなかった。『枕草子』が、過去の栄華を表現した書として、広く女房たちに読まれていた証左でもあろう。

紫式部の激しい口ぶりからすると、『枕草子』をかなり読み込み、むき出しの対抗心を燃やしていたと思われる。道長から宮仕えを求められた折、中宮彰子を、かつてはなやかだった定子文化サロン以上にし、具体的に清少納言をもちだし、匹敵する働きをするように厳命されたのではないかと思う。紫式部は必要以上のライバル意識を植え付けられ、その向かうところが『源氏物語』の執筆であり、中宮彰子の姿を描く『紫式部日記』であった。

定子が長保二年（一〇〇〇）一二月に崩御した後、女房たちは新しい出仕先を求めた者もいただろうが、清少納言はすっかり退隠してしまった。『公任集』によると、

清少納言が月の輪に帰り住むころ

ありつつも雲間にすめる月のをはいくよながめて行き帰るらん

とあり、「月は空の雲間にあって澄み、照りかがやいているように、雲の上の宮中で過ごしてきた私は、その月をながめて月の輪に住みながら、かつてはどれほどしばしば行き来したことでしょう」と、月の輪（京都の東山）に住んでいたと知られる。今では月の輪から宮中へ出かけることもなく、はなやかだった定子後宮で過ごした日々を懐かしんでもいるのだ。

『赤染衛門集』には、「元輔がむかし住みける家の傍らに、清少納言住みしころ、雪のいみじく降りて、隔ての垣もなく倒れて、みわたされしに」とし、赤染衛門の、

跡もなく雪ふるさとのあれたるをいづれ昔の垣根とかみる

とする歌がある。月の輪と同じ場所かどうか不明だが、清少納言の晩年の姿を見る思いがする。

さらに『清少納言集』には、

年老いて人にも知られで籠りゐたるを、尋ねいでたれば

訪ふ人にありとはえこそ言ひいでね我やは我とおどろかれつつ
山のあなたなる月を見て

月みれば老いぬる身こそ悲しけれつひには山のはに隠れつつ

と、晩年と思われる歌が残される。いつごろなのか「すっかり年を取り、誰にも知られることなく籠るように住んでいたのに、昔の知り合いが尋ねてやってきたので」とし、訪れて来た人に、私はここに住んでいるとはとても言い出しかねる、自分ながら、これが私なのだろうかと、すっかり年老いた姿に驚きながら過ごしている。

という。月の輪か、別の場所かはわからないが、宮中でのはなやかな清少納言のイメージはすっかりなくなり、年老いてひっそりと過ごしていたようだ。訪れた人に「私が清少納言ですよ」とは、とてもいえないほど、自分の姿は変わってしまったという。

「山のあなたにある月を見て」と、西に沈む月なのであろう、

月を見ていると、年老いた我が身が悲しくなってくる。ついには、月が山の端に沈んで見えなくなるように、自分の命も終わることだから。

と、なんとも無残な晩年の姿としかいいようがない。『枕草子』に見る、定子の文化サロンを牽

引し、生き生きと振るまっていた清少納言像からはほど遠い。紫式部は、ここまでみすえての発言ではなく、道隆一族の衰亡を嘆き、今いる月の輪から雲の上の生活を懐かしみながら、人との交流も絶って過ごしているのを知り「そのあだになりぬる人の果て、いかでかはよくはべらむ」といったのであろう。紫式部のことばと、清少納言がいう現実の老後の姿から、のちに清少納言が零落して各地を流浪したという説話が生まれてくる。

一〇　大斎院選子と中宮彰子の文化サロン

清少納言が大斎院からの文が届いたと聞くと、「ふとめでたうおぼえて」と感想をもったように、大斎院選子の評判は、女房も含めて風雅な集団と世の中ではみられていた。紫式部は、果たして本当なのかと思い、斎院の中将という女房が、人のもとに書き送った文を見る機会があったとして、その内容を暴露する。

いとこそ艶《えん》に、われのみ世にはもののゆゑ知り、心深き、たぐひはあらじ、すべて世の人は心も肝《きも》もなきやうに思ひてはべるべかめる。(『紫式部日記』)

紫式部からすると、自意識過剰というほかはなく、風流ぶりもはなはだしく、「斎院に仕える自分だけが世の物事に通じ、深く考える者はほかにいるはずがない」といわんばかりである。それに、「自分以外の世の人は、まるで思慮などないようだ」などと思いあがった内容だとも断ずる。

あまりにもうぬぼれの強いのに、紫式部は驚きの思いをする。さらに、

文書きにもあれ、歌などのをかしからむは、わが院よりほかに、誰か見知りたまふ人のあらむ。（同前）

と、「手紙の書き方にしても、歌などのすばらしさにおいても、わが大斎院よりほかにそのような所はなく、それを見分けることができる識者などこの世にいるでしょうか」と、斎院サロンの自慢をする。

定子サロンが存在したころは、大斎院方も敬意を示していたのだろうが、現在では別のグループとして中宮彰子の女房たちがいるはずである。それをまったく無視し、「自分たちだけが風情を解し、ほかにそのような女房たちはいない」と主張するのである。紫式部としては、中宮彰子サロンを軽視するような言動を見過ごすわけにはいかない。定子には世間でも評判になった清少

納言がいたにしても、中宮彰子のもとにもそれに負けない女房が数多くいる。中宮サロンの評判を高めるのが、道長から紫式部に課せられたテーマでもあった。

紫式部は、

ただいとをかしう、よしよししうはおはすべかめるところのやうなり。さぶらふ人をくらべていどまむには、この見たまふるわたりの人に、かならずしも彼はまさらじを。

と大斎院を含め女房たちを風情のある集団とは認める。「ともかくおもむき深く、風流な生活をしている場所のようではある。そうかといって、仕えている人を比較し、その優劣を競ってみると、私たちの女房よりも、あちらが必ずしも勝さっているとはいえない」と、中宮彰子の女房が斎院の女房に劣っているわけではないと敵愾心《てきがいしん》をあらわにする。「かならずしも彼はまさらじを」と、こちらのほうが断然すぐれているとまでいえないのは、世評における大斎院の評価は否定しきれないためでもあった。

ただ、現状のままで対比するには、中宮方に下駄をはかせる必要があるとの考えである。第一に大斎院は、日常的な煩雑さがない。中宮彰子はといえば、天皇のもとに参上しなければならないし、道長がおいでになり、泊まるような場合には、女房たちも落ち着くことができない。雑事に追われることのない斎院方は、自然に風情を好むしかなく、魅惑のある歌を詠もうと思えば集中でき、軽薄な作など生まれるはずがない。置かれた環境が違うだけに、単純に両者の女房を比較し優劣を競えば、こちらは不利になってしまう。それでも、現状は負けていないと自説を強調して展開する。

中宮彰子も少しずつ成長なさり、今では世の中のあるべき姿、人の心の善悪、過度なことも不足なことも、すべて分別なさっている。殿上人も中宮彰子の御所にすっかり慣れ、とくにきわだって風情があるとは思っていないようだ。中宮は女房たちにもう少し積極的に応対をしてほしいと望んでいるようだが、女房は身分の高い姫君が多いため、男君に対して控えめにふるまい、ことば不足になるとか、魅力ある返答もできないなど、どうしてもまじめすぎる女房集団となってしまう。すでに触れたように、紫式部が親しくした女房の小少将《こしょうしょう》の君や大納言の君は、道長室倫《りん》子《し》の姪であり、宰相の君は道長の兄道綱《みちつな》の娘であるなど、身分の高い出自であった。

中宮に用向きがあって訪れる殿上人も、身分の低い女房とは話をしたくないとの思いで、上臈《じょうろう》の女房が休みであったり、都合がつかなかったりすると、そのまま帰ってしまうこともある。中宮に申し上げるにも、公達はお気に入りの女房を通じてしか話をしないため、相手が留守にしているとがっかりしてしまう。そうすると、どうしても中宮彰子の女房たちは消極的で控えめだ、との世の評価につながってしまう。

大斎院の女房たちはそうではなく、一人一人の女房が風流好みで、会話のささいなことでも、すぐに歌や漢詩と関連づけて返事をするため、むしろ男君のほうがたじろいでしまう。それだけ話題にされやすく、大斎院方はおくゆかしくて優雅な場所だという評判になるのだと、紫式部は分析する。

大斎院の女房たちは、中宮彰子方を軽蔑しているに違いないが、「わがかたの、見どころあり、ほかの人は目も見知らじ」と、「こちらに見どころがあっても、ほかの人の目からは、すばらしさがわからないだけだ」と釈明する。

これほどまでに紫式部が斎院方にむきになって長々と述べるのも、外に向かって中宮彰子の存在感を高めようとの思いがあっての発信といえる。清少納言がいた定子サロンにも、大斎院の女房集団にも、わがほうはけっして引けをとらないとする。『紫式部日記』は人々に読まれることを前提にしているだけに、世の人が想像している以上に自分たちは高度な文化集団であると主張したく、それはまた道長の願いでもあった。

一二章　その後の紫式部

和暦	西暦	天皇	関白	紫式部の年齢(推定)	藤原道長の年齢	できごと
寛弘八年	一〇一一	一条／三条	—	四二歳	四六歳	二月一日、為時（六五歳か）、越後守として惟規とともに任地に赴く。惟規、同地で没。 六月一三日、一条天皇退位、同月一九日出家。 六月二二日、一条院崩御（三二歳）、直前に彰子（二四歳）へ歌を遺す。居貞親王（三六歳、三条天皇）即位、敦成親王（四歳）立太子。 七月八日、一条院葬送。 八月一一日、一条院の四十九日の法要。 一〇月一六日、中宮彰子は一条院御所から枇杷殿へ移御。
長和元年	一〇一二	三条	—	四三歳	四七歳	二月、妍子（一九歳）は三条天皇（三七歳）の中宮となる。
同五年	一〇一六	三条／後一条	(摂政)藤原道長	四七歳	五一歳	正月二九日、三条天皇（四一歳）譲位。東宮敦成親王が即位（九歳、後一条天皇）。敦良親王（八歳）立太子。
寛仁元年	一〇一七	後一条	(摂政)藤原道長／藤原頼通	四八歳	五二歳	五月一日、為時（七〇歳か）は越後守を辞任し、その後三井寺で出家。 五月九日、三条院崩御（四二歳）。

同四年	一〇二〇		藤原頼通	五一歳	五五歳	九月一一日、藤原実資（六四歳）の日記に紫式部と思われる「女房」の最後の記述。こののち紫式部は亡くなったか。
治安元年	一〇二一				五六歳	菅原孝標女、「源氏物語五十余巻」を読む。
万寿四年	一〇二七		藤原頼通		六二歳	九月一四日、皇太后宮妍子崩御（三四歳）。一二月四日、道長没（六二歳）。同日に行成没（五六歳）。
長元九年	一〇三六	後一条／後朱雀	藤原頼通			四月一七日、後一条天皇崩御（二九歳）、敦良親王即位（二八歳、後朱雀天皇）。
寛徳二年	一〇四五	後朱雀／後冷泉	藤原頼通			正月一八日、後朱雀天皇崩御（三七歳）。
永承元年	一〇四六					正月一八日、実資没（九〇歳）。
承保元年	一〇七四	白河	藤原教通			一〇月三日、上東門院彰子崩御（八七歳）。

一　一条天皇臨終の歌

一条天皇が退位したのは、寛弘八年（一〇一一）六月一三日、「所労甚《た》へ難《がた》き」（『権記』）という状態で、病気も悪くなっていたようだ。道長は一条天皇に今の地位にとどまるよう強く慰留したものの、病状は悪化をたどり、やむをえない判断となる。東宮居貞親王が即位し（三条天皇）、中宮彰子を母とする敦成《あつひら》親王が東宮位に就く。道長の孫にあたるだけに、このようなときの訪れを待ち望んでいたことではあろう。

一条天皇は六月一九日に、「院の御悩、甚だ重き由」（『権記』）によって出家するが、道長の日記によると、「御出家の後、御悩、頗《すこぶ》る宜《よろ》し。是れ奇しく見奉る」（『御堂関白記』）と、仏の功徳によるのか、著しく快方の状態になったという。だが、翌日には「院より人、走り来たり。御悩重き由を告げ来たる。驚きながら馳《は》せ参る。御悩、重く御座《おはしま》す」(同)と、急変の知らせにより、道長が驚いて駆けつけると、まさに重篤の容態だった。

二一日に藤原行成は一条院御所にうかがうと、一条院は「漿《しょう》」(おもゆ)を口にし、「もっともうれし」という(『権記』寛弘八年六月二一日条、以下、同日条)。さらに近くに寄るようにと命じ、「此《こ》れは生くるか」(自分はまだ命が続くのか)と述べ、「亥剋《いのこく》ばかり」(午後一一時ころ)にはしばらく起きて、

露の身の風の宿りに君を置きて塵を出でぬることぞ悲しき

(露のようなはかないわが身は、風が吹く宿りにいたにすぎないが、その風の吹く中にあなたを残して、塵の世から遠く離れてしまうのは悲しいこと)

と歌を詠む。行成はこれを聞き、「其の御志、皇后(彰子)に寄するに在り。但し指《さ》して其の意を知り難《がた》し。時に近侍せる公卿・侍臣、男女道俗の之《これ》を聞く者、之が為に涙を流さざるは莫《な》し」と、「皇后彰子を残してこの世からいなくなるのは悲しい」との思いなのだろうが、真意は知りがたいとする。聞いていたのは行成一人だけではなく、その場にいた人々は耳にしたようで、語句に一部の違いはあるが、『御堂関白記』にも記され、そこでも「見奉る人々、流泣、雨のごとし」とする。彰子も几帳を隔てて控えていたとするので、同じく涙を流して悲しんでいたことで

あろう。

行成は前日から御所で詰めていたのか、二二日も床下で控えていると、

御悩、危急に依りて、心中、竊《ひそ》かに弥陀仏、極楽に廻向《ゑかう》し奉るを念じ奉る。上皇、時々、又、念仏す。〔中略〕辰剋《たつのこく》、臨終の御気有り。仍《よ》りて左大臣、右大臣以下に示し、皆、殿を下《さが》らしむ。暫くして、「蘇生せしめ給ふ」と云々。即ち諸卿等参上す。午剋《うまのこく》、上皇の気色絶ゆ。(『権記』寛弘八年六月二二日条)

と、逼迫《ひっぱく》した病状から、もはや最期を迎えたと、行成は心の内で密かに阿弥陀仏に極楽浄土への導きを祈念する。それでも一条上皇はときに唇を動かしている。ひたすら経典を唱え続けているのであろうと行成はいう。

辰の刻(午前八時ころ)には臨終の気配で、左大臣道長、右大臣藤原顕光《ふじわらのあきみつ》以下の殿上人《てんじょうびと》に、死の穢《けが》れに触れないために部屋から下がるように求める。人々は夜通し御所で待機し、朝を迎えたのであろう。しばらくすると、「息を吹き返しなさった」というので、すぐさま人々は参上する。道長だがそれも昼の午の刻(昼の一二時ころ)には、「気色絶ゆ」と、ついに命は絶えてしまう。道長の日記には「巳《み》時、崩じ給ふ」(『御堂関白記』)と一、二時間早かったとするが、このあたりは再び蘇《よみがえ》るかと、緊張してひたすら待ち続けていた願いが感じられる。

『古事談』巻三でも、「崩御」した後、僧たちの必死の祈禱により「漸《やうや》く蘇息す」とし、「露の身の」の歌は中宮彰子に聞かせるためだったとする。死を前にしての遺言のような歌は、また異って伝承されたようで、『新古今和歌集』には、

例ならぬこと重くなりて、御髪《みぐし》おろしたまひける日、上東門院、中宮と申しける時つかはしける　一条院御歌

秋風の露のやどりに君をおきて塵をいでぬることぞ悲しき（巻八、哀傷）

として入集される。一条天皇は病状が重くなって出家した日に、中宮彰子に直接歌を詠んだことになっている。先にみたように、記録では直接詠みかけたのではなく、あえぐように口から漏れ出た歌だったとする。行成は、「皇后に寄するに在り」と解しながらも、一条院の「其の意を知り難し」とするのは、何を意味していたのかはわからない。『源氏物語』の賢木巻で、源氏が紫上に遣わした歌に、「あさぢふの露のやどりに君をおきてよもの嵐ぞしづ心なき」があり、類似した表現が用いられていることだけ、ここには記しておきたい。『栄花物語』では、

中宮もののあはれもいつかは知らせたまはん、これこそはじめにおぼしめすらめ、参らせたまひしほど、いみじう若くおはしましに、かくての後十二三年にならせたまひぬるに、

また並びきこえさする人なくて、明け暮れよろづに馴れきこえさせたまひけるに、にはかなるやうなる御有様を、いかでかはおろかにはおぼしめされん、よろづにことわりと見えさせたまふ。（『栄花物語』巻九「岩蔭」）

と、彰子の尋常でない悲痛な思いは当然であったとする。「中宮はこの世の悲哀をいつ経験なさったことがあろうか、この一条院との別れが初めてのこと」と述べる。彰子にとってこれまでの生活からは考えられないことであった。

入内したのは一二歳の若さ、初めの年こそ皇后定子がいたとはいえ、翌年からは肩を並べる女性もいないまま一二、三年が過ぎ、敦成・敦良という二人の男皇子にも恵まれ、世の敬意も受けて幸せな中宮として過ごしてきた。世の無常をひしひしと覚えた彰子は、この年二四歳であった。

二　悲嘆に沈む彰子

一条院の崩御に伴い、すぐさま葬送の次第をはじめ、過去の例にならって諸事が詳細に定められる。『権記』などの記録によると、棺や輿《こし》を造り始める時刻から、「焼香の事」、葬送の車の前後を隠す白い布の「行障《こうしょう》」、「黄幡《おうばん》」という黄色い旗、「炬火《きょか》」（かがり火）、僧の手配から袈裟、経典、布施に至るまで、すべてに担当する者の名前が記される。
葬送の日は七月八日、亡骸を運ぶ輿は、二〇人の僧が先導し、大勢の殿上人が従い、一条大路から大宮通りを北に向かい、山稜の岩蔭では一五人の諸大夫が迎え火を手にして待ち受け、そこで荼毘《だび》に付され、終えたのは夜中の一一時ごろであった。

かくて八日の夕《ゆふべ》、岩蔭といふ所へおはします。儀式ありさまめづらかなるまで装ほしきに、さはこれこそは際《きは》の御有様なりけれと、見物《みもの》に人思へり。殿の御前〔道長〕をはじめたてまつりて、いづれの上達部、殿上人かは残り仕うまつらぬはあらん。（『栄花物語』巻九「いはかげ」）

いかめしく壮麗な儀式で、一条天皇の最期の姿に人々は目を引き付けられる思いだった。道長をはじめとする上達部、殿上人で参列しない人はいなかったほどだとする。女性は葬儀に出向けないだけに、中宮彰子のもとでは、紫式部をはじめとして女房たちが悲しみに暮れながら一条院御所にとどまるしかない。
「四十九日の法要」の正日《しょうにち》は八月一一日、一条天皇存命の折からの願いだった銀の観音像、法華経、中宮彰子の御願の「寿命経」が供養として供えられる。一条院御所の御座所は、そのままに

していたが、この日からは仏壇として祈りの場所に変わる。『栄花物語』には、

御前の撫子《なでしこ》を人の折りて持てまゐりたるを、宮の御前〔彰子〕の御硯瓶《すずりがめ》にささせたまへるを、東宮〔敦成親王〕とり散らさせたまへば、宮の御前、

見るままに露ぞこぼるるおくれにし心も知らぬ撫子の花

月のいみじう明きに、おはしましし所の、けざやかに見ゆれば、宮の御前、

影だにもとまらざりける雲の上を玉の台《うてな》と誰かいひけむ

はかなう御忌も過ぎて、御法事一条院にてせさせたまふ。そのほどの御有様、さらなることなれば書き続けず。宮々の御有様いみじうあはれなり。

御忌果てて、宮には枇杷殿《びはどの》へ渡らせたまふをり、藤式部、

ありし世は夢に見なして涙さへとまらぬ宿ぞ悲しかりける（巻九「いはかげ」）

と、日常的な風景とともに、悲しみの思いに沈む中宮の姿が描かれる。

女房なのであろう、庭の撫子を手折って献上すると、中宮彰子は硯の水を入れる壺に活けさせる。まだ四歳の東宮敦成親王は、意味もわからないだけに、花を遊びのようにして取り散らす。

見ている目の前で露が落ち散るように、飾った花も取り散らされ、私は今さらのように悲し

みで涙がこぼれ落ちてしまう。父と死別した撫子のような幼子は、私の心も知らないでいるにつけて。

中宮は悲しみにふけるものの、目の前で無心に遊ぶ子供の姿に、死と生との複雑な思いもしたことであろう。

月がとても明るい夜、一条院の御座所があった仏間にまで明かりが差し込み、夜ながらはっきりと見えるので、中宮彰子は、

院の姿さえもとどまっていない宮中（雲の上）なのに、玉で飾った御殿と誰がいったのでしょうか。

と、追慕の思いを深くする。目の前は玉殿のように照り輝いているものの、そこにはかつて座していた院の姿はもはやない。玄宗《げんそう》皇帝は反乱がおさまって宮中にもどっても、楊貴妃《ようきひ》がいないのを悲しく思ったと語る『長恨歌《ちょうごんか》』の場面を中宮は思い浮かべていたのかもしれない。

七日ごとの法事も、かつての御所だった一条院で催されたが、それもあっけなく終わってしまった。その盛大さは、今さらの思いがするので、書き続けることはしないと、『栄花物語』の作者は語りかける。中宮定子の忘れ形見の脩子《しゅうし》内親王（一六歳）、敦康親王（一三歳）、媄子《びし》内親王

（一二歳）などは、両親を失ってしまい、いたわしい限りである。
法要の後、中宮彰子は一条院から枇杷《びわ》殿へ移ることになった。『権記』の寛弘八年一〇月一六日の条には、

此の夜、戌剋《いぬのこく》、東宮、一条院より凝華舎《ぎようくわしや》に遷御《せんぎよ》す。出車を奉る。丑剋《うしのこく》、中宮、同院の東別納十五日の夜、方を違へんが為、遽《には》かに此の処に御す。より枇杷殿に遷御す。

と記すように、東宮は午後八時ころに宮中の凝華舎（梅壺）へ、中宮は午前二時ころに枇杷殿に遷御したとする。枇杷殿はかつて一条天皇の御所としても用いていた。『御堂関白記』にも、時間は異なるものの、

亥時、東宮、凝華舎に御《おはしま》す。子時《ねのとき》、中宮、批把殿に渡り給ふ。

とあり、前日に方違《かたたが》えのため別の建物に移り、そこから出立したとする。法事が終わっても、これまで過ごしてきた一条院に滞在していたようである。
紫式部も中宮彰子にずっと仕えていたようで、枇杷殿に移るにあたって、藤式部（紫式部の正式な女房名）は、

一条院がお過ごしになっていた世は夢のようで、悲しみで涙が止まらないだけではなく、この御殿からも離れて行くのは悲しいことです。

と、住み慣れた一条院を後にする心中を察しての歌を詠む。これらによって紫式部は、中宮彰子の身近に仕えた女房の一人であったことが知られる。

三　道長と彰子

寛弘八年六月、一条天皇の出家崩御後、三六歳の居貞《いやさだ》親王が即位し（三条天皇）、彰子を母にもつ四歳の敦成親王が東宮となる。道長次女の妍子は、長和元年（一〇一二）二月に中宮となり、翌年七月六日に禎子《ていし》内親王の誕生となる。『小右記』には、

相府〔道長〕、已《すで》に卿相・宮の殿人等に見え給はず。悦ばざる気色《けしき》、甚だ露《あら》はなりと。女を産《う》ましめ給ふに依るか。天の為す所、人事、何と為《せ》ん。

とあり、道長は男皇子の誕生を期待していたが、女皇子だったせいなのか、駆けつけた殿上人たちに会わず、喜ぶ気配が少しもなかったと記す。さらに、生まれる子の男女の別は「天のなすところ」で、人の力には及ばないこととする。九日にも、藤原実資《さねすけ》は「左相国《さしょうこく》〔道長〕、なほ悦《よろこ》ばざる気《け》有り」と、孫の誕生ながら、人にもわかるほどのあからさまな落胆ぶりであったと記す。姉の中宮彰子の敦成親王誕生のときの喜びとは、大きな違いである。

三条天皇は、その後眼病に悩まされ、道長が譲位を迫ったともされるが、長和五年（一〇一六）正月に退位し、翌年四月二九日に出家、ほどなく五月九日に四二歳で崩御する。九歳の東宮敦成親王が即位（後一条天皇）、幼いということもあり、道長が摂政として権力を掌中に収めていく。次の東宮について、皇后彰子は敦康親王（母は定子）を願ったものの、政治的情勢から三条天皇第一皇子の敦明親王となるが、さまざまな圧力があって辞退し、道長の狙い通りなのか、敦良親王に決まる。

後一条天皇には、道長女《むすめ》で九歳年上の威子《いし》が入内して中宮となり、章子《しょうし》内親王、馨子《けいし》内親王も生まれ、仲睦まじく過ごしていた。後一条天皇は「内には水きこしめし、面痩せたまふなどぞ、人々申すめる」と、糖尿病かとされる「飲水病」を患い、長元九年（一〇三六）四月一五日には重体に陥り、一七日には二九歳で亡くなってしまう。すぐさま敦良親王が即位する（後朱雀天皇）。

後朱雀天皇は、寛徳元年（一〇四四）のころから病悩に苦しみ、在位九年の翌年正月一六日に譲位、一八日には急変し、三七歳で崩御してしまう。道長が歓喜した、彰子と一条天皇との間の二人の皇子は、あいついで即位したとはいえ、若くして亡くなってしまう。残されたのは、母の彰子であった。

これより先、道長は寛仁三年（一〇一九）に病気となり、「大殿、胸病を煩ひ給ふ」「丑剋ばかりより、御胸、大いに発《おこ》り給ひ、不覚」（『小右記』三月一八日）と、胸病の発作で一時は意識を失うほどになり、三月二一日には出家をする。

その後回復し、権力を誇示してはいたが、万寿四年（一〇二七）一二月二日の実資の記録には、「去ぬる夜半ばかり、禅閤〔道長〕、忠明宿禰《すくね》を以て、背の腫物《はれもの》に針せらる。膿汁・血等、少々、出づ。吟《うめ》き給ふ声、極めて苦しき気なり」（『小右記』）と、医師の処方により背中の腫物を施術したようで、すさまじいばかりの苦しみだったとする。翌三日には「申《さる》時ばかり、人々、云はく、禅閤、已に入滅す、と云々」と報告があり、実資はすぐに随身《ずいじん》や養子の資平《すけひら》に様子を確かめさせる。まだ胸は暖かく、頭も動かしているといった状態だった。ただそれも束の間のことで、翌朝の四時ごろには命も絶えてしまった。六二歳だった。

彰子の一条天皇崩御後の概略は、妍子が三条天皇中宮になるのに伴い皇太后となり、寛仁二年（一〇一八）正月七日には「皇太后を太皇太后と為す文有り」（『御堂関白記』）とするように太皇太后の称号を受け、万寿三年（一〇二六）正月一九日に落飾し、「皇太后宮職を停め、東三条院と為す」（『左経記』万寿三年正月一七日条）とあるように東三条院と号し、「御在所の上東門院を以て院号と為すべし」(『小右記』)と、邸宅の名、上東門院にちなむ院号を受ける。三九歳であった。

皇太皇宮となった妹の妍子と上東門院彰子とが詠んだ歌として、

上東門院、出家の後、黄金《こがね》の装束《さうぞく》したる沈《ぢん》の数珠《ずず》、銀《しろがね》の箱に入れて、梅の枝につけてたてまつられける　枇杷皇太后宮

変《かは》るらむ衣の色を思ひやる涙や裏の玉にまがはむ

返し　上東門院

まがふらむ衣の玉に乱れつつなほまだ覚めぬここちこそすれ(『新古今和歌集』巻一八、雑下)

があり、『栄花物語』(巻二七「ころものたま」)に同じ場面が記される。姉の出家に伴い、金で飾りをした沈香木の数珠を銀の箱に収め、梅の枝につけて妍子が送ってきた。「墨染の衣に変わったと思うと、悲しく思いやる私の涙は、仏が教える衣の裏の珠ではないが、悟りを得てほしい」と歌う。上東門院は、「私の涙は、悟りの衣の裏の珠と見まちがえるかもしれないが、出家したとはいえ心は乱れ、俗世の迷いの夢が消えないありさま」と返す。

すぐ年下の妹皇太后妍子が、万寿四年九月一四日に三四歳で崩御、一二月には父道長と、上東門院の喪は続く。

道長は亡くなる直前、自らの病状の悪化を覚悟し、

年ごろ、御手づから書かせたまひける御冊子二三帖ばかりさぶらひけるを、女院（彰子）に奉らせたまふとて、殿、

風吹くと昔の人のことのはを君がためにぞ書きあつめける

御返し　女院

慰めも乱れもしつつまがふかなことのはにのみかかる身なれば

また、殿

ことのはもたえぬべきかな世の中に頼むかたなきもみぢ葉の身は（『栄花物語』巻三〇「鶴の林」）

と、彰子に年来書きためていた冊子二、三帖があったのを渡し、

涼しい風が冥途を誘うように吹き、自分の命も尽きそうなので、昔の人のことばを書き集めたものだが、あなたのためにと書きとめていたものです。

と冊子を送るとともに歌を詠む。「昔の人のことのは」とは、故人のことばか歌かと解釈される

が、ここは道長の歌であり、自らの思いを書き綴ったものであろう。もうすぐ自分は亡くなってしまうため、これが「昔の人」のことばかと、彰子に思い出してほしいと託したのである。

女院彰子は、

これまで父のことばならぬ導きを頼りにして過ごしてきた私は、別れによって心も乱れ、分別もつかなくなってしまいますが、この本のことばによって慰められることでしょう。

と返すと、すぐに道長は、

紅葉の葉が散るように、もはやこの世の中から離れる身には、私のことばもこれで絶えてしまうことでしょう。

と返してくる。道長は彰子を頼りにして権力を握り、彰子は定子の産んだ第一皇子の敦康親王を東宮にと強く望みながら、道長は意向を無視して敦成親王を擁立するなど、ときに二人は反発しながらも、これまでの一族の栄華を現出してきただけに、感極まる思いでもあったろう。歴史的にも、政治や文化の世界を動かし続けた二人であった。

その後も彰子は住吉《すみよし》や石清水《いわしみず》への参詣、各種の法要、歌会、母倫子の七十賀などと、さまざまな場面で姿をみせる。承保元年（一〇七四）一〇月になって、「御心地うちはへ悩ませたまへば」と患い、「女院、つひに十月三日失せさせたまひぬ。〔中略〕院は八十七にて失せさせたまひぬるぞかし」（『栄花物語』巻三九「布引の滝」）と、長寿を保ちながら急逝する。道長との親子で築いた王朝文化の一つの終焉ともなる。

四　皇太后彰子の女房

紫式部は、中宮彰子に従って枇杷《びわ》殿で仕えていたようで、

はかなくて司召《つかさめし》のほどにもなりぬれば、世には司召とののしるにも、中宮世の中をおぼし出づる御気色なれば、藤式部、

雲の上を雲のよそにて思ひやる月はかはらず天《あめ》の下にて

あはれにつきせぬ御ことどもなりや。（『栄花物語』巻一〇「ひかげのかづら」）

と、一条天皇が亡くなった翌年、長和元年（一〇一二）正月の司召を指すようで、はかなくも半

年が過ぎてしまった。これまでであれば、国司を望む人々が、『枕草子』にもあったように、女房を通じて「よきに奏したまへ、啓したまへ」と出入りしていた。今年はそのような騒ぎもなく、静かな日々に、彰子がかつてのにぎわいを思い出しているような気配に、紫式部は歌を詠む。

雲の上の宮中のありさまを、今でははるか遠くのよそ事としてみるものの、空の月は昔と変わらず世の中を照らしていることです。

皇太后彰子が、「君まさぬ宿には月ぞひとりすむ」(『栄花物語』巻一〇「ひかげのかづら」)と一条天皇を追想したのを思い出し、紫式部は慰めの歌を詠んだのであろうか。中宮から皇太后、太皇太后となっても仕えていたはずだが、道長の出家のあたりになると、紫式部の姿はなく、その後の動向はまったくつかめない。

実資の『小右記』の記述には、気になる「女房」が存在する。長和元年(一〇一二)五月二八日に一条天皇一周忌の法会が円教寺で行われ、その翌日実資はあいさつに皇太后彰子の御所に参上する。

皇太后宮に参る。暫く渡殿《わたどの》に候ず。女房、御簾《みす》の中より菅円座《すがのわらふだ》を指し出す。元来、畳を敷く。其の上に円座を指し出す。女房の気色、近く候ずべきに似る。暫《しば》く見入れざるがごとく祗候《しこう》す。

然れども頻《しき》りに其の気色有り。仍りて進み候じ、女房に相逢ふ。先日の仰せ事の恐《かしこ》みを啓せしむ。御八講に参る事なり。即ち御消息を伝ふ。又、多くは故院の御周忌、畢《をは》る事なり。装束の替へたれば、はしたなくなん有りけると云々。御簾、皆、尋常のごとし。懐旧の心、忽《たちま》ち催し、落涙禁じ難し。女房の見る所を憚らず、時々涙を拭ふ。猶ほ留め難し。仍りて本座に復し、暫く候ず。

実資は皇太后の枇杷殿に参り、しばらく渡殿で待機していると、御簾の中から菅で編んだ円座（敷物）が出される。本来は床に薄縁《うすべり》を敷き、その上に藁《わら》などの円座を出すものだが、今日は少し高級な「菅円座」だとする。女房の気配によると、近くに寄るようにとの意向である。実資は、しばらくみていないふりをし、そのまま控えていた。それでも、女房はしきりに近くに寄るようにと催促している気配である。そこで実資は傍《そば》まで進み、御簾を隔ててなのであろうが女房と会って話をする。

実資は、女房を通じて、先日の御八講への慰労を申し上げたのであろう。一五日から五日間、皇太后彰子が枇杷殿で催した一条天皇追善の法華八講を指し、大勢の公卿が参列しており、実資も連日訪れている。女房はすぐさま奥に入り、皇太后に実資のことばを伝える。これによって、一条天皇の一周忌の法要はほぼすべて終えたことになる。皇太后が女房を通じて述べたことばなのか、「一年の喪が明け、墨染から普段の衣装に替えたので、きまり悪くも思う」とのことである。夫の喪の期間は一年なので、皇太后も喪服で通し、それが過ぎて平常の装束に着替えたのであろう。たしかに御簾などもすべて日常に替わっており、もはや喪中ではなくなっている。

実資は時の過ぎる早さと、一条天皇への懐旧の思いで、涙がこぼれ落ちてしまい、とどめようがない。女房がみているにもかかわらず、ときに涙を拭わなければならなかった。それでも涙は流れ出るため、控えていた場所に下がり、しばらく座っていた。実資の一条院への追慕の情は、喪が明けたのかとあらためて確認するにつけ、こらえきれなくなってしまった。一条院がいかに慕われていたかを知るとともに、実資の性格をみる思いでもある。

六月六日にも、

皇太后宮に参る。暫く候ず。左相府〔道長〕、悩まるる間、心労せしめ給ふか。仍《よ》りて資平を以て女房に示さしむ。仰せられて云はく、「時々、参入する事、歓《よろこ》び思《おぼ》すの間、今日、又、参入し、訪ひ申すこと有るは、弥《いよい》よ悦《よろこ》び思《おぼ》す所。日来《ひごろ》、相府の病に歎息す。而るに昨日より宜しき由を聞き、喜ぶ」てへり。

と枇杷殿に参上し、ご機嫌うかがいをする。実資は、兄藤原懐平《ちかひら》次男の資平《すけひら》を養子にしており、当時は蔵人頭《くろうどのとう》をしていることもあり、外出にはしばしば供をさせていた。この日も連れて行き、道長が病気をしているため皇太后の心労もいかほどかと慰謝することばを資平を通じて女房に伝えさせる。「ときどき、このように来訪してくれての見舞いを、うれしく思っている。また今日の訪れも、ことのほかの喜びである。このところ、父道長の病気で、ため息をつきながら嘆いていたのだが、昨日から病状も快方していると聞き、喜んでいるところだ」と、女房を通じて皇太后のことばがあった。こののち実資は、道長の病気見舞いに訪れる。

六月八日には、皇太后彰子が道長邸に訪れる供をしようと控えていたが、まだ連絡がない。ただ、実資は「重き慎しみの日」にあたるのを知り、すぐさま「資平を以て皇太后宮の女房に触れしむ」と、資平を使いに出し、女房を通じて休むことを申し上げさせたとする。いつも同じ女房が、実資が話をする相手だったのであろう。

五　実資の「心寄せの人」として

長和二年（一〇一三）正月一九日になっても変わらず、「酉剋《とりのこく》ばかり、皇太后宮に参り、女房に相逢ふ。仰せ事有り」（『小右記』）と、実資は夕方近く皇太后宮を訪れ、女房を通じて用向きをお聞きする。

二月二三日に宮中で管弦の宴遊が開かれる予定で、人々は参内したものの、不都合があって中止となる。道長が播磨守《はりまのかみ》の邸の穢《けが》れに触れてしまい、そうと知らずに参内したので、内裏も穢れに触れたことが翌二四日にわかり、上達部たちが参内できなくなった。そこで「今日、上達部及び殿上人、明日午時ばかりに、一種物《いつすもの》を提げて皇太后宮に参るべし。遊戯有るに似たるべしと云々」と相談が決まる。「一種物」は各人が酒や料理を持ち寄っての酒宴で、趣向の凝らした品なども運ばれたのであろう。二五日となり、

今日、諸卿、一種物《いつすもの》を提げて皇太后宮枇杷殿に参会す。資平、先づ左相府に参る。注し送りて云はく、「今日の事、停止す。左衛門督頼通、資平の車に乗り、左府より三箇度、皇太后宮に参る。事有るに似る」てへり。夜に入りて、資平、来たりて云はく、「左金吾〈頼通〉、往反す。資平、同車す。案内を問ふに、金吾、云はく、今日の事、后、許さざる気有りてへり。左相府、参られず。亦、心神、宜《よろ》しからざる由を称せらる。后の御気色、許さざるに縁《よ》るか」てへり。案内を女房に取るに、云はく、「宮、仰せられて云はく、日来《ひごろ》、中宮、頻《しき》りに饗饌《きやうせん》有り。卿相、煩ひ有るか。月無く花無し。事に触れて思ひ有る処なり。諸卿、必ず思ふ所有るか。亦、二の舞に似る。相府、坐《おはしま》す間、諸卿、饗応するも、退きて誹謗有るか。況んや万歳《まんざい》の後をや。連日の饗宴、人力、多く屈するか。今、以て之を思ふに、太《はなは》だ益無き事なり。停止有るが、尤も然るべしてへり。仍りて左府、参入せられず。参会の諸卿、興委し、直ちに以て退出す」てへり。賢后と申すべし。感有り、感有り。又、資平、云はく、「女房、

余の参不を問ふ」てへり。（『小右記』）

と、人々は「一種物」を手にして枇杷殿に参集してきた。その前に資平が道長邸にうかがうと、「今日の催しは停止となった」という。資平は頼通と同車し、道長邸から皇太后宮へ三度通ったのだが、事情があって中止にしたようだという。夜になって資平が事情を説明に訪れ、「今日の催しは、皇太后宮がお許しにならない様子で、しかも道長の〈心神〉ともによくないため」ということである。資平を遣わし、女房に事情をうかがわせると、次のような詳細な内容の報告がある。

宮がおっしゃるには、このところ中宮妍子のもとでしばしば饗饌（料理の膳による酒宴）がなされている。確かに、直前の二一日に道綱世話役による中宮饗饌があり、食後には管弦もなされていた。このような状況なので、公卿たちは困惑しているのではないか。それに今は、「月無く花無し」と、月や花といった愛《め》でるものもない時期であり、饗宴は風情があってこそ催されるものである。公卿たちは、何かに感興があってするのか、ただの宴会では「一二の舞」のたんなる繰り返しにしかすぎない。人々が参加し、その場では饗宴をしたところで、風情がない、と散会した後になって不平を漏らすのではないか。ましてや、「万歳楽」などの祝いの舞の後には「このような時期に」などと、人々は負担もあって批判的な思いをするに違いない。連日の饗宴には人手もいるし、不満もたまってくるのではないか。このようなことを考えると、わが邸で「一種物」をするのはあまり意味がなく、停止するのがもっともしかるべきと思われる。

女房を介して縷々《るる》と中止した理由の説明があり、道長は参会せず、諸卿もすぐさま退出したという。これを聞いた実資は、「賢后とも称えるべきだ」と、「感有り、感有り」と、感動のことばを書きつける。また、資平に「実資が直接訪れなかったのはなぜなのか」との、女房のことばも伝える。いつもは実資がうかがい、特定の女房を通じて皇太后と話をしていたことが知られる。以後もしばしば、「皇太后宮、所労を訪はしむ。女房を以て、仰せ書を資平に送る」(同三月一二日条)、「去《い》ぬる夕、立ちながら皇太后宮に参り、女房に相遇ふに」(同四月一五日条)などと、実資と皇太皇宮の女房とは親しい関係であったと知られる。

女房の素性が明らかにされるのは、五月二五日の条で、

資平を去《い》ぬる夜、密々に皇太后宮に参らしめ、東宮、御悩の間、仮に依りて参らざる由を啓せしむ。今朝、帰り来たりて云はく、「去ぬる夕、女房に相逢ふ。越後守為時の女。此の女を以て、前々、雑事を啓せしむるのみ。彼の女云はく、東宮の御悩、重きに非ずと雖も、猶ほ未だ尋常に御《おはしま》さざる内、熱気、未だ散じ給はず。亦、左府、聊《いささ》か患ふ気有りと」てへり。

とある。昨夜資平を密かに遣わし、「私が参上しないのは、東宮敦成親王の御病気により、一時的なかかりそめなことにすぎない」と申し上げさせる。今朝、資平が訪れて報告するには、「昨夜、女房に会った。女房がいうには、東宮の病気は重いわけではないが、それでも普通ではなく、熱がいまだに下がらない。また、道長もすこしばかり患っている、ということであった」という。その女房について「越後守為時の女《むすめ》。此の女を以て、前々、雑事を啓せしむるのみ」と、為時女である女房を通じて、これまでも皇太后にさまざまなことを申し上げてきたと注記する。『小右記』(『大日本古記録』)の校訂者は、「紫式部」と傍記するが、まさにここに紫式部がはっきりと姿を現す。

『紫式部日記』に記されていたように、上達部《かんだちめ》などが中宮の御所を訪れ、お伝えしようと思うことがあると、「おのおの、心寄せの人」と、それぞれひいきにする女房を通じて申し上げるのだという。誰でもよいというわけではなく、懇意な女房が中宮との話の取りつぎをするのだ。中宮は公達《きんだち》と直接ことばを交わすことはなく、女房が御簾などを隔てて話の用向きを聞き、それを奥の主人に伝える。返事を聞いた女房は、再び簀子《すのこ》近くまで出てきて公達に意向なり、ことばを伝えることになる。皇太后宮彰子の御所では、実資の「心寄せの人」は女房紫式部であったといえる。『紫式部日記』には、当然のことながら、実資の姿も記しとどめられる。

六　紫式部の没年

この後も、実資は枇杷殿に赴き、見舞いや用件をうかがいに訪れ、そのつど女房と話をする。

長和二年七月五日「皇太后宮に参る。女房に相逢ふ。」
同八月二〇日「皇太后宮に参り、女房に相遇ふ。仰せ事有り。」
長和三年一〇月九日「皇太后宮に参る。三位中将を以て、簾下《れんか》に女房を喚《よ》び、命旨を伝ふ。左衛門督教通・三位中将能信、良久《やや》しく談話す。日落ち、退出す。」

実資は皇太后宮彰子のもとを訪れ、藤原能信《よしのぶ》（道長四男、二〇歳）を通じて、御簾のもとに女房を呼び出し、道長からなのであろうか、「命旨」を伝える。その後、藤原教通《のりみち》（道長五男、一九歳）や能信らとしばらく談話し、夕方になって退出したとする。この場には、女房の紫式部がいて、紫式部は三人の殿上人と応対しながら、奥へ入って皇太后宮からことばをいただき、それを伝えるなど、さまざまな話が交わされたことであろう。

なお、前々日に「十一日未剋《ひつじのとき》ばかり、一種物提《ささ》げて、皇太皇宮に参会すべし」（『小右記』）と話がまとまり、当日には「卿相・雲上侍臣、皇太后宮に参る。飲宴あるべし。皆一種を提ぐ、珍味云々」（『小右記』）と、この日の皇太后宮は反対することなく、各自が珍味を持参しての宴会となる。紫式部などの女房も、御簾越しに応接したはずで、皇太后宮御所は、このような人々が集まるサロン的な場所でもあった。

寛仁四年（一〇二〇）九月一一日の実資の記述を引くと、

早旦、前帥《さきのそち》〔隆家〕、示し送りて云はく、昨日、主上の瘧病《ぎゃくへい》、発《おこ》り給ふ。上達部、多く参らざる事、入道殿、咎めらるる間、四条大納言〔公任〕、参入す。罵辱《ばじょく》の御詞、敢《あ》へて云ふべからず。已《すで》に謁すること無しと云々。帥、驚きながら子夜《ねのよ》に参入す。太后宮の女房に相遇ひ、罷り出づと。（『小右記』）

と、早朝に隆家から情報が入る。昨日、後一条天皇が「瘧病」（おこり病）を発したにもかかわらず、多くの殿上人たちが参上しなかったのを知った道長は、怠慢を咎めたようだ。それを聞き公任が参内すると、道長から「罵辱《ばじょく》の御詞」（ののしり辱めのことば）を浴びせかけられたというので、かなり立腹していたと知られる。あえてそのことばを書く必要もなく、また天皇にお会いするほどでもなかったという。なお、道長は前年の三月に病気となり、今は出家の身である。

帥（隆家）もその事態を聞き、驚いて夜中の「子」の刻（一二時ころ）に参内すると、そこで「太后宮の女房に相遇ひ、罷り出づ」と、いったという。天皇の発作は落ち着いたため、皇太后宮が還啓するのに伴い、女房も供をして退出すると伝えたのであろう。実資がわざわざ「女房」と記すのは、不特定の女房ではなく、なじみの紫式部であったことによる。

実資の日記には、これ以降も「女房」の記述はあるが、「相遇《あひあ》ふ」といった具体的な行動ではなく、複数の女房を指してのことばの用い方となる。

従来、紫式部に関する記事は長和二年（一〇一三）の『小右記』の記事が最後とされ、ほどなく宮仕えをやめ、病気となったとの説もあるが、翌長和三年には亡くなったのかとされてきた。四五歳ごろに没したとするのが、大方の見解である。だが、すでに示したように長和三年、さらには寛仁四年の「女房」も紫式部だとすると、彼女はさらに五、六年は宮仕えしていたことになる。

この年の一〇月一一日に、公任から聞いた話として、皇太后宮彰子の病気見舞いに訪れた忠明（伝未詳）が、

皇太后宮大夫の許《もと》に参る。一切、食せず。痢病《りびやう》、更に発《おこ》ると。（『小右記』寛仁四年一〇月一一日条）

と伝えたと記す。激しい下痢を伴う病気のようで、食事も一切しない状態だと報告してきた。女房を通じての話なのだろうが、実資が訪れたのではないため、紫式部は応対しなかったのか、このころには宮仕えをやめていたのであろうか。『小右記』の翌年の治安元年（一〇二一）九月一〇日には、「伝へ聞く、今日、無量寿院に於いて、皇太后宮の女房、書写して結縁せる経、供養し奉る。卿相、集会すと、云々」とあるが、これは集団としての女房たちを記している。その後も実資は皇太后宮について触れはするが、御所にうかがって話をするようなことはなくなる。

紫式部の父、為時は、寛弘八年（一〇一一）二月一日に越後守となって赴任するが（『弁官補任』）、年は六〇歳を越え、身を案じて弟惟規《のぶのり》は蔵人式部丞《くろうどしきぶのじょう》を辞任し、ともに越後に下る。ところが赴任地で惟規が亡くなってしまう。実資の日記『小右記』の長和三年（一〇一四）六月一七日に道長以下の公卿たちが参集して「小除目《こじもく》」があり、蔵人頭右大弁の藤原朝経が提出した議題に、

越後守為時の辞退状を下し給ふ。許不の事を定め申す。

と、為時の越後守辞任申請を審議する。三カ年の勤めでは任期を果たしていないなどの意見もあったが、最終的には後任を決めることになる。このようにして、為時は息子を失った悲しみを抱いて帰京したのであろう。

『小右記』の長和五年（一〇一六）五月一日条には、

一昨日、前越後守為時、三井寺に於いて出家す。

と、為時の三井寺《みいでら》での出家を記す。実資にとっては紫式部との関係もあるだけに、父親の動静が気にもなって記したのであろう。ただ為時は仏道に専心して世俗との関係を絶ってしまったわけではなく、『小右記』寛仁二年（一〇一八）正月二一日の条には、

摂政〔頼通〕、新調する大饗《だいきやう》料の四尺倭絵《やまとゑ》屏風十二帖、持参せらるるなり。画工、織部佑《おりべのすけ》親助。色紙形に詩幷《なら》びに和歌有り。今日、各《おのおの》之を献ず。詩は大納言斉信・公任・式部大輔広業・内蔵権頭為政・大内記義忠・為時法師作る。和歌は祭主輔親・前大和守輔尹・左馬頭保昌の妻式部之を読む。大納言公任卿、遅参して詩を出ださず。太相府、頻りに以て催さる。頗る興委の気有り、慭《なまじ》ひに立ち退き、右中弁定頼を以て書き出さしむ。卿相、数多、会合す。侍従中納言行成、書くべし。

と、頼通が摂政内大臣になっての初の正月行事である大饗だけに、新調の四尺大和絵屏風が披露された。大饗がなされたのは、正月二三日であった（『日本紀略』）。道長も歌を詠むと張り切っており、四季の風物が描かれた屏風のようで、集まった歌は八〇首もあったとする。漢詩は、斉信《ただのぶ》、

公任、広業《ひろなり》らのほかに「為時法師」も加えられていた。為時と殿上人との関係が続けられていたと知られる。

これらの集められた漢詩や和歌から、場面にふさわしい作品が選ばれ、行成が色紙に書写し、屏風に貼り付けられたことであろう。和歌などについては、『栄花物語』（巻一三「ゆふしで」）に詳しく描写される。

紫式部女《むすめ》の賢子による『大弐三位集』には、

年いたく老ひたる祖父《おほぢ》のものしたる、とぶらひに

残りなきこのはを見つつ慰さめよ常ならぬこそ世の常のこと

返し

ながらへば世の常なさをまたや見ん残る涙もあらじと思へば

とする贈答歌がある。祖父の為時はすっかり年をとり、賢子に世の無常を悲しむ消息をしたようで、その慰めのことばとして、

木に残り少なくなった木の葉をみながら、心慰めてほしい。はらはらと葉が散るように、無常なのがこの世の常なのだから。

と歌を詠む。

為時は出家の身でありながら、それでも無常の悲しみを抑えきれず、孫の賢子に愚痴のようなことばを遣わしたのだろうか。為時は、

長生きすると、世のはかなさをまた見なければならなくなるかもしれない。もう私には流す涙の残りは無くなってしまったと思うので。


と返してくる。越後国に赴任中に惟規を失って国司を辞任し、出家したものの、また悲しみで涙もすっかり涸れてしまったという。年若い賢子が、祖父の拗ねたような心を慰めるというありさまである。為時の「またや見ん」とすることばは、越後国で惟規を失っただけではなく、「またもや娘の死に目に会おうとは」との思いが込められているのではないかと思う。

これ以降は私の推論にすぎないが、紫式部は『小右記』の最後に見える寛仁四年九月以降、病気か、何かの事情によるのか、皇太后宮のもとを去り、その後亡くなったのではないかと思う。その年の末か、翌寛仁五年に命を失ったとすると、享年は五一か五二になる。あいついで二人の子供を失った悲しみが、為時の歌に込められているのだろう。為時は七四、五歳を過ぎていた。

七　『源氏物語』の広がりと紫式部を支えた人々

『更級日記』の作者菅原孝標女《たかすえのむすめ》は、早くから物語に興味をもち、とりわけ「紫のゆかり」を見てからは、「この源氏の物語、一の巻よりしてみな見せたまへ」と懇願する。それが果たされたのは一四歳の治安元年（一〇二一）であった。紫式部が、宮仕えをやめて里に下がったころになる。このような熱烈な読者が受領層にまで広がり、勢いはますます強くなり、『源氏物語』の本文は、書写されて伝来するたびに少なからず違いも生じていた。もともと紫式部が書いた『源氏物語』そのものも、中宮彰子のもとで書写して宮中に献上した本、道長が盗み出して妍子に渡した本、また自宅にあった草稿本などがあり、一様ではなかった。それら本文の異同があり、あるいは巻数も異なるものがありながら、時代を経て『源氏物語』は流布していくことになる。

人気作品として読まれながらも、人々の所持する本文にはそれぞれ違いがあるため、なんとか統一しようと努めたのが鎌倉時代になっての源光行・親行の親子による校訂の「河内本」であり、藤原定家の「青表紙本」であった。諸本を校勘して統一した一本の本文に作り上げる作業をし、現代ではもっぱら定家本を読むのが一般的になっている。

南北朝時代の『源氏物語』注釈書である『河海抄《かかいしょう》』には、

抑々《そもそも》、物語証本一様ならざるか。行成卿自筆の本も悉《ことごと》く今世に伝はらず。源光行は八本をもて校合《けうがふ》取捨して家本とせり。所謂《いはゆる》二条帥伊房《これふさ》本・冷泉中納言朝隆本・堀河左大臣俊房本号黄表紙、左大臣銘を書く。従一位麗子本土御門右大臣女、号京極北政所。法性寺関白本唐紙の小草子、号尚侍殿本。五条三位俊成本・京極中納言定家本号青表紙。等也。

とし、行成自筆本のほかに有力な伝本として八本を列挙する。

行成は能書家としても知られた。中宮彰子が敦成親王を連れて内裏への還啓に際して、道長が土産にしたのが、行成と延幹によって書写された『古今和歌集』などの歌書の冊子本であった。中宮彰子のもとで大々的に『源氏物語』の書写作業がなされた折、分担者の一人になっていたのだろうし、それとは別に行成は揃本を書写していた可能性もある。行成本の本文の一部が河内家の注釈書である『紫明抄《しめいしょう》』や『河海抄』に引用されていることからも、それが存在したのは確かである。

具体的には、「侍従大納言行成卿一筆本に、この句を見せけちにせり。紫式部同時の人に侍れば、申しあはするやうこそありつらめとて、これも墨をつけて侍れど」(『紫明抄』桐壺巻)、「侍従卿自筆本を見侍りしかば、せりかはの中将とあり」(『河海抄』蜻蛉巻)とある。素寂は、行成が一人で全巻書写した『源氏物語』を参照しており、善成は行成自筆本を手にして本文の校合をしていたと知られる。紫式部が生きていた時代には、行成のほかにも人々が競って書写していたのかもしれない。

また、源光行が河内本の作成において、校勘に用いたという八本についてみると、はじめの藤原伊房《これふさ》は行成の孫にあたり、能書家としても知られていた。行成の子孫は、後に入木道（書道）の世尊寺《せそんじ》家として知られてくる。伊房の書写本は、祖父行成本を転写したのかもしれない。冷泉中納言と呼ばれた藤原朝隆《ともたか》は、高祖父に紫式部の夫宣孝《のぶたか》をもつ能書家であった。堀河左大臣源俊房《としふさ》と従一位麗子は、［図4］に示したように、いずれも具平《ともひら》親王の孫にあたり、紫式部とはきわめて親近な関係となる。それに俊房の母は、道長女《むすめ》であった。麗子本の本文も『河海抄』に引用されており、伝来していた信憑性は高い。法性寺関白忠通《ただみち》本は、唐紙《からかみ》に書写した小冊子だったようである。藤原忠通の四代前は道長の長男頼通《よりみち》で、具平親王の女隆姫《むすめたかひめ》と結婚した。俊成・定家親子の本を別にすると、それ以外の四本は、いずれも紫式部時代の系譜を持った本文であったと思われる。

『源氏物語』が具体的にどのように流布していったのか不明ながら、行成本が伝えられ、孫の伊房本、具平親王孫の二人の本が存在したとなると、当初から紫式部に近い人たちによって書写され、それが広まるとともに、一族に共有されていった可能性が大きい。とりわけ具平親王の存在は大きく、紫式部と縁戚関係にあるだけに、幼いころから才能をみいだし、文学上の影響を与え、経済的にも一家を支援していたのではないかと思う。具平親王書写本の記録はないが、現代に至るまで『源氏物語』が生き続けた基本を支えた存在であり、道長が「心寄せある人」と紫式部を呼んだ背景が想像されてくる。

あとがき

道長が紫式部に「中務《なかつかさ》の宮のわたりの御ことを、御心に入れて、そなたの心寄せある人とおぼして」といったように、紫式部が具平親王と特別な関係にあるのを重視し、頼通の結婚話の相談をしたことに、私は強い関心をもち、その背景を解きほぐしながら展開していったのが本書である。道長の五男教通《のりみち》も、具平親王女《むすめ》と結婚するに至る。

受領階級の娘である紫式部が、漢籍の知識をもっていたのは、父為時の存在によって理解できるにしても、『源氏物語』に盛り込まれた有職故実から宮中文化、貴族の諸相に至る詳細な内容は、どのような方法で知りえたのか。かねて私は不思議に思っていた。紫式部がまだ独り身でいるころ、「箏《そう》の琴《こと》しばし」と、人から箏の琴の教えを求められる。『源氏物語』では詳細な奏法についての言及まであるため、紫式部は評判の名手でもあったのであろう。『紫式部日記』によると、琴、箏の琴、和琴、琵琶も所持していたようで、これらの楽器を幼いころから弾き慣れていたと思われる。為時は漢学者として学問に励んでいたため、音楽を教える余裕などなかったはずである。ここに具平親王を介在させると、村上天皇から箏の琴を相伝していただけに、紫式部とのかかわりの道筋がみえてくる。

学問や諸芸に秀でた具平親王は紫式部の才能を喜び、さまざまな教えを授けるとともに、姫君たちの教育係としても大切にしたことであろう。おじ為頼が亡くなり、紫式部は越前から帰京する。その後、宣孝と結婚し、賢子が生まれたものの、ほどなく夫と死別してしまう。幼い賢子が病気となり、花瓶に「唐竹」を挿して祈る女房の姿をみて、紫式部は「若竹のおひゆく末を祈るかな」と、竹のようにすくすくと成長してほしいとの願いを歌に詠む。紫式部は、賢子の健やかな成育と幸せの願いを込め、短い物語を書いたのが、「若竹」から連想した「若紫物語」ではなかったかと想像する。

具平親王には、母は異なるものの、二カ月早く生まれた姉の大斎院選子内親王がいる。一二歳で斎院に卜定《ぼくじょう》され、円融・花山・一条・三条・後一条天皇の五代五七年間、その任にあった。風雅な文化サロンを形成し、女房集団のもとで物語や歌集のコレクションにも努めていた。大斎院から中宮彰子へ物語が要請され、紫式部が石山寺に参籠して『源氏物語』を執筆したという伝説の背景には、具平親王が存在していたのではないだろうか。

一篇の作品として書かれた「若紫物語」は、具平親王から大斎院選子へ伝えられ、世間的にも評判を呼ぶようになったのであろうか。あるいは、具平親王が宮中社会に紫式部の初期の短編物語を喧伝《けんでん》したとも想像される。定子や大斎院と比肩する文化的なサロンを、中宮彰子のもとにも形成したいと願っていた道長は、具平親王を通じて、紫式部に女房になるよう求めたのかもしれない。さらに道長や具平親王に強く求められ、若紫が紫上へと成長するように、『源氏物語』は長編として書き継がれていく。

現代において「源氏物語千年紀」が全国的にさまざまな行事として展開したのは、二〇〇八年一一月のことであった。寛弘五年（一〇〇八）一一月一日に、道長邸では敦成《あつひら》親王（一条天皇親王、母は中宮彰子）誕生の五十日《いか》の祝宴が大々的に催される。少し酒に酔った藤原公任が、「あなかしこ。このわたりに、若紫やさぶらふ」と呼びかけ、「源氏に似るべき人も見えたまはぬに」と言うのを、部屋にいた紫式部は聞きながら、黙っていたと『紫式部日記』に記される。公卿たち男性の世界で、すでに『源氏物語』が読まれていた証左であるとともに、公任は「若紫物語」が書かれた当初から知っていたことを示すのではないだろうか。これ以上述べていくと、空想の世界に陥りかねない。ともかく『源氏物語』の名が初めて記録された記念すべき日で、それから千年の歴史を刻むことによる。一一月一日は、「古典の日」と制定された。

千年以上経ても読み続けられ、現代作品のように人々を魅了するという『源氏物語』は、きわめて稀有な存在である。そこには、現代人と変わらない人間の生きる姿が描かれており、読む者の心を感動で揺さぶるからにほかならない。人々がどのように『源氏物語』を読み継いできたのか、平安時代の当初から、鎌倉期以降現代にいるまでの流れを、私は『人がつなぐ源氏物語』（二〇二一年、朝日選書）でも書いたところだが、二〇二四年のＮＨＫ大河ドラマでは紫式部が取り上げられるなど、今後もますます読者層は拡大していくことであろう。本書が紫式部の実像を知るために役立てられ、少しでも『源氏物語』への導きになってほしいと願っているところである。

なお、出版にあたっては、前書と同じく朝日新聞出版書籍編集部の奈良ゆみ子氏に、多大なお世話になったことを感謝して擱筆する。

二〇二三年一二月

伊井　春樹　識

出典作品略解説（タイトルの五十音順）

和歌・散文

赤染衛門集　あかぞめえもんしゅう　赤染衛門（生没年未詳）の私家集。藤原頼通の下命による自撰とされる。倫子（道長室）の女房として、長く仕えた。『栄花物語』前篇の作者ともされる。

和泉式部集　いずみしきぶしゅう　和泉式部の家集。自らの編纂と後人の編集からなる五種の伝文が存し、重複歌も含めて一五〇〇首ばかりの歌が収められる。和泉式部の他の作品には、敦《あつ》道《みち》親王との関係を書いた『和泉式部日記』がある。

伊勢集　いせしゅう　伊勢の他撰家集。伊勢は宇多天皇の中宮温子《おんし》の女房として仕える。冒頭の三〇首ばかりは、歌物語的な内容となっており、「伊勢日記」とも称される。

伊勢大輔集　いせのたいふしゅう・いせのおおすけしゅう　中宮彰子の女房伊勢大輔の家集。紫式部、和泉式部、赤染衛門などとの交流の歌も収められる。伊勢大輔は、五〇年以上にわたって歌人としての活動を続け、晩年は出家して山里で過ごしたと伝えられる。

今鏡　いまかがみ　藤原為経《ためつね》（寂超）による歴史物語。嘉応二年（一一七〇）の成立とされる。一五〇歳を超える老女の昔語りという形式で、後一条天皇の万寿二年（一〇二五）から高倉天皇代までを記す。

栄花物語　えいがものがたり　正編三〇巻、続編一〇巻からなる、藤原道長の栄華を中心とする歴史物語。正編は、中宮彰子に仕えた赤染衛門作かとされる。宇多天皇から堀河天皇に至る、およそ二〇〇年の歴史が、虚構もまじえて語られる。

大鏡　おおかがみ　一九〇歳の大宅世継《おおやけのよつぎ》、一八〇歳の夏山繁樹《なつやまのしげき》、三〇歳ばかりの若侍が、座談形式で文徳天皇から道長全盛時代までを語る歴史物語。摂関体制の内情を批判的に語るなど、広い視野から歴史を語っていく。作者、成立は未詳。

河海抄　かかいしょう　将軍足利義詮《あしかがよしあきら》の命によって撰した、四辻善成《よつつじよしなり》による『源氏物語』の注釈書。二〇巻。出典、準拠、語句の解釈など詳細で、後世に大きな影響を与えた。

公任集　きんとうしゅう　藤原公任の他撰歌集。花山院の東宮時代から、出家して長谷《はせ》に隠棲したころまでがおさめられる。当時の多くの人々との交流が記される。

江談抄　ごうだんしょう　大江匡房《おおえのまさふさ》の言談を藤原実兼《さねかね》が筆録したとされる説話集。六巻。有職故《ゆうそくこ》実《じつ》のほか貴族や詩人の逸話などは、貴重な資料ともなっている。

古事談　こじだん　源顕兼《みなもとのあきかね》の説話集、鎌倉時代初期成立、六巻。古代以来の説話、およそ四六〇余話を収める。王道后宮、臣節、僧行、勇士、神社仏寺などの項目によって分類される。

後拾遺和歌集　ごしゅういわかしゅう　白河天皇下命による、第四番目の勅撰集。藤原通俊《みちとし》撰、二〇巻。和泉式部、相模《さがみ》、赤染衛門などの女流歌人の歌が多く入集する。

後撰和歌集　ごせんわかしゅう　村上天皇の命で撰進された第二番目の勅撰和歌集。撰者は大中臣《おおなかとみのよしのぶ》能宣・清原《きよはらのもとすけ》元輔・源順《したごう》など。二〇巻。四季、恋、雑等に編纂する。

実方朝臣集　さねかたあそんしゅう　藤原実方の家集。実方は中古三十六歌仙の一人。従四位左近中将の後、長徳元年（九九五）に陸奥守となり、三年後に任地で亡くなる。清少納言、藤原公任、藤原道綱《みちつな》らとの交流があった。

三宝絵　さんぼうえ　源為憲《ためのり》による説話集。仏・法・僧の三巻。永観二年（九八四）に尊子内親王（冷泉天皇皇女）に奉じた仏教入門書である。

拾遺和歌集　しゅういわかしゅう　花山院が中心に編まれた、第三番目の勅撰和歌集。二〇巻。不満を持った公任が『拾遺抄』を編集したとされるが、両者の成立の前後関係は不確実である。

紫明抄　しめいしょう　素寂《そじゃく》による『源氏物語』注釈書。一〇巻。鎌倉将軍久明《ひさあき》親王の仰せにより、永仁二年（一二九四）に献上した。素寂は河内本の校訂者源親行《ちかゆき》の兄弟。河内家の注釈書である。

新古今和歌集　しんこきんわかしゅう　後鳥羽院下命による、第八番目の勅撰和歌集。源通具《みちとも》・藤原定家らの撰。二〇巻。承久の乱によって後鳥羽院は隠岐《おき》に配流となり、自ら編集しなおした隠岐本が存する。

清少納言集　せいしょうなごんしゅう　清少納言の他撰家集。他人詠も多く、自詠の歌は三五首ばかりとされる。清少納言の父は清原元輔。中宮定子に仕え、『枕草子』を書く。

千載和歌集　せんざいわかしゅう　後白河法皇下命の、第七番目の勅撰和歌集。藤原俊成《しゅんぜい》撰、二〇巻。抒情的な歌の原点ともされ、次の『新古今和歌集』に大きな影響を与える。

大斎院御集　だいさいいんぎょしゅう　村上天皇皇女選子の家集で、選子は一二歳で賀茂の斎院に卜定《ぼくじょう》され、五代五七年間にわたって斎院として奉仕する。定子、彰子とともに大斎院サロンを形成する。斎院を中心とする人々の歌が中心で、後に発見された『大斎院前《さきの》御集《ぎょしゅう》』とともに、斎院の日常生活、他の文化サロンとの交流なども見られる。

為頼朝臣集　ためよりあそんしゅう　藤原為頼の家集。為頼の母は右大臣定方女、紫式部のおじ。花山天皇時代に活躍し、具平《ともひら》親王とともに公任、長能らとの交流がある。長徳四年（九九八）没。

長能集　ながとうしゅう・ながよししゅう　藤原長能の家集。長能は『蜻蛉日記《かげろうにっき》』の作者、道綱母の異母弟とされるが、異説もある。中古三十六歌仙の一人。花山天皇に近侍し、『拾遺和歌集』の撰集にも関与したとされる。

袋草紙　ふくろぞうし　藤原清輔による歌学書で、平安時代末期成立。歌会の次第、和歌の故実、歌合の次第などの二巻。「雑談」には歌人たちの逸話が収められている。

御堂関白集　みどうかんぱくしゅう　藤原道長（九六六～一〇二七）の、七四首からなる家集。道長自身の歌は二三首。正妻の倫子《りんし》、娘の彰子、妍子の歌も収められる。

無名草子 むみょうぞうし　物語評論書、一冊。藤原俊成女《むすめ》などの作者説があるが、不明。平安時代末期成立。『源氏物語』の巻々、登場人物などについて詳細に評する。『狭衣物語《さごろもものがたり》』『浜松中納言物語《ちゅうなごんものがたり》』などについても言及する。

紫式部集 むらさきしきぶしゅう　紫式部の家集。諸本によって歌数、配列などを異にする。一二〇から一三〇首が残される。紫式部の少女時代など、宮仕え前の作者を知る貴重な資料である。本書では、『新潮日本古典集成』を用いた。

紫式部日記 むらさきしきぶにっき　紫式部の日記。寛弘五年（一〇〇八）初秋から一二月三〇日まで、同六年正月から某月一一日まで、同七年正月の記事があり、その間に書簡体の文章が挿入される。前半は、中宮彰子御産の記事が中心に、詳細に記述される。鎌倉時代には『紫式部日記絵巻』が作成される。本書では、岩波文庫本を用いた。

古記録・漢詩文類

権記 ごんき　藤原行成《ゆきなり》（九七二〜一〇二七）の日記。正暦二年（九九一）から寛弘八年（一〇一一）の部分が残されるが、万寿三年（一〇二六）まで書き続けられたとされる。行成が権大納言になったことから「権記」とする。連日のように道長邸、内裏へ参上する記述がある。

左経記 さけいき　源経頼《つねより》（九八五〜一〇三九）の日記。経頼は長暦二年（一〇三八）に正三位参議左大弁となるなど、太政官の実務に通じた官人であった。

拾芥抄 しゅうがいしょう　洞院公賢《とういんきんかた》（一二九一～一三六〇）編による、鎌倉時代末成立の有職故実の事典、三巻。天文、地理、百官、年中行事、寺社、文学、音楽等一二部門に分類する。

小右記 しょうゆうき　右大臣藤原実資《さねすけ》（九五七～一〇四六）の日記。小野宮《おののみや》邸に住んだことから、「小野宮右府」と称され、その日記が「小右記」と呼ばれるようになった。天元五年（九八二）から、長元五年（一〇三二）までが現存する。その後も記録されていたようである。道長らの動静を知る貴重な史料。

親信卿記 ちかのぶきょうき　平親信（九四五～一〇一七）の日記。親信は村上天皇から後一条天皇まで仕え、従二位参議となった。天禄三年（九七二）から天延二年（九七四）の年中行事を中心とする記録。

尊卑分脈 そんぴぶんみゃく　洞院公定《きんさだ》撰の系譜。その後増訂される。南北朝時代後期の成立。「尊」の天皇系と「卑」とする源氏、平氏、橘氏などと藤原氏などからなる。

日本紀略 にほんきりゃく　神代から後一条天皇の長元九年（一〇三六）五月に至る、編年体の漢文による歴史書。三四巻。編者未詳。平安時代末期の成立。「六国史」（『日本書紀』『続日本紀』などの六歴史書）を中心に簡略化して記事を構成する。平安朝の貴重な記述も多い。

百錬抄 ひゃくれんしょう　冷泉天皇代から亀山天皇即位までの、編年体による歴史書。編者、成立年代は未詳。一七巻（一～三は散逸）。貴族の日記を抜粋するなど、簡潔な内容ながら、貴族社会を知る資料となっている。

弁官補任 べんかんぶにん 太政官の左右弁官の位階、氏名など職員の記録。もっとも古い伝本では寛弘七年(一〇一〇)から久寿元年(一一五四)までが残される。

本朝世紀 ほんちょうせいき 藤原通憲《みちのり》の撰による、平安時代末期成立の歴史書。宇多朝から堀河朝までの、一代ごとに区切った編年体の通史。記事は宮廷の儀式、太政官の政務を中心とする。

本朝麗藻 ほんちょうれいそう 高階積善《たかしなのもりよし》撰による一条朝の詩人の詩文集。二巻。上巻は四季、下巻は山水・仏事・神祇・山荘・閑居などから成る。一条天皇、具平親王、藤原道長、伊周《これちか》、公任らの詩を収める。

明月記 めいげつき 藤原定家の日記。治承四年(一一八〇)から嘉禎元年(一二三五)まで存するが、中間部には欠損も多い。人々との交流、『新古今和歌集』の編纂過程なども記される。

御堂関白記 みどうかんぱくき 藤原道長の日記。長徳四年(九九八)から治安元年(一〇二一)の間、具注暦《ぐちゅうれき》に書き入れた体裁だった。簡単な記述だが、彰子、妍子の入内、立后等は詳細である。書名は、道長が晩年に法成寺を建立し、「御堂殿」と呼ばれたことによる。なお、道長は関白にはなっていないが、内覧の宣旨を受けて摂政となる。

類聚符宣抄 るいじゅうふせんしょう 天平九年(七三七)から寛治七年(一〇九三)の、太政官符・宣旨・解状《げじょう》を分類して集成した法令集。

参考文献（著者名の五十音順）

稲賀敬二『源氏の作者紫式部』（一九八二年、新典社）
今井源衛『源氏物語の研究』（一九六二年、未來社）
今井源衛『人物叢書　紫式部』（一九六六年、吉川弘文館）
今井源衛『王朝文学の研究』（一九七〇年、角川書店）
今井源衛『紫林照径――源氏物語の新研究』（一九七九年、角川書店）
大津透・池田尚隆『藤原道長事典――御堂関白期からみる貴族社会』（二〇一七年、思文閣出版）
岡一男『源氏物語の基礎的研究――紫式部の生涯と作品』（一九五四年、東京堂）
木船重昭『紫式部集の解釈と論考』（一九八一年、笠間書院）
倉本一宏『藤原伊周・隆家――禍福は糾える縄のごとし』（二〇一七年、ミネルヴァ書房）
倉本一宏『人物叢書　一条天皇』（二〇〇三年、吉川弘文館）
沢田正子『紫式部』（二〇〇二年、清水書院）
鈴木敬三『有職故実図典――服装と故実』（一九九五年、吉川弘文館）
竹内美千代『紫式部集評釈』（一九六九年、桜楓社）

角田文衞『紫式部の身辺』（一九六五年、古代学協会）
角田文衞『紫式部とその時代』（一九六六年、角川書店）
角田文衞『紫式部伝──その生涯と『源氏物語』』（二〇〇七年、法藏館）
廣田收・横井孝『紫式部集の世界』（二〇二三年、勉誠出版）
南波浩『紫式部集の研究』（一九七二年、笠間書院）
南波浩『紫式部集全評釈』（一九八三年、笠間書院）
南波浩『紫式部の方法──源氏物語・紫式部集・紫式部日記』（二〇〇二年、笠間書院）
増田繁夫『評伝紫式部　世俗執着と出家願望』（二〇一四年、和泉書院）
村井康彦『王朝文化断章』（一九八五年、教育社）
山中裕『古記録と日記』上・下（一九九二年、思文閣出版）
山本淳子『源氏物語の時代──一条天皇と后たちのものがたり』（二〇〇七年、朝日選書）
山本淳子『紫式部日記と王朝貴族社会』（二〇一六年、和泉書院）
横井孝・福家俊幸・久下裕利『紫式部日記・集の新世界』（二〇二〇年、武蔵野書院）

〔追記〕文献資料については、まだ多数の編著書を参考にしたが代表的なものを挙げた。このほかにも、各種の古記録類、古典作品・私家集についてはそれぞれの注釈研究、研究機関のデータベースなどを利用した。記して謝意を申し上げる。

伊井春樹（いい・はるき）
1941年愛媛県生まれ。大阪大学名誉教授。広島大学大学院博士課程修了。文学博士。大阪大学大学院教授、国文学研究資料館長、阪急文化財団理事・逸翁美術館長を経て、現在は愛媛県歴史文化博物館名誉館長などをつとめる。著書に、『源氏物語注釈史の研究』（桜楓社）、『成尋の入宋とその生涯』（吉川弘文館）、『ゴードン・スミスの見た明治の日本』（角川学芸出版）、『源氏物語を読み解く100問』（日本放送出版協会）、『小林一三は宝塚少女歌劇にどのような夢を託したのか』（ミネルヴァ書房）、『光源氏の運命物語』（笠間書院）、『人がつなぐ源氏物語』（朝日新聞出版）ほか。

朝日選書 1041

紫式部《むらさきしきぶ》の実像《じつぞう》
稀代《きだい》の文才《ぶんさい》を育《そだ》てた王朝《おうちょう》サロンを明《あ》かす

2024年2月25日　第1刷発行

著者　伊井春樹

発行者　宇都宮健太朗

発行所　朝日新聞出版
〒104-8011　東京都中央区築地5-3-2
電話　03-5541-8832（編集）
03-5540-7793（販売）

印刷所　大日本印刷株式会社

Published in Japan by Asahi Shimbun Publications Inc.
ISBN978-4-02-263131-2
定価はカバーに表示してあります。

落丁・乱丁の場合は弊社業務部（電話03-5540-7800）へご連絡ください。
送料弊社負担にてお取り替えいたします。